中島リュウ
ill キッカイキ

異端審問官シャーロット・ホームズは推理しない

——人狼って推理するより、全員吊るした方が早くない？——

アシュリー・ワトソン
ジョン・ワトソン
シャーロット・ホームズ

サー・マイクロフト・ホームズ
人狼の王
イーラン・ホプキンス

「ベイカー・ストリートの
異端審問官、
シャーロット・ホームズです。
マザーヴィクトリアの
名のもとに、
異端審問を
始めます！」
「君は本当に、
乱暴な女の子ですねえ」

異端審問官シャーロット・ホームズは推理しない

～人狼って推理するより、全員吊るした方が早くない？～

中島リュウ

OVERLAP

CONTENTS

Charlotte Holmes,
the Inquisitor, does not deduce.

イラスト：キッカイキ

プロローグ

一体、何を間違えたんだろう。

「ごきげんよう、紳士淑女の皆さん。ベイカー・ストリートの異端審問官、シャーロット・ホームズです」

いつも通りの一日のはずだった。

アルバイトの尾行には慣れていて、その危険もよく分かっているつもりだった。

家を出る前に、心配性の妹から注意されていた。だから僕は、いつもより慎重だったと思う。

それなのに。どうして殺人事件に巻き込まれているんだ？

「マザーヴィクトリアの名のもとに、異端審問を始めます」

床に倒れている被害者は――人間ではない。体は大きく、全長二メートルほどで、体中に毛が生えている。細長く突き出した口。刃物のような爪と牙。

人狼《じんろう》だ。人に化け、人を喰《く》らういにしえの魔物。

その怪物を、たった一人の少女が殺した。

「決めた。次はあなたにするわ」

金髪の少女、シャーロット・ホームズは、僕を見てそう言った。

そして、袖の中から出した刃物で斬りかかってきた！

「うわあああいきなり何するんだよおお!?」

「殺すわ」

「何で!?」

「たまたま近くにいたから」

「ひどすぎる！」

「逃げちゃだめ！　異端審問が始まったら、審問官に協力するのが市民の義務なのよ」

「大人しく斬られるのが市民の義務なの!?」

「そうよ！」

「違うよ!?　自信満々にとんでもないこと言わないでよ！　ちゃんと真面目に推理してよ！」

「いやよ」

「いやなの!?」

追い詰められた僕を見下ろし、シャーロット・ホームズは「当たり前でしょ？」とでも言いたそうな顔をして、こう言った。

「だって人狼って推理するより、全員吊《つ》るした方が早くない？」

1章◆Hero (No, Thank you!)

事件の前日。

西暦二〇三七年イギリス。

午後八時。ロンドン。ベイカー・ストリートの夜。


雲はとぐろを巻いた蛇のように、都市の上空にのしかかる。

眠りを知らない街明かりが反射して、その黒い下腹を照らしている。

十九世紀に始まったヴィクトリア朝はいまだ終わらない。

ロンドンは機械化された不死の女王、マザーヴィクトリアの支配下にある。

雲をわけて進む飛行戦艦。昼夜を問わず煤煙《ばいえん》を吐き出す、煙突の森。回り続ける歯車。駆動する機関。それは人々も同じ。

とがめるようなサーチライトの視線が、道行く労働者たちの頭上に降りかかる。視線の主はビッグ・ベン。商業施設や企業オフィス、国会議事堂までも吸収し、十字架状に肥大した巨大高層時計塔は、傲然と高くそびえ立つ。

「よく見ておきなさい、シャーロット」

街の一角、高層アパートメントの屋上で夜景を眺める、二つの影があった。

「これが、お前が明日から命をかけて守る街だ」

長身の男が、となりに立つ少女へ向けて言った。

少女は目を閉じ、耳を澄ます。

反響するクラクション。階下のパブのBGMが、風に乗って舞い上がる。騒々しいサウンド。かすかなタバコの匂い。

息を吸い、吐いた。夜の味がした。

「はい。お父さま」

金色の髪が風に揺れる。見開いた瞳の色は青。物憂げな目は、クレバスのように口を開けた街路へと注がれている。

＊

ジョンはふと、視線を感じたように思い、顔を上げた。

通り向かいのアパートメントの屋上。人影、だろうか。分からない。トップハットの下で目を細める。感じた気配は、そうしている間にも曖昧になってしまった。

いけない。過敏になっている。

ジョンはふたたび尾行に集中した。通りの反対側を歩くフロックコートの男。右足をかすかに引きずる癖。いつも片方の靴の踵《かかと》だけすり減っているが、今日の靴にはそれがない。新品だからだ。ポケットに突っ込んでいる手が、爪を短く切りそろえていたことも確認済みだ。街頭に立つ花売りから小さな花を買ったのも、身を飾るためだろう。

先ほどから男はそわそわと周囲を見回している。まるで何かの合図を待つように。

いよいよだった。この男はテロリストの幹部と接触するはずだ。

しがない工場労働者が、突然身なりに気を遣い始めた。恋人ができた形跡はない。転職活動をしている様子も、冠婚葬祭に出席するわけでもない。

今日までの尾行で、男が反機械派の思想に傾いていることは、ほぼ突き止めていた。マザーコンピュータに人格を移植した女王によってイギリスが支配されている現状に抗議し、工場やインフラを爆破する過激派組織。ラッダイト《ラッダイト》はこういう男をテロの尖兵《せんぺい》に選ぶ。

ラッダイトの上層部は、地方に土地を持つ地主や貴族によって構成されているという。階級意識が強い彼らと会うために、労働者の身なりでは都合が悪いはず――。

携帯が振動して、ジョンはびくりとした。尾行対象と適切な距離を保っていることを確認してから、電話に応じる。

通話の相手は、雇い主の新聞記者だった。

『お疲れ、ジョン。やっこさん、帰宅ルートに入っちまったな。またすっぽかされたらしい。今日はもう引き上げよう。この後いつも通りベイカー・ストリート駅でな』

夜のベイカー・ストリートは魅力的な街だ。

三車線ある道路の両脇にはアパートメントが立ち並び、それらの一階部分にはたいてい、飲食店やブティックが入っている。ウェストエンドやナイツブリッジほど派手ではないが、貧困街と呼ばれるイーストエンドほど荒《すさ》んでもいない。幅広い階層に親しみやすい街だ。

だがジョンは通り沿いの店に特に視線を向けることもなく、黙々と駅までの道を歩いた。

地下鉄ベイカー・ストリート駅へ下りる入り口で、雇い主の男は待っていた。

「はい。今日のお駄賃な」

キャスケット帽をかぶった新聞記者風の男が手を差し出す。ジョンは紙幣を受け取った。

「ありがとうございます。助かります」

ポケットに突っ込むかたわら、ひそかに指で枚数を数える。金額を誤魔化されていないことを知ると、ようやくジョンははにかんだ。

ジョンを見くびり、賃金を安く値切ろうとするやからは多い。ジョンはまだ十六歳の青年で、すこし背が低く、赤毛だった。イギリス北部スコットランドの出身者が、生粋のロンドンっ子たちと肩を並べるには努力がいる。紳士然とした帽子やスーツは、その一環だ。実はどれも古着なのだが。

「しかし感心だねぇ。昼間もがっつり働いてるんだろ？　それなのにこんな遅い時間まで張り込みとは。よく体が持つよな」

記者の男がほめそやす。手元ではジョンが尾行中にポケットの中で打ちこみ送信した、尾行対象についてのメモを確認している。記者は顔を上げないまま たずねた。

「たしか病気の家族がいるんだっけ？　かわいそうになぁ。まともに学校出てれば、もっとましな勤め先がいくらでもあったろうに。中退するまで首席だったんだろ？」

「えぇ、まぁ」ジョンは言葉をにごした。「いつも助かってます。お仕事を回していただけて。明日は午前中からでしたよね？」

あいさつもそこそこに、ジョンと記者は別れた。帰宅に使う路線が違うのだ。

ジョンが階段を下りると、ちょうど電車がホームへ入ってきたところだった。赤と白の塗装、曲線的な車体。滑らかに停車し、扉が開く。

――出て来たのは、血まみれの女だった。

悲鳴が上がる。ホームの客は騒然となった。

ジョンにとって、まさに目の前での出来事だった。

「……大丈夫ですか!?」

助けを求めて伸ばされる女の手を、反射的に掴《つか》もうとした、その直前。女の背後から、ぬっと腕が伸びた。太い指が首に食い込み、女を掴んで宙吊《ちゅうづ》りにする。

窮屈そうに身をかがめて扉をくぐり、黒い服の男が現れた。

「ごきげんよう。リンホープ・ストリートの異端審問官、ナサニエル・テイラーです」

二メートル近い巨漢だった。鳥のくちばしを模した仮面、ペストマスクからのぞく目が一瞬、ジョンの視線と冷たく重なる。

「マザーヴィクトリアの名のもとに、異端審問を開始します」

大男は女の体を、容赦なくホームの床に叩《たた》きつけた。

「ジョン！」

名を呼ばれ、後ろへ引きずられた。とっさに振り返る。先ほど別れたはずの、あの記者だ。

「下がってろ。巻き込まれるぞ！」

異端審問官が女を殴りつける音が、生々しく響く。

だが、一方的な蹂躙《じゆうりん》は長く続かなかった。女が手をかざし、男の拳を受け止めたのだ。

ずず、と音を立て、女の体から闇が湧き出した……ように見えた。

闇ではない。毛だ。女の腕から、黒い毛が生え伸びている。そしてその変化は、女の全身で、一斉に進行した。

皮膚の下で骨格が動いた。筋肉が一度爆発的に盛り上がり、次にしぼるように細く収束していく。素肌はくまなく毛で覆われた。顔面とて例外ではない。剛毛に埋もれた顔は、口と鼻を極端に突出させる。

その顔つきには誰もが見覚えがあった。人類にもっともよく馴《な》れた動物、犬だ。だが、ひとつだけ違った。白目のない射るような目は、鋭すぎた。

犬ではない。オオカミなのだ。

そこにいるのはもう、か弱い女ではなく、二本の足で立つ魔物、人狼《じんろう》であった。

「グルルルアァァッ！」

大男に劣らぬ長軀《ちょうく》となった人狼は、鉤爪《かぎづめ》を備えた腕を振り回す！　かすめた列車が飴《あめ》のように引き裂かれ、車体に四本の線を刻まれた。

異端審問官は巨体をかがめ回避。立ち上がりながら人狼の喉首を摑み、またしても床に叩きつける！　砕け散るタイル。人狼が吐き出した血が高く天井を濡《ぬ》らす！

人狼は暴れるが、異端審問官を振りほどけない。大男の体からはコートが取り払われ、背中から突き出す複数の排気筒があらわだ。この排気筒が男のシルエットを膨らませ、異常な巨漢に見せていたのだ。

男は背中からさかんに煙を吐き出して、容赦なく人狼の首を絞めていった。なかば機械化された体は、女王マザーヴィクトリアから与えられた恩寵《おんちょう》に他ならない。

周囲では冷静さをとりもどし始めた人々が、携帯端末のカメラをかざしてこの戦闘を撮影している。降って湧いた刺激的なショー。珍しいことではあるが、奇跡というほどの確率でもない。人狼と異端審問官の戦いは、このロンドンでは日常的に行われていた。

人に化け、人を喰《く》らうおとぎ話の人狼と、中世魔女狩りの異端審問官が殺し合う。

科学が迷信を否定し、街灯が暗闇を払ってなお、人狼は滅びなかった。人狼は実在する。

それを殺すための教会の処刑人、異端審問官もまた、実在している。

「まったく、ジョン様サマだよ。一番乗りで取材できちまう！」

青ざめるジョンのとなりで、記者の男は興奮している。戦いはいよいよクライマックスへ。馬乗りになった異端審問官が、人狼の頭を砕こうとしているところだった。

＊

地下鉄ハマースミス&シティ線は、たった六分の遅延をこうむっただけだった。

写真や動画を撮る人々は、潮が引くように散っていった。

電車が動き出す直前、駅の清掃員が駆けつけて、ホームの血を洗い流していた。

ジョンの胸ポケットには、記者が払い忘れ、わざわざ追いかけてまで渡しに来てくれた交通費が差し込まれていたが——気分が明るくなることはなかった。

乗り換えの間も、自宅の最寄り駅にたどり着いてからも、ずっと同じ考えが頭を巡っている。

死にかけたんだ。つい、さっき。

助けを求めてきた女は人狼だった。

それを殺した異端審問官も、独断での死刑執行を認められた国家公認の殺し屋だ。戦いに巻き込まれれば、ジョンもどうなっていたか分からない。

かよい慣れた道を歩いていることが、どこか夢のようだった。ロンドンの名だたる貧困街、イーストエンドの光景はうす汚れて、陰気で、普段と何ひとつ変わるところなどないのに。

アパートメントについた。ジョンはようやく、ポケットに忍ばせた護身用の折り畳みナイフから手をはなした。

卑猥《ひわい》な落書きを消すことをもはや諦めたエレベーターに乗り、電球の途切れがちな廊下を歩いて、借りている小さな部屋へ。

冷たいドアノブを摑み、開けた。

「おそかったな、兄よ」

魔女っ娘《こ》が、舌足らずな声で出迎えた。

ジョンと同じ赤毛の少女は、玄関で腰に手を当て仁王立ちしていた。頭の上にどでんと乗っかる大きな帽子、肩から提げたカボチャのポシェット。脇には黒猫のぬいぐるみを抱えている。

どこからどう見ても、ハロウィンの魔女のコスプレだ。しかし今は、別にハロウィンの季節ではない。

「今日はカレーをつくったぞ。はやく食べよう。もうお腹《なか》がぺこぺこである」

魔女っ娘は腰をふりふり、鍋をかきまわす仕草をした。たいへんかわいらしい仕草だった。

ジョンの理性は溶けた。

「ただいまアシュリーいいいい！　お兄ちゃん帰ったよ！　寂しくなかった？　お薬ちゃんと飲んだ？　たちの悪い勧誘とか来なかった？　謎の特殊部隊が窓ガラスを破って侵入してきたりしなかった⁉」

「どうどう。兄、おちつけ。どうどう」

「ありがとうすごく落ち着いたよ！　それはさておきおててを前に出して落ち着きをうながす今の仕草ものすごくかわいいよ！」

ジョンの妹、小さなアシュリーは仰々しくうなずいた。頭の魔女帽がずれた。

「うむ。わたしがかわいいのはいつものことなので、気にするな。いいからシャワー浴びてこい、兄よ」

「そうするよ！　アシュリーのために五秒で済ませるよ！」

「それだと不潔なので、もうちょっとゆっくりしてもよい」

「五百年かけて洗うよ！」

「お腹がすきすぎて死んでしまうので、間をとって五分にするとよいと思う」

「わあすごい！　その通りだねアシュリー！　かしこい！」

ジョンはシスコンであった。

「今日はちゃんと留守番できたので、もっとほめるがよい」

「かわいい！　すごい！　えらい！」

「もう一声」

「キュート、キューター、キューテストだよ！　アシュリーの三段活用だよ！」

そして、妹のこととなると、少々たががはずれていた。

ジョンが髪を拭きながらもどると、アシュリーはすでに夕飯を並べ終えていた。

「あぁ、ごめんねアシュリー。そんなにお腹すいてた？」

「兄が腹へっていると思ってな」

「アシュリーはやさしいなあ」

ほっこりとつぶやく兄を、アシュリーはまじまじ眺めた。ジョンは首をかしげる。

「どうかしたの？」

「やっと正気にかえったな、兄よ」

「え、どういうこと」

「気にするな。おもしろいのでそのままでよい」

「ええっ。なんだか気になるなあ」

「そのままの兄でいて」

二人で席につき、食べ始める。空席にはぬいぐるみの黒猫が、どこか寂しげに腰を下ろしていた。

「そういえば、父からメールがあった」

ジョンの日中の話を聞きながら、黙々とスプーンでカレーを掬《すく》っていたアシュリーが話し出したのは、二人がちょうど食べ終わった頃だった。

「そうなんだ。電話では時々話すけど、父さんからメールなんて久しぶりじゃない？　何かいい知らせかなあ」

「それについて、わるい知らせと、よくない知らせがある。どちらから聞きたい」

「えぇ……」

「気まずくて電話でゆう勇気がなかったとおもわれる。かくごしろ、兄。『拝啓アシュリーちゃん。そちらは変わりありませんか。今日もママ似で宇宙一の美少女でしょうか』……前書きがうざいので飛ばす」

「父さん……いい歳《とし》して……」

「おまえがゆうか」

「えっ」

「……『二人に残念な報告があります。父さんが働いている鉱山が、今年二度目のストライキに入りました。父さんは今、働きたくても働けない状況です。ストライキが明けるまで近くで短期の仕事口を探していますが、それも鉱山の仲間と奪い合いで、ままなりません。つきましては今月の仕送りも、約束していた金額より少なくなってしまいそうです』」

そこまで聞くと、はああ、と大きなため息をついて、ジョンはテーブルに突っ伏した。

父からのメールは、期待を裏切る内容だった。

ジョンとアシュリーの父はロンドンを離れて、イギリス南西コーンウォールの鉱山街で働いている。イーストエンドのこの部屋に帰ってくるのは年に数回、短い休みの期間だけで、それもたいてい疲れ果てていた。

父がそうまで働いても、一家の家計は改善しない。ジョンが学校をやめて仕事を始めたことすら、焼け石に水というありさまだった。ロンドンの物価が、年々天井知らずに上がっているからだ。

アシュリーはメールの読み上げをやめ、落ち込む兄をじっと見つめた。唇をぎゅっとひきしぼり、椅子に座らせていたぬいぐるみを抱き寄せる。

手を伸ばし、つんつんと兄の肩を突く。

顔を上げたジョンが見たのは、猫のぬいぐるみに隠れたアシュリーだった。

「これはねこの独り言であり、わたしの公式見解ではない」

「分かってるよ、アシュリー」

ジョンの表情が柔らかくなる。

やさしく続きをうながされても、アシュリーはなかなか話し出そうとしなかった。ぬいぐるみの陰でもじもじしている。アシュリーの頬は桜色だ。

「……ジョンは一生懸命、よくやってると思う。メールで父もゆってた。ねこも、そう思う」

アシュリーの言葉に合わせて、猫のぬいぐるみが動く。アシュリーが尊大な口の利き方をやめる時、使い魔の猫が話しているという設定なのだ。ジョンも父も、その設定に付き合っている。ジョンは笑った。

「ありがとう。うれしいな」

「アシュリーがいなかったら、ジョンも父も、いっしょに暮らせたのに……」

「それは違うよ」

「それに、ジョンはすごく危ない仕事してる。アシュリーのせいで……」

ジョンは以前、建設現場の高所作業で足を滑らせ、骨折したことがある。それ以来、アシュリーはすっかり心配性になってしまっていた。

ジョンは当然、今日の帰りに異端審問に巻き込まれかけたことを話していない。話したところで、妹を余計に心配させるだけだ。

うなだれるぬいぐるみに、ジョンは手を添えた。

「いいかい、アシュリー。みんなそれぞれ、役割があるんだ。アシュリーがいるから、僕も父さんもがんばれる。アシュリーは何も悪くないよ」

「でも……」

ぬいぐるみ越し、魔女帽の下から見上げる瞳と、視線が重なる。

「僕たちはこれでいいんだよ。今のところはね。……さ、アシュリー。もう寝よう。僕のせいですっかり遅くなっちゃったね」

片づけに立ち上がった兄の袖を、アシュリーはつまんで立ち止まらせた。

「ジョン」続く言葉はずいぶん迷った。「……ありがとう」

アシュリーが言いかけたもうひとつの候補は、たぶん、ごめんなさいだった。

＊

翌朝めざめると、アシュリーが熱を出していた。

「一緒にいてあげたいけど……」

ベッドに横たわるアシュリーの枕元、ジョンは錠剤のビンを並べながら眉を寄せる。

「仕事の約束があるから、ごめん。もう少しお金に余裕がある時だったら断るんだけど……辛《つら》くなったら、いつでも電話していいからね。そしたらすぐにもどるから」

アシュリーは焦点の合わない目でうなずいた。

発熱は珍しいことではない。それどころか、昨夜のような好調こそアシュリーにとって稀《まれ》だった。

枕元のビンの山も、それだけ日常的にアシュリーが薬を必要としている証拠だ。痛み止め、咳《せき》止め、解熱剤……これらが欠かせなくなって、もう二年になる。その間に薬価も値上がりした。父からの仕送りはとどこおっている。

アシュリーを救うのは、ジョンの稼ぎだ。ジョンは仕事に行かなくてはならない。

「兄……いつもの……」

おぼつかない動きで、アシュリーが身を起こした。一方の手はジョンを探し、もう一方は母の形見の水晶玉を握りしめている。ジョンはそばに屈《かが》み、頭を差し出した。上から小さな手が乗せられる。

兄妹の約束事、ささやかな儀式。占いだ。

「雑踏。広場。花。人々。鐘の音。歯車。敷石。歌。曇天。十字架……」

発熱すらもトランスへの助けに変えて、アシュリーはイメージに浮かんだ単語を連ねていく。

ジョンはされるがまま、黙って耳を傾けた。

ジョンは占いを信じていない。だが、こうして占いをするアシュリーを微笑《ほほえ》ましく思っている。アシュリーなりに、家族の役に立とうとして始めたことなのだ。同時に、二年前の流行《はや》り病《やまい》で亡くなった、母の面影を求めての遊びでもある。

ペストは母の命を奪った。アシュリーは病を生きながらえたが、重い後遺症を負うこととなった。

母は不思議な人で、時々こうして水晶玉を使って占いをした。占いはよく当たったが、必ず後で種明かしをしてくれたものだ。これは本当は占いではなく、推理で、ジョンが話したこと、普段と違って見えたところを記憶しておいて、筋道を立てて考えてみるのだという。ジョンがバイトの尾行で発揮する観察眼もまた、ありし日の母の真似事《まねごと》だ。

「……今日はよくない感じがする」

占いを終えて目を開いたアシュリーは、精一杯の力でジョンの袖を摑《つか》んだ。

「いくな、兄。家にいろ」

いじらしくて、健気《けなげ》で、胸が締めつけられる思いがした。

病気の日の心細さと、ただ一人働けない負い目とが作り上げた、まわりくどいメッセージ。そばにいて。きっとただそれだけ。

父はいない。母ももういない。アシュリーを守れるのは、ジョンだけだ。

ジョンは袖を摑む妹の手をはずした。

「一緒にいてあげられなくて、ほんとうにごめん。でもアシュリーのために、行くよ。アシュリーの病気を良くするために、一生懸命働いてお金を稼がなきゃ」

「兄……」

アシュリーの目が潤む。だが、涙は流さなかった。そうすればジョンを引き止めてしまうと分かっているからだ。

「占い、いつもありがとう。アシュリーが言う通り、今日は気をつけるね」

妹を置き去りにする後ろめたさを振り切って、ジョンは出かけた。

運命が変わる一日が始まった。

＊

午前中のベイカー・ストリートに人通りはまばらで、夜よりかえって寂れて見えた。

通勤ラッシュの時間はすでに過ぎている。空は相変わらずの曇天。陰気な雲はこのロンドンの空の日常と言える。

ジョンはすでに尾行を始めていた。もはや見慣れた尾行対象の背中は、ストリート周辺で想定内のルートをたどっている。

通りの角に構えた出店を何軒か冷やかしたあと、男はカフェに踏み込んだ。ジョンはしばらく待ち、客が一組出ていくのを見届けてから、無関係を装い入店した。記者との事前の取り決めで、こうした場合ジョンは不自然ではない程度店の中で粘り、いずれ記者の男と交代することになっている。コーヒーを飲みながら視界の端に対象を収めておけばいい。今のところは楽な仕事だ。

注文した飲み物が届くまでの間、ジョンはさっそく携帯を取り出して、ここまでに気がついたことを打ち込みメモしようとした。

そうして気がつく。アシュリーからメッセージが届いている。まさか、体調に異変が——そう思い慌てて開くと、自撮りした写真が貼付されていた。

『ジョンへ。がんばってね。ねこより』

キメ顔でウインクするアシュリーの脇に、申し訳程度に猫のぬいぐるみも写り込んでいる。

かわい過ぎて叫びそうになった。

素早く画像を保存した。コピーをとって別ファイルにも保存した。父にも送った。二秒後、感謝を示すスタンプが返ってきた。今日も仕事がとれなかったのだと分かり、悲しくなった。

ふと、ジョンは写真の中のアシュリーが、シーツを固く握りしめていることに気がついた。そして寝巻の襟ににじんだ汗の染みにも。無理をしているのだ。ジョンを安心させるために。

ジョンが切なさで口を覆った、その時。カラカラと入り口のベルが鳴った。新しい客だ。高齢の紳士。セーターを着た、散歩中の老人といった風貌だが、どことなく品がある。……姿勢が良すぎるのだ。たとえば休暇中の執事かとも思ったが、きらりと光った手首の時計が、どうも高級品らしい。

ついに来たか？　記者の見立てでは、尾行対象の労働者は、テログループの指揮を執る地方貴族と接触することになっている。この男は予想していた人物像と一致するが……。

ジョンはさりげなく老人に注意を集中する。老人はまず店の内部を一通り眺めると、すぐには注文へ向かわず、そして。

「あの、失礼。ちょっとお伺いしたいことが」

老人がまっさきに声をかけたのは、あろうことか、ジョンだった。

「なんでしょう、ミスター。僕でお役に立てることでしたら」

ジョンは社交的な笑顔を浮かべる。その裏側は滝の汗だ。

なぜ、僕に!?　何かしくじったのか。

ポケットの中のナイフを、触れはしないが意識する。今度の相手はごろつきではない。

爆破事件を企《たくら》むテロリストだ。

「わたくし、実は……」

老人が何か、胸元から取り出そうとする。同時にジョンの手もポケットへと——。

その瞬間、近くの壁が吹き飛んだ。

横風にあおられて、ジョンは椅子ごとひっくり返った。爆風で帽子が飛んでいく。硝煙で何も見えない。

何が——起こった!?

爆弾テロ？ 街のこんな飲食店で？ 老人が身に着けていた爆弾が誤爆した？ でも、そうだとしても、爆発の位置が、おかしい……。

「ごきげんよう、紳士淑女の皆さん」

粉塵《ふんじん》の向こうから、女の子の声がした。

壁があったはずの方向だ。埃《ほこり》が散って、黒い影が近づいてくるのが見えた。ぱきぱきとガラスを踏みつぶす音。腰から下の、傘のように膨らんだシルエット。

「ベイカー・ストリートの異端審問官、シャーロット・ホームズです」

煙が晴れる。通りに面した店の壁には、大穴が開いていた。逆光を背に、少女が一人佇《たたず》んでいる。先ほどまで店内にいなかったはずの、美しい娘だ。ゴシックロリータのドレスは、金糸をちりばめて絢爛豪華《けんらんごうか》。金髪はつややかで、瞳の色は醒《さ》めるように青い。

店の中は静まり返る。爆風でひっくり返った従業員と客、合わせて十人ばかりが、固唾をのんでこの小さな乱入者をうかがっている。

「マザーヴィクトリアの名のもとに、異端審問を始めます」

「それは、どういう――」

誰かの質問を、銃声がかき消した。

少女の袖が火を噴いた。

レースで幾重にも包まれた袖が上下に広がる。少女の手のひらの下、袖の中から黒光りする銃身がせり出している！

弾丸は高速で連射され、跳弾があちこちの調度を破壊した。照明のひとつが落下し、暗転。店内はパニックに陥る。

「集弾性が悪い……要改善」

少女がむっつりとつぶやくのを、誰も聞いていない。

「た、助け――」

狙われているのは、ジョンに話しかけてきた、あの老人だ。すでに数発命中しているらしく、血まみれだった。

ジョンはとっさに駆け寄ろうとして、思い出した。昨夜の事件。目の前で豹変《ひょうへん》した女。人に化ける怪物、人狼《じんろう》の存在を。

「つかまえた。この距離なら、外さないわ」

這《は》って逃げようとする老人の後頭部に、銃口が押しつけられる。

ジョンはまだ老人と顔を見合わせていた。

ためらってしまったことを後悔した。ジョンは走り出そうとしたが、もう遅い。

銃声が鳴った。老人の体が、自らの血だまりに倒れ込んだ。

「なんてことするんだ！」

ジョンは走り込んだ勢いで、思わず異端審問官を名乗る少女に摑みかかっていた。

「何って、お仕事だけど……」

「無実の人を殺すのが、君の仕事だっていうの!?」

「人じゃないわ。人狼よ。せっかく助けてあげたのに、そんなこと言うなんて、ひどい」

少女は唇を尖《とが》らせる。

平然と返されて、逆にジョンは狼狽《ろうばい》した。

「え……あっ、もしかして、君は今の人が人狼だって知っていたの？　だとしたら、ごめん……」

「ううん。でも、ほら」

少女は首を振った。この場に不似合いなくらい、こどもじみてかわいらしい仕草だった。

手袋に包まれた手で、足元の死体を指さす。

うつぶせに倒れた死体は、変貌を始めていた。

禿《は》げ上がった頭部から、急速に生え伸びる剛毛。たるんだ腹が引き締まり、長身痩軀《そうく》のオオカミの肢体に収斂《しゆうれん》していく。顔面ではさらに、口と鼻とが異様に前へと迫《せ》り出していった。

その姿は、昨夜の地下鉄で遭遇した、あの人狼とそっくりだ。

二日続けて、二度までも……青ざめるジョンの耳に、信じがたいつぶやきが聞こえた。

「いきなり当たりを引くなんて、ラッキーだわ」

「えっ……え？　ちょっと待って……まさか今の、まぐれってこと!?」

少女は気を悪くしたようだ。下唇を嚙《か》み、口をへの字にしている。

「まぐれじゃ、ないもん。どうせ全員、吊《つ》るすつもりだもん」

「えええええっ!?」

「決めた。次はあなたにするわ」

少女の袖下から銃が引っ込み、代わりに手の甲に沿って鋭い刃が滑り出た。

少女はつかつか歩み寄り、無造作に腕を振り上げた。ジョンは後ずさりする。少女の腕が下りた。二人の間にあるテーブルが、真っ二つに切断された。

「うわあああいきなり何するんだよおおお!?」

「殺すわ」

「何で!?」

「たまたま近くにいたから」

「ひどすぎる！」

右腕一閃《いっせん》、左腕一閃！　左右交互に腕を振るえば、袖から伸びる白刃が、逃げるジョンとの間にあるもの、ことごとくを両断する！

恐るべきはその切れ味であった。ジョンが身代わりに押しつけたイスも観葉植物も、たやすく切り裂かれる。断面は鏡のようにつややかだった。

少女が叫ぶ。

「逃げちゃだめ！　異端審問が始まったら、審問官に協力するのが市民の義務なのよ」

「大人しく斬られるのが市民の義務なの!?」

「そうよ！」

「違うよ!?　自信満々にとんでもないこと言わないでよ！　ちゃんと真面目に推理してよ！」

「いやよ」

「いやなの!?」

「だって人狼って推理するより、全員吊るした方が早くない？」

「さっきから君、無茶苦茶なこと言ってるからね!?」

狭い店内に、逃げ回る余地などほとんどない。ジョンはすぐに追い詰められた。

壁を背に、鼻息荒い少女と相対する。ジョンは必死に命乞いの言葉を探した。

「ちょ、ちょっと待ってよ！ 人狼なら、さっきもう殺したじゃないか！」

「今このお店の中に、人狼はあともう一体いるの」

「どうしてそんなこと分かるのさ？」

「わかるわ。マザーコンピュータ・ヴィクトリア女王陛下が演算したんだもの。マザーヴィクトリアはロンドンに張り巡らされた監視カメラやSNS、電話網とつながっている。そうした情報の海から掬《すく》いあげて、つなぎ合わされた予測が、女王の予言なのよ」

「だったら、誰が人狼かってことも分かるはずだよ！」

そう返されて初めて、少女は言いよどんだ。

「……そこまではわからないわ。マザーヴィクトリアが教えてくれるのは、人狼が出現する場所と時間だけ。個人の特定まではできない……それでも予言は絶対よ。人狼がいる場所、時間、人数について、女王陛下が間違えたことなんてない。この中には絶対にあと一体、人狼がいる」

青い目は決意に輝く。異端審問官シャーロット・ホームズは、宣言した。

「私は異端審問官。人狼を殺すのが、私の仕事。ずる賢い人狼と、知恵比べなんかするつもりはないわ。私は推理しない。すべての人狼を吊るすまで、あなたたちを順番に殺していくだけ」

「だとしても、僕を殺すのは見当違いだ！　僕は人狼じゃない！」

ジョンは必死に声を振り絞った。どうせ聞く耳を持つはずがないと、なかば諦めながら。

「……証明できるの？」

意外にも、異端審問官の少女はにじりよる足を止めた。

心臓が早鐘を打つ。最後のチャンスだと、ジョンは思った。ここで別の人物に疑いを向けなければ、ジョンは殺される。

自力では薬を買うこともままならない、一人ぼっちのアシュリーを残して。

そんなのは、絶対にダメだ！

「証明……できる！　人狼は、あの人だ！」

ジョンはまっすぐ指を伸ばし、この数日間追い続けた、尾行対象の男を指し示した。

これは賭けだ。ジョンは当然、あの男の正体が人狼であるなど、考えたことすらない。

だが、ここでシャーロットの注意を逸《そ》らさなければ、ジョンは即座に殺されるのだ。やるしかない。やらなければ死ぬ！

「証拠でもあるの？」

シャーロットはジョンの焦りとは裏腹に、のんきな仕草で小首をかしげた。

「ある！　僕は最近、新聞記者のキャンベルって人に雇われて、あの男を尾行していた！

彼の名前はメルヴィン・ブラナー。職業はライン工で、勤務先はベイカー・ストリート二三〇三の工場。扶養家族はおらず独身。このストリートで部屋を借りて一人で暮らしています。そしてブラナー氏には現在、テロに関与した疑いがかけられているのです！」

ジョンは必死だった。自分でも驚くほど、すらすらと言葉が紡ぎだせた。

疑いをなすりつけられた男、ブラナーは当然、憤慨する。

「でッ、出まかせを言うな！　私の名前や職業は、たしかにその通りだが……テロだのなんだの、まるで身に覚えがない！」

「当然そうおっしゃるでしょう。テロリストであると認めるテロリストがいるわけがない！　ましてその正体が人狼なら！」

「そう言うお前こそ人狼なんじゃ……！」

「そして対立する容疑者に、罪を着せようとする行動も、あまりに当然！」

「そもそも私を尾行していたというのも、私を食うために様子を……」

「その主張は、ひとまず結構！　のちほどうかがいます。僕が！　はっきりッ！　させたいのはッッ！」

ジョンはブラナーの言葉に、上からかぶせて遮った。

これは小説で探偵が披露する、優雅な推理なんかじゃない。容疑者どうしの醜い足の引っ張り合いだ。

そして、間違いない。

この言い争い、声が大きい方が勝つ……！

「必死すぎてかわいそう……でも少しうるさいと思うわ。あと唾が飛んで汚い」

「君のおかげでね!?」

とはいえ、たしかにうるさい。ジョンは咳払《せきばら》いをした。

生きるか死ぬか、命がけのなすりつけあい。改めて考えると、自分がしようとしていることは恐ろしい。ブラナーを疑ったのは、その場しのぎの出まかせにすぎないのだ。

——でもこの男、もしかしたら本当に、人狼なんじゃないのか？

思考は回る。ジョンの脳裏には、ある大胆な思いつきが浮かびつつあった。

「……僕がはっきりさせたいのは、こちらの紳士とこの僕が対立しており、どちらかが人狼であり、もう一方は人間であるという状況です。ここまでは皆さん異論ありませんね？」

ジョンとブラナーは、互いを人狼だと主張している。そして異端審問官シャーロット・ホームズは、この場に人狼があと一体残っていると断言した。

しかし、だからどうしたというのか。人々の顔はそう問いたげだ。ジョンは続ける。

「異端審問官シャーロット・ホームズに依頼します。僕かブラナー氏のどちらかを処刑し、その死体がオオカミに変わらなかった場合——次は残る一方を処刑してください」

全体に動揺が走った。けろりとした顔のシャーロットを除いて。

「私、最初からそのつもりだけど」

「だろうね……」

そうはいかないのが、当事者たるブラナーだ。

「そんなバカな話があるか！　なぜ私が、お前の巻き添えで死ななきゃならん!?」

「その心配はないはずですよ。あなたをつけ回していた僕こそが人狼《じんろう》に違いないと、たしかそうおっしゃいましたね？　人狼である僕が先に処刑されても、あなたは何も困らない」

「それは……いやしかし、お前が人狼でなかった場合、私が……」

「僕の潔白を主張してくれるのですか？　僕が無実なら、自動的に人狼はあなたということになりますが」

多少強引な論理ではあったが、ブラナーは黙りこんだ。

一方シャーロットは一人、頬を膨れさせて不満顔だ。

「なんかいつの間にか仕切られてる……異端審問官は私なのに」

「君が手あたりしだいに殺そうとするからだよ！　自分の潔白のために素人探偵をやらされる、僕の身にもなってよ！」

「別に頼んでないもん。ロッテだって人狼を見つけられるわ」

「ここにいる人全員、蜂の巣にした後でねッ！」

思いっきりツッコんだ直後、我に返る。ジョンはふたたび咳払いをした。

「えー、現時点では、まだ情報が不足しています。そこで、死亡した人狼の持ち物を調べることを提案します。あぁ、僕とブラナー氏は触れない方が良いでしょう。証拠の隠滅や捏造《ねつぞう》の可能性がありますから。シャーロット・ホームズ、君にお願いしていいかな？」

またシャーロットの頬が、ぷうと膨れた。青い目は睨《にら》みつけるような上目遣いだ。

「私に命令するの？」

「だってしょうがないよ。この店の中で人狼じゃないって証明できてるのは、人狼を殺した君だけなんだから。頼むよ、君にしかできない仕事だよ！」

「むうぅーっ」

シャーロットはいかにも不満げな様子だが、数秒眉を寄せて考えたあと、意外にもあっさりと引き下がった。

「わかったわ」

床の上に放置されている人狼の死骸のもとへ行き、屈《かが》みこんで衣服を漁《あさ》り始める。

「お財布でしょ。ハンカチでしょ。携帯電話、おうちの鍵、腕時計、たばこ、ライター……」

ジョンは少し、拍子抜けした気分だった。

このシャーロットという子、強情だったり素直だったり、よく分からない。いきなり現れて見境なく人を殺し始めたかと思えば、変なところで聞き分けが良かったり……。

「わあっ。胸ポケットにお花が入ってる。かわいい。ポピーかしら」

突然のんきなことを言われて、ジョンはずっこけそうになった。

シャーロットは周囲の視線を思い出し、はっとして真顔になる。

「証拠になりそうにないものばかりね。でも念のため私が押収しておくわ……」

見つけた花をそそくさと懐にしまおうとした。

花……花？

ジョンは叫んだ。

「それだッ！　決定的証拠が見つかりました！　その花こそが、人狼を見つける手がかりです！……だからシャーロット、持って帰ろうとしないで！　早く出して！　僕の命がかかってるから！」

シャーロットはしぶしぶ、ポピーをテーブルに置いた。

何の変哲もない、ロンドンならどこの街角でも花売りたちが扱っているような、一輪の黄色い花だ。

「なぜ花なんかが証拠になるのか、みなさんそうお思いですね？　今からその疑問にお答えします。……ところで、自在に姿を変える人狼同士が待ち合わせをする時、一体どのようにすれば良いでしょう？　オオカミの姿なら、お互い分かるかもしれません。でも、人であふれたロンドンの街中なら？　お互いが人狼だと知るための、何か目印が必要なはずです。その花こそが、目印なのです。……動かないで！」

ジョンは叫び、指さした。

ブラナーが、胸元に伸ばしかけていた手を止めた。

「胸ポケットに触れることを禁じます！　なぜならそこには……僕が尾行中、あなたが街頭で買った、同じ色のポピーが隠されているからです。きっとあなたたちは、お互いの花を見せあって、待ち合わせの目印にするつもりだったのではありませんか？」

ブラナーは硬直する。ジョンの言葉に気圧《けお》されたからではない。一瞬にして距離を詰めたシャーロットが、袖から伸びる刃を突きつけていたからだ。

「動かないで。ポケットを確認するわ。抵抗すれば人狼と見なします」

詰め寄るシャーロットはもはや、緊張感のない世間ずれした女の子ではない。機械のように冷徹な、異端審問官だ。シャーロット・ホームズは有無を言わさず、ポケットの中身を奪いとった。

果たしてそれは、シャーロットが人狼紳士の死骸から見つけたものと同じ、一輪の黄色いポピーだった。

この時、ブラナーはまだ言い逃れをしようと思えば、粘ることもできただろう。

花を買うのはもともと習慣だった。偶然居合わせた人狼と、趣味がかぶっただけだ。花を買うことがそんなに珍しいのなら、ロンドンにあれだけいる花売りたちの生計は成り立たないじゃないか。

しかしすでに、ブラナーに耳を貸す空気ではなくなっていた。店内の人々がブラナーに向ける視線は冷たく、刺々《とげとげ》しい。彼らの中で、結論はすでに決したのだ。

だったらもう、無駄な言い訳を重ねるより――。

ブラナーはおもむろにジョンへ近づいた。もっと近くに別の者もいたが、突き飛ばしてジョンへ向かった。

「え。僕……」

続く言葉は凍りついた。

ブラナーはジョンを見下ろす。その瞳は虹彩《こうさい》が拡大し、白目が消え失《う》せていた。――殺気鋭いオオカミの目のように。

ブラナーが剛毛をまとい、大口を開いて襲いかかろうとした、その瞬間。

「二匹目。見つけた」

雄叫《おたけ》びも悲鳴も、上げる暇はなかった。人狼は目を剝《む》いて、己の胸に腕が突き刺さり、そして引き抜かれるのを見た。

シャーロットの手には、白い結晶状の塊が握られている。

「審問、完了」

　万力の握力をこめて、結晶は握りつぶされた。

　ブラナーの体が倒れる。遅れてようやく人狼化が始まった。黒い毛が死者の姿を覆っていく。屍《しかばね》の上に、シャーロットが砕いた結晶の欠片《かけら》が、きらきらと降り注いだ。

「た……助かっ、たあぁああ」

　緊張の糸が切れ、ジョンはどさりと座り込む。

　その姿を、シャーロットはまじまじと見つめていた。何かを思い、声をかけようとした、その時。慌ただしく不規則な足音を立てて、一人の紳士が店の中に駆け込んできた。

「シャーロット、シャーロット！　どうして先走った!?　初めての異端審問を、私なしで切り抜けられるとでも……」

　杖《つえ》をついた五十がらみの紳士は、店の状態を見て唖然《あぜん》とした。壁の大穴、無数の銃痕、怯《おび》えきった客と従業員。そして、床に転がる人狼の死骸がふたつ。

「人狼の死体……だけか？　余計な被害が多少は目立つが、しかし……シャーロット、よくやった！　華々しい成果だ！　さすが我が娘。独断で先行した時は焦ったが、初めての審問でよくぞ――」

「お父さま、ちがうの」

　シャーロットは燕尾服《えんびふく》の紳士へと歩み寄りながら、ジョンを示した。

「あの人が手伝ってくれたおかげよ」

紳士は自然な仕草で娘を腕の中に迎え、杖の代わりに体を支えさせると、形よく眉をひそめた。

「守るべき市民の手を借りたのか？　推奨されない行動だが……今はまだ大目に見よう。当然、推理の中心はお前が担ったのだろう？」

「ううん。ロッテはとりあえず全員ぶっ殺そうとしたわ」

「ぶッ……!?」

紳士は目玉が飛び出しそうなほど驚いて、絶句し、それからむせた。シャーロットは心配顔だ。

「お父さま、だいじょうぶ？」

「お前の頭こそ大丈夫か、シャーロット!?」

ジョンは嘆くのをやめ、世にも珍しい異端審問官の親子の口喧嘩《くちげんか》を、ぽかんとした顔で眺めていた。

シャーロットの父親らしき男は、まさに典型的な英国紳士の佇《たたず》まいで、スリムな燕尾服の着こなしも、柱のようにまっすぐな背筋も、何ひとつ申し分ない。シャーロットと同色の金髪には、いくらか白いものが交ざり始めてはいるが、まだ充分に若々しかった。

にもかかわらず、男が老人らしく見えてしまうのは、体を預ける杖の存在と、明らかに不自由な足のためだった。

「シャーロット！　お前はこれから私に代わって、一人でベイカー・ストリートを守っていかねばならんのだぞ。それなのになぜ、容疑者全員皆殺しなんだ!?」

「もちろん、お父さまのためよ」

シャーロットは堂々と言い切った。

「お父さまはもうすぐ引退するでしょう？　ロッテはその時までに立派な審問官になって、お父さまに安心して引退してほしいの。私、お父さまと同じナイトになるわ」

あっけにとられ続けていた老紳士が一転、呆《あき》れた表情を浮かべた。

「ナイトになる、だと？　軽々しく言ってくれるな。私が今の地位を得るまでに、どれほど多くの人狼を吊《つ》るしたと――」

けたたましいアラーム音がふたつ、親子の懐から鳴り響いた。

「新しい女王の予言だと……こんな時に！」

――七分後。ベイカー・ストリート二百三十番地、グロスターマンション。個体数、一。

異端審問官の親子は、新たな事件の発生を知った。

携帯端末を手に取り乱す父をしり目に、シャーロットは支えていた父の体から身を離した。

「ロッテ知ってるわ。お父さまが無理してること。ほんとうはもう歩くのだって辛《つら》いのに、お父さまがお仕事をやめられないのは、私が頼りないせいでしょう？　だから証明するの。

私はもう一人前だって」

クリノリンスカートが開花するように展開し、内部に隠されていたロケットブースターを露出させる。シャーロットは父に背を向け、壁に開いた大穴へと踏み出した。

「待て、待ちなさい！　シャーロッ……」

引き止める声はかき消された。

店内をブースター噴射の暴風が吹き抜ける。店全体が地震のように揺れ、あらゆるものがなぎ倒された。

ジョンは床に座り込み、壁の穴からのぞくロンドンの街並みを見上げていた。シャーロットの後ろ姿は空に消え、もう見当たらない。

「君ッ。シャーロットを助けてくれたという青年！　名は何という!?」

置き去りにされた父親がわめく。話しかける先は、ジョンだ。

ジョンは戸惑いつつも答えた。

「ジョンです。ジョン・ワ――」

「そうかジョン。私はサー・マイクロフト・ホームズ。あの子の父親だ。人狼を暴いたというその腕を見込んで、君に頼みたいことがある」

マイクロフトは足を引きずりながら必死ににじり寄り、ジョンの肩を摑《つか》んだ。重い。彼の腕はおそらく義手だ。戦闘用に機械化されている。

「私の代わりにシャーロットを追ってくれ！　娘を無差別殺人鬼にさせるわけにはいかん」

「いや、でも僕も、さっきシャーロットに殺されかけたんですけど……痛っ」

ジョンの肩がみしりと軋《きし》んだ。片眼鏡の奥に光るマイクロフトの目はありありと憔悴《しょうすい》を伝えていた。ジョンの肩を握りつぶしかねないほどの力にも、気がついていないのではないか。

ジョンはためらった。シャーロットを追えという依頼を断れば、この男はジョンを殺すのではないか。あの娘の父親だというのならそれもあり得る。かといって、依頼を受ければふたたびあの暴走少女に関わることになる。どちらにしても命が危うい。

煮え切らないジョンの態度に、サー・マイクロフト・ホームズは苛立《いらだ》っていた。懐に手を突っ込み、何かを引き抜く。ジョンは拳銃かと思い、身構えたが、違った。

「心づけをやろう。受け取りなさい」

ポケットにねじこまれた紙幣の枚数を見て、驚いた。ジョンのひと月分の収入か、それ以上だ。

多すぎる、と思った。次に、金で買収するつもりか、とも。

だがジョンはすぐに思い直した。これはジョンにとって、そして妹のアシュリーにとって必要な金だ。尾行対象が死んでしまった以上、ジョンの仕事は終わりだ。予定していた

アルバイトの収入は断たれた。マイクロフトからの提案は、まさに願ってもない。

「分かりました……やります。やらせてください！」

「よし。では今すぐ娘を追ってくれ！　追加の指示は移動中にする。さあ走れ！」

力のこもった声に押されて、ジョンはカフェを飛び出した。だが、数秒と走らぬうちに気がつく。追加の指示って、どうやって？

胸元が振動した。携帯端末に見知らぬ番号からの着信。まさかと思い、応答した。

「もしもし？」

『私だ。失礼ながら、緊急時ゆえハッキングさせてもらった。シャーロットが向かった次の事件現場までの道をナビゲートする。なお返事は一切不要だ。走ることにのみ集中し、一刻も早く娘に追いついてくれ！』

＊

父親のサー・マイクロフト・ホームズは厳しい人だった。

いつも口癖のように、良い異端審問官になりなさいと言っていた。戦闘訓練は過酷で、途中でシャーロットが気絶したことも二度や三度ではない。推理のための論理思考の訓練も受けたが、そちらは苦手で、埋め合わせるためいっそう戦闘訓練に努力した。同年代のこどものように、外に出て遊んでいる暇などありはしなかった。

それでもシャーロットが父親を好いていたのは、毎日必ず抱きしめてくれるからだ。

父は夜遅くに帰り、玄関まで迎えに出てきたシャーロットと抱擁をかわす。

シャーロットは気づいていた。年々父がやせ衰え、抱擁の力が弱くなっていくことを。

サー・マイクロフト・ホームズは、他人にも、自分に対しても厳しい。弱音を吐かない父を引退させてやるため、箱入り娘は考えた。

期待に応え、立派な審問官となって後を継ごう。そうすれば父は安心して引退できる。

だが、そのためにはお手柄が必要だ。人狼《じんろう》の嘘《うそ》を見破り、戦って勝利を重ねなければ、ナイトの高みに立つことはできない。それまでに一体どれだけの時間がかかるだろう。

そこでシャーロットはひらめいた。

――人狼って推理するより、全員吊るした方が早くない？

ロンドンの灰色の空がシャーロットを迎えた。

それは何不自由ない屋敷の生活で、いつも窓越しに見上げていた景色。裕福なリッチモンドは、同じロンドンにありながら中心地の喧噪《けんそう》とは切り離されていた。

こうして空から見下ろせば、ロンドンとはなんと猥雑《わいざつ》な都市なのだろう。路上に飽和する人々。隣り合う貧富の格差。醜も美も混ぜ合わせたような、まるで混沌《こんとん》の坩堝《るつぼ》。

ここは何もかも違う。シャーロットが十五年間暮らしたリッチモンドの屋敷とは、何もかも。

シャーロットは今日、十五歳となり、自由を得た。今は自らの意思で動ける。自分の意思で、この空を飛んでいる。人狼を吊るし、ナイトに叙任されるため。そうしてお父さまの誇りとなるために。

飛行船やビルをかわすと、窓からぎょっとした目がのぞく。煙突から昇る黒煙が、風圧で千々に散った。気まぐれな曲芸飛行で天地が入れ替わるのがおもしろかった。街を照らすビッグ・ベンのサーチライトは、無意識に避けて飛んだ。

端末が指定する地点の上空に達すると、遊びは終わりだ。スカートのブースターで微噴射を繰り返し、空中に静止する。見下ろす先にあるのは、複数のアパートメントが互いを喰《く》らい合うように融合した、建築物のキメラだ。

この中のどの一室で人狼事件が発生しようとしているのか、正確には分からない。躊躇《ちゅうちょ》している暇はなかった。女王の予言が現実になる前に、現場へ。シャーロットは急降下して、座標上の天井を突き破った。

コンクリートの天井を、落下の勢いを乗せた蹴りが踏み砕く！　爆《は》ぜる粉塵《ふんじん》、うなりあげるモーター音！　シャーロットの四肢は移植手術により機械化されている。

周囲を見回す。どうやら一般的な住居のようだ。人影はない。座標地点に降りるべく、シャーロットは拳を振り上げ、振り下ろした。強靭《きょうじん》な機械義肢が床を割り砕く！　瓦礫《がれき》とともに着地。やはり無人の住居。ふたたび拳を振り上げ、床を砕く！　居合わせた住人が悲鳴を上げる。シャーロットは食卓のパスタ皿に着地！

「ごめんあそばせ。後日教会からお見舞金が支払われますわ、ミスター」

取り澄ましてそう言うと、ふたたび階下へ向けて義手を振り下ろす！

アパートメントに響き渡る、重機のような破壊音。下へ、下へ……降りていく。そしてついに、突き抜けた。

打ち放しの壁。剝《む》き出しの配管。いびつな部屋の形。たび重なる増改築のすえ生まれた、余剰の地下室へとシャーロットは降り立った。

複数の視線が迎え受ける。年齢も性別もさまざまな、十人ばかりの人々。手には葉巻やトランプ、紙幣を握る。狭い部屋には、ビリヤード台に似た机と、ルーレットと思《おぼ》しき装置がいくつか。ここは——カジノだろうか。

「何者です!?」

そして、彼らを庇《かば》うように先頭に立つ人物は、シャーロットと同じ異端審問官だった。

黒髪に、黒いレインコートを着た黒ずくめの少女。宝石のような緑色の瞳だけが浮かび上がって見える。

年齢は……よく分からない。明らかにアジア系の顔立ちは、少女をおそらく実際以上に幼く見せていた。

シャーロットと黒ずくめの少女は、互いの胸元を飾る英国国教会の紋章、歯車十字を認め合った。

「あなた、異端審問官なのですか!?　建物を壊して暴れているから、てっきり人狼かと……」

シャーロットはむっとして、下唇を噛《か》んだ。への字口である。

「人狼なんかじゃないわ。ベイカー・ストリートの異端審問官、シャーロット・ホームズよ。担当地区の審問だから、私がやる」

黒髪の少女は驚き、そして何かを得心したようだった。

「ホームズ……なるほど。狩猟騎士《ナイトオブハント》サー・マイクロフト・ホームズのご息女ですか」

「お父さまを知ってるの？」

「知られてしかるべき、偉大な先達です。……申し遅れました。ソーホーはウォードウォー・ストリートの審問官、イーラン・ホプキンスです」

「ソーホー？　それってたしか、ウェストエンドの辺りじゃなかったかしら……」

シャーロットは混乱した。黒ずくめのイーランが名乗った地名は、ベイカー・ストリートからやや離れた場所に位置する。

女王の予言は、事件の発生予定地の周辺にいる複数の審問官に送られる。だがイーランの担当地区は、その範囲からも明らかに遠すぎるのだ。

「担当地区外でもパトロールをしているのです。ロンドンを広く巡回すれば、それだけ女王の予言が下りやすくなりますから。私もあなたの父上のような、ナイトに叙せられる異端審問官を目指しているのですよ」

イーランはてきぱきと説明をする。その言葉には、外見に反してわずかの訛《なま》りもない。おそらく生粋のロンドン育ちなのだろう。顔かたちこそアジア系のそれであれ、所作振る舞いはイギリス風だった。

「そう……でも、今日は私が来たから……」

「いいえ、この事件は私が担当します。明文化されていない現場の慣習ですが、審問はもっとも早く現場に到着した審問官が行うものです」

「でもっ！」

対峙《たいじ》する緑の目が鋭くなる。シャーロットの反論を、イーランは厳しくさえぎった。

「加えて、あなたの適性には疑問があります。なぜ現場へたどり着くのに、わざわざ天井を破壊したのですか？」

「だってそうした方が早いじゃない！」

「そんなわけないでしょう。現に私の方が、一瞬とはいえ先着してるじゃないですか」

ぐうの音も出ない。

シャーロットのへの字口が険しくなった。

「そういうわけで、これから私がこの非合法カジノの関係者に聞き込みをします。あなたは待機していてください。何か作業をお願いするかもしれません。もちろん、私一人でもまったく問題ないので、先に帰っていただいても結構ですよ、シャーロット・ホームズ」

生真面目な無表情に努めていたイーランの顔が一瞬、隠しようもない嘲笑を浮かべるのを、シャーロットは見た。

――熱い。

侮辱された悔しさと怒りで、シャーロットの顔は赤くなった。屋敷育ちのシャーロットにとって、こんな感情は生まれて初めてだった。言い返したいのに、言葉がつかえる。そして今にも、泣き出しそうだ。一見矛盾する二つの心の反応に、シャーロットは戸惑った。ダメだ。泣けば負けを認めることになる。涙をこらえるため、シャーロットはひときわ強くイーランを睨《にら》みつけ、震える声を絞り出した。

「待って。そう言うあなたが人狼なんじゃないの、イーラン・ホプキンス」

「……は、はあぁ!?」

揚々と聞き込みにかかろうとしていたイーランは、シャーロットの思わぬ言葉に動揺し、振り返った。

シャーロットは真剣だった。

「自分の担当地区を離れて、こんなところまで来るなんておかしい」

「いや、だからそれはっ、ナイトになるためにポイントを稼いでるって言ったでしょう!?」

「それに、異端審問官の仕事を邪魔しようとしてる」

「それも私の方が優秀だからだって、遠まわしに言ったじゃないですかっ！」

「あなたが人狼でも、きっと同じことを言うわ」

キンッ、と甲高い音がして、シャーロットの両腕から仕込み刃が展開した。

「もしもあなたが人狼で、私を追い払って異端審問官役を乗っ取れば、後は好き放題できる。この中で人狼だったとして、一番危険なのはあなた。ほんとは推理なんかしないで平等に、手あたり次第順番に吊《つ》るすつもりだったけど……今回はまずあなたを吊るすことにする」

「推理しない？　手あたり次第……!?　全体的に何を言ってるのか分かりませんッ！　やっ、やる気なのですか。異端審問官同士で!?」

シャーロットは答えず、低く身を沈めた。

イーランは唾を飲み干し、覚悟を決めてレインコートの正面を開く。

「アジア人だと思って、馬鹿にして……！」

コートの下に身に着けていたのは、動きを阻害しない丈の短いチャイナドレスと、膝までを保護する無骨な装甲ブーツだった。イーランもまた、人狼を殺すため、人狼を超える力を与えられた異端審問官。女王公認の処刑人だ。

「『マザーヴィクトリアの名のもとに、異端審問を始めます』」

二つの声が唱和する。

地下室の壁と床、天井に、青い波のようなものが走った。異端審問官が持つ武装のひとつ、外界との行き来を阻む結界だ。この結界はひとたび発動すれば、異端審問官か人狼、どちらかが滅びるまで、解除されることはない――。

「ちょっと待った！　待って！　お願いだから、ストぉおおおップ！」

息を切らせた情けない声が、一触即発の空気に割り込んだ。

見覚えのある赤毛の青年だ。シャーロットの青い目が、大きく開く。

「あなたは、さっきの……」

「あ、あれっ？　サー・マイクロフト、聞こえますか？……あぁっ、ほんとに電波が切れちゃった。これが結界ってやつかぁ……」

肩で息をしつつ、助けを求めるように携帯端末に話しかけていた青年は、やがて諦めたようにそれをしまった。

咳払《せきばら》いをひとつ、帽子を持ち上げ、服の乱れを直す。青年は一同を見回した。

「すみません、出遅れました！　僕はそちらの異端審問官、シャーロット・ホームズの助手です。推理しない彼女の代わりに、僕が人狼《じんろう》を推理します！」

「……そうなのですか？」

イーランが怪訝《けげん》そうに水を向ける。しかしもっとも困惑しているのは、他ならぬシャーロットだった。

「そんなの知らないわ！　助手って何の話？　まさか、お父さまが決めたの？」

「そうだよ、シャーロット。君のお父さん、サー・マイクロフト・ホームズに依頼されたんだ。君の暴走を止めてほしいって。……まぁ正直、まさかここまで暴走してるとは思わなかったけど」

青年は天井の大穴と、対立して睨み合うイーランを示して、苦笑いした。

「そういうわけで、僕たち今からコンビだから、よろしくね」

「そんなこと言われたって、私、あなたの名前も知らないのに……」

シャーロットは目を回した。青年はうなずく。

「そうだったね。じゃあ自己紹介するよ。僕はジョン。ジョン・ワトソンだ。さぁ、一緒に推理を始めよう、シャーロット！」

＊

地下カジノに飛び込んだ瞬間、ジョンが見たのは、目にいっぱいの涙を溜《た》めて、今にも泣き出しそうなシャーロットだった。

それでも鼻をつんと上げて、一生懸命強がっている。たぶん、目の前のもう一人の異端審問官、黒い髪の少女に対抗して。

カフェの壁に大穴をぶち開けて登場し、いきなり人狼を殺し始めた破天荒な女の子の、別の一面を見た思いだった。同時に、涙をこらえるシャーロットの姿は、ジョンに別の人物を思い起こさせてもいた。

――いくな、兄。家にいろ。

泣けばジョンを引き止めてしまう。妹のアシュリーは今朝、涙をこらえてジョンを送り出した。

何をするか分からないシャーロットへの警戒心は、いまだにある。

しかし今、シャーロットを見るジョンの目は、少しだけやわらいでいた。

「待ちなさい！　断じて認められません」

シャーロットへの協力を持ちかけたジョンの出鼻をくじいたのは、もう一人の審問官の少女、イーランだった。

「異端審問官でない者が、審問を行っていいわけがないでしょう！　異端審問とは、古くは魔女や異教徒、現代においては人狼を狩りだすための聖務。イギリスに仇《あだ》なす敵を排除する、責任ある仕事です。一般市民がこれを行うには、能力も知識も、覚悟だって、何もかも足りません！」

「私は別にいいと思う」

援護は意外なところから上がった。シャーロットがぼそりとつぶやく。

「ジョンはさっき、別の事件で人狼を当ててくれたわ。今度もきっと人狼を見つけてくれると思う」

「あ、あなたって人は！　異端審問官としての自覚とかプライドとか、責任感とかそういった……そういう……ううう－っ、もおぉっ！」

無責任に聞こえるほどあっけないシャーロットの言葉に、イーランはとうとうキレた。がみがみとお説教されながらも、シャーロットの唇は不服を示すへの字形で、たぶんろくに聞いていない。

「意外だなぁ。僕はてっきり、シャーロットが一番反対すると思ってたのに」

イーランの小言の合間、タイミングを見計らってジョンはたずねた。

「ほんとうに僕が手伝ってもいいの？　さっき君、お父さんと喧嘩《けんか》した時、何か信念があって推理しないようにしてるみたいに聞こえたけど……」

「別に、信念なんかじゃない。早くポイントが稼げるなら、どんなやり方だっていいわ」

ジョンはこの言葉に違和感を覚えた。本当に事件解決の早さだけを求めるなら、当初から言っている通りに容疑者全員を皆殺しにすればいい。たとえジョンが人狼を見抜いたとしても、推理をする以上時間はかかるのだ。

それに、シャーロットのこの表情。肩がすぼみ、自信なさげでいながら、同時に何かほっとしたような……。

「まったく、なんでこんな人が審問官やってるんですか……。えぇと、あなたはたしか、ジョン・ワトソンでしたね」

名を呼ばれ、ジョンは顔を上げる。あきれ顔のイーランの、緑の瞳が見つめていた。

「本来なら、市民が審問に深く関わるべきではありません。ですがあなたは、サー・マイクロフトの依頼を受けているようですし、あなたの協力を拒むと、私はシャーロット・ホームズと戦うことになります……」

イーランがこぼすため息は深い。

「あなたが審問に協力することを認めます。ただしこの場にいる以上、あなた自身も容疑者であること、また同時に犠牲者にもなりうることをお忘れなく。探偵気取りで舐《な》めてかかると、推理の途中で殺されますよ」

「ありがとうイーラン。肝に銘じておくよ」

ジョンは素直に礼を言った。イーランはうなずくと壁際まで下がり、腕組みの姿勢をとる。ひとまず好きにやってみろということらしい。

「がんばりましょ、ジョン。私、イーランを見返したいわ」

ぱっちりと開かれた青い目が、ジョンを見つめる。シャーロットは握手を求めて手を差し出してきた。

階級の差を気にせず手を差し伸べる姿勢は好ましい。ジョンはその手をとろうとして――。

「で、誰から殺す？」

ずっこけた。

壁際のイーランもこけていた。

「ダメだよ証拠もないのにいきなり殺したら！　それはあくまで最後の手段だよ！」

「でもさっきは一人殺したら、次の人狼のヒントが出てきたわ」

「あれはたまたま一人目が人狼だっただけで、そうじゃなかったら大惨事だよ！」

シャーロットはふっと息を吐き、陰のある微笑を浮かべた。

「ジョン、異端審問に犠牲はつきものだわ……」

「それっぽい顔でそれっぽいこと言っても、ダメなものはダメだよ！　前後の文脈が大事だよ！　そういうセリフはベストを尽くしてから言ってよ！」

壁際のイーランは頭を抱えていた。

「漫才をしに来たのですか、あなたたちは……」

部屋の中がにわかにざわめく。

結界に閉じ込められた人々は、ここまで無言で様子を見ていたわけではない。ひそひそとささやき合い、年若い審問官たちを品定めしていた。このアパートメントの住人ばかりでもあるまい。老若男女、階級も性別もさまざまな人々が集まっている。唯一彼らの共通点は、地下のこの闇カジノで、うしろ暗い賭博に興じていたということだけだ。

誰もみな、油断ならぬしたたかな目つきをしている。彼らはうなずきをかわし、そろって進み出た。

「誰を殺すか迷ってるんなら、推薦したい奴《やつ》がいる」

「まずこのババアからにしろ！　ありがたく跡目を継いでやるぜ！」

「叔父貴ィーッ、積年の恨みィー！」

「夫には多額の保険金が！　お礼もします！　何はともあれ夫から！」

互いを押しのけ合い、殺到する。彼らの目は血走っている！

「え。ええっ!?　えぇー……」

ジョンは引いていた。かろうじて良識のある一人がなだめている他は、勝手に殺し合いを始めかねない剣幕だった。

シャーロットが袖を引っ張り、耳打ちする。

「ねえジョン。この人たちなら別に、手あたり次第に殺してもいいんじゃない？」

「だっ、ダメだよそういう選民思想みたいなのは！　たしかにあきれて物も言えないほど強欲で浅ましいどうしようもない人たちだけど、平等に大切な命だよ！」

「言い回しから葛藤を感じるわ」

「とにかく袖の鉄砲をしまってよ、シャーロット！」

シャーロットの武装を引っ込めさせる間、イーランの視線が冷たかった。

「……えーと、それじゃあまず推理のためにいくつか、基本的なことを確認させてほしいんだけど……人間に化けた人狼を、外見から判断することって、できないんだよね？」

「そうよ。人狼が人間を食べて吸収すると、その人の記憶と姿を奪うことができるわ。だからたとえ家族や友達でも、人狼が入れ替わるために必要な数分、姿が見えなくなっていたら、その人が人狼じゃないとは言い切れなくなるの」

シャーロットは一旦言葉を区切り、じっとジョンを見つめた。

「だけどジョンのことは信じていいと思うわ。もし人狼になってたとしても、私を追いかけてくる理由がないもの」

「そうだよね。僕も同じ理由でシャーロットは本物だと思ってるんだ。仮に人狼と入れ替わっていたとして、敵である審問官と出くわすかもしれない異端審問の現場に行くのはリスクが高すぎるもの。じゃあこれが前提その一。とりあえず僕たちはシロと見なす」

「個人的には、シャーロット・ホームズをシロとする判断は、はなはだ疑問ですが。審問の妨害に器物破損とか、やってることが完全に人狼でしょう……あぁ、失礼。私のことは気にせず続けてください」

遠くでつぶやくイーランを、シャーロットはものすごい顔で睨《にら》みつけ、それからジョンを見た。ブルドッグみたいな顔だった。

「それで、その二はあるの？」

「うーん、特に考えてなかったけど……そうだ。君たち審問官は、あらかじめ予言があって人狼の出現を知るんだよね。さっきの事件で人狼の数も知ってたみたいだけど、今回は？」

シャーロットはごそごそと懐を漁《あさ》り、携帯端末を取り出して見せてくれた。

人狼の出現予測時間、住所、敵の数。あとはこの場所を示した地図が表示されているくらいで、他にめぼしい情報は見当たらない。それが女王の予言のすべてだった。

「こんどの人狼は一体だけよ。これがその二ね。その三は？」

シャーロットは先を急《せ》かす。ジョンを見上げる目は無邪気で、まるでジョンがもう答えを知っていて、出し惜しみしているとでも思っているかのようだ。

「え、うぅん。そうだなぁ……もう少し、別の手がかりがあればいいんだけど」

「とりあえず適当に誰か絞めてみる？　こう、むぎゅっ！って」

「ちなみに、中世の魔女狩りで行われていた拷問による自白の強要は、現代では固く禁じられていますからね、シャーロット・ホームズ」

イーランに釘《くぎ》を刺されて、またしてもシャーロットの口がへの字に曲がった。

しかしシャーロットは、まだ何か手伝いたくてたまらない様子で、すぐにまた口を開く。

「ねぇジョン、知ってる？　人狼《じんろう》の変身ってね、ただ人間を殺すだけじゃダメなのよ。食べて、吸収しなきゃいけないの。でもね、私たちだって二日分の食事を一度にとることはできないでしょう？　それと同じで、人狼の吸収は、一度使うとしばらくできなくなるのよ。それでね、ここからが重要なんだけど、人間を食べたあとの人狼のうんちはね……」

腕を組んで考え込んでいたジョンの目が、かっと見開かれた。

「それだッ！」

「えっ。うんちが？」

「変身のためのクールタイム！　それが前提三だ！　僕が欲しかった情報だよ！」

閃《ひらめ》きが訪れ、ジョンの顔が明るく輝く。

シャーロットの顔も輝いた。ジョン以上のドヤ顔だった。

「私のおかげね！　よくわからないけどどっ」

「それを今から説明するね。シャーロットはさっき、人狼は人間を食べることで姿と記憶を奪うことができる、って言ったよね。でも本当は、もうひとつ奪えるものがあるんじゃない？」

「何かしら……まさか、うん――」

「違うからね。ばっちい話はやめようね」

咳払《せきばら》いをして、ジョンは仕切り直した。

「さっきのカフェで人狼が、最後に僕を襲って食べようとしたのはなぜだろう。僕に化けて逃げ出すため？　違うよね。目の前で変身したって、もう誰も騙《だま》されない」

「そうね。人狼は人間を食べれば、その後しばらく体の機能が強化されるわ。そんなことしたって、私が勝つけど」

「でも結界に閉じ込められた人狼にとっては、一《いち》か八《ばち》か君と戦って勝つしか、生き延びる方法はない。だったら少しでも力をつけて、異端審問官に挑もうとするはずだよ。じゃあ、ここにいるはずの人狼がすぐ誰かに嚙《か》みついてシャーロットに襲いかからないのは、どうして？」

シャーロットは考えた。そう長い時間ではない。青い目は開かれる。それは発見の喜びに輝いている。

「……わかった！　まだ吸収の、準備時間中だから！」

「そう！　人狼の今の姿は、きっとまだ最近、誰かを食べて手に入れたばかりなんだよ。

すぐには吸収ができず、今のまま戦っても、異端審問官に勝てる見込みはない」

ジョンは不敵に笑った。推理の手順は整ったのだ。

「つまり、人狼は次の吸収までの時間を稼ぎたがっている。さっきから欲に目がくらんで、シャーロットに身内を殺してもらおうとしてる残念な人たちは、人狼じゃない。僕が犯人に指名するのは――あいつだ！」

客の一団の中で、ただ一人諍《いさか》いを収め、仲裁しようとしている紳士がいた。

ジョンに指さされた紳士の目が、ぎょろりと動き、ジョンを睨む。

瞳だけからなるような、白目のないオオカミの目だった。

一瞬にして生えそろった牙が、となりにいた彼の妻を頭から食いちぎろうと煌《きら》めき、そして――シャーロットの射撃にさらされ、吹き飛んだ！

床を跳ねる薬莢《やっきょう》。クモの子を散らすように逃げる人々！　シャーロットは快哉《かいさい》を叫ぶ。

「やったっ。やっと思いっきりぶっ放せるわ！」

「シャーロット、ストップ、ストぉーップ！　こんなところで銃を撃ったら跳弾がすごいよ！　周りの人まで全滅しちゃうよ!?」

「だったら直接、ぶった斬る！」

シャーロットは身をかがめ、クリノリンスカートから炎を噴出。両腕の刃を構えて飛行する！

一方、銃撃され膝をついていた人狼が、床を蹴って起き上がる。飛ぶような跳躍力で天井に接触。そこも蹴りつけ、さらに跳躍！　頭上からシャーロットに襲いかかった！

予期しない角度からの反撃に、シャーロットは叩《たた》き落とされ、激しく床をバウンドする！　受け身をとるが、不完全だ。破れた袖から機械義肢がのぞく。肘の球体関節が、血のような火花を吹き上げる！

床を跳ねふたたび浮き上がったシャーロットの前で、人狼は無慈悲な追撃を振りかぶった。シャーロットはこれを、ブースターの点火で踊るように回避！　生身では不可能な空中機動で、人狼の背後へ回り込む！

「もらったッ」

手の甲の刃で心臓をくり抜く一撃は、しかし、身をよじった人狼にかわされた。上体を深く引いた人狼は、空振りして伸びきったシャーロットの腕を目がけ、喰《く》らいつく！

「シャーロット!?」

ジョンが見守る目の前で、シャーロットの右腕が……噛みちぎられた!?

「ぜんぜん平気ッ！」

否！　人狼が咥《くわ》えているのは、関節部分から自切された右義手だ。

腕を捨て、すでにシャーロットは次の動作へ移っている。スカートが炎を吹き、空中で横回転。残された左義手で、斬りつける！

人狼がうめく。シャーロットの刃は深く刺さり、結晶の心臓に亀裂を入れていた。

「……待て！　こちらの負けだ。取り引きしないか？　手柄が欲しいんだろう。つながりのある人狼四名の情報を渡す。代わりに――」

「私、推理、しないから！」シャーロットは腕をねじり、傷口を押し広げる！「あなたの嘘《うそ》に、耳は貸さない！」

「グルアァッ……後悔するなよッ！」

死力をしぼり、血の混じった唾を吐きながら、人狼は駆けだした。刃を突き立てるシャーロットを引きずったまま進み、生命力の回復を求めてカジノ客に襲いかかる！

「こいつ、まだ……!?」

シャーロットは焦るが、とどめを刺すことができない。右腕を捨てたため、有効な攻撃手段が残されていないのだ。

「まったく、仕方ありませんね」

ため息がひとつ、耳元をかすめた。

黒い風はシャーロットが目で追うよりも早く背後から現れ、追い抜いて、人狼の正面に回り込んでいた。

イーラン・ホプキンスは右半身を引いた姿勢から、自身の頭の高さに達するハイキックを繰り出した。甲冑《かっちゅう》状のブーツに覆われた足は、あやまたず人狼の顎を蹴り上げる。

カチ。

硬いクリック音の直後、ブーツの接触面が起爆！　爆風でごっそりと、敵の下顎を削り取った！

「こうやるのですよ、シャーロット・ホームズ」

イーランの動きは終わっていない。爆発の反動で右足を引き戻し、その勢いのまま反転。中段の後ろ回し蹴りへと滑らかに移行する。

カチッ。

踵《かかと》が人狼の脇腹に接触した。ブーツの炸薬《さくやく》が反応し、接触箇所をえぐりとる。人狼の体が小さく浮き上がった。

カチッ！

イーランは宙に浮いた敵の腹部に、すでに掌底を押し当てている。手のひらを包むグローブは、ブーツと同じ炸薬仕込みだ。破壊力は手を伝い、敵の体内へ。硬い毛皮の奥にある、結晶の心臓へと浸透する。

「終わりです」

ぱきっ。

軽い音を立てて、結晶が砕けた。

人狼の体が崩れ落ちる。左義手の刃を深く突き刺したままのシャーロットは、引きずられる形で足元に倒れた。

　審問が終わり、部屋と外界を隔てていた結界が消え失《う》せる。レインコートの前を留めて歩み去ろうとするイーランを、シャーロットは呼び止めた。

「待って！」

　イーランは振り返らない。

「恨まないでください。最終的にとどめを刺した審問官のポイントになるという、そういう慣例ですから。周りに被害が及ぶ前にあなたが倒せそうなら、私も手出しはしませんでした」

「だから、待って！」

「くどい。ポイントを譲るような真似《まね》、できるわけないでしょう。私だって、真剣にナイトを目指して――」

「そうじゃなくって！」

　イーランは振り返った。

　シャーロットは、ジョンに助け起こされていた。

　悔し涙に潤む青い目。きつく嚙みしめられた下唇、不満げなへの字口。声は嗚咽《おえつ》で、低く不格好に潰れている。

「……ありがとう」

ものすごく嫌そうに、しぶしぶと、シャーロットは言った。

だが、言ったのだ。

イーランは目を丸くして、数秒後。

「おかしな子」

目を細くして、吹き出した。

シャーロットはますます不機嫌になった。

「次に会う時は、絶対負けないから」

「では次に会う時には、言葉遣いを直しておいてください。私、たぶんあなたより年上なので。こう見えて十七歳ですよ。アジア人は幼く見えるでしょうけど」

ずっと固かったイーランの顔が、いたずらっぽい皮肉な笑みを浮かべた。だが、不思議と嫌味ではない。

シャーロットは仏頂面だ。

「関係ないわ、年齢とか人種とか。そんなことより、次は私が人狼を吊《つ》るすから。覚えておいて」

「楽しみにしています、シャーロット」

イーランは微笑《ほほえ》み、立ち去った。

シャーロットはうなり、ジョンを振り返る。

「悔しい！　皮肉を言われたわ！」

「そうかな？　僕にはイーランが、君のことを認めたみたいに見えたけど」

シャーロットは自ら切り捨てた右腕を拾い、がちゃりと接続する。抜き挿しには特に痛みを伴わないらしい。シャーロットは平然と、物問いたげにジョンを見ている。

「イーランは自分がアジア系だってこと、けっこう気にしてるんじゃないかな？　きっと今まで苦労をしてきたんだろうね。ルールや慣習に厳しいのも、イギリス社会に受け入れてもらうための努力なのかも。だからきっと、うれしかったんだと思うよ。シャーロットが、年齢も人種も関係ないって言ってくれて」

「でもそんなの、当たり前のことだわ」

シャーロットは、わけが分からないという風に、しかめ面のまま言った。

その当たり前を、当たり前だと言い切り実行できる人間は、多くない。ジョンだけでなく、先ほどのイーランもそう思ったはずだ。

「あとそれから、シャーロットはほんとうは悔しいのに、ちゃんとありがとうって言ったよね。あれでイーランも、シャーロットのことが憎めなくなっちゃったんじゃないかな」

これはジョン自身の感想でもある。シャーロットは青い目をぱちぱち瞬かせた。

「ジョンはすごいのね……人狼《じんろう》の正体だけじゃなくて、私やイーランの気持ちまで推理して、当てちゃうなんて。ジョンの言う通りよ。私、お礼なんて絶対に言いたくなかったけど、言わない方がもっと負けた気がするから、言ったわ。ジョンは名探偵ね」

「探偵とか推理とか、そんなたいしたものじゃないよ。母さんからの受け売りで……」

「私にとっては、すっごく、すごいの。だって、私にできないことをしてるんだもん」

謙遜しようとするジョンを見上げる、シャーロットの目はまっすぐだった。

シャーロットはドレスの裾をつまみ、ぺこりと小さくお辞儀をした。

「ジョン。あなたも、今日はどうもありがとう」

ジョンはどう答えるべきか迷った。ジョンは彼女の父に雇われた身で、報酬も受け取っている。礼を言われる筋合いはない。だが、そう言ってしまうことは、シャーロットの感謝の思いを裏切るような気がした。

懐で携帯端末が鳴った。発信者はサー・マイクロフト・ホームズ。ジョンの携帯が圏外から復帰したことで、電波を遮る結界の消滅、すなわち異端審問の終了を知ったのだろう。

「シャーロット、君のお父さんからだよ」

「私のこと、きっと叱るつもりだわ」

シャーロットは眉を寄せる。ジョンは勇気づけるように言った。

「報告しようよ。君がどう頑張って、何を感じたのか」

「でも……」

「大丈夫。僕もついてるから」

不安な顔と、励ます顔。二人は少しの間、見つめ合う。

息を吸い、吐いた。シャーロットは手を伸ばし、ジョンの手から端末を受け取った。

「もしもし。ベイカー・ストリートの異端審問官、シャーロット・ホームズです」

2章 ◆ シャーロット・ホームズの冒険

聖堂は耳が痛いほどの静寂で満ちている。

光降り注ぐ祭壇に立つ女は背が高く、足元に長い影を引いていた。

「では、始めようか」

抑揚に乏しい声。セント・ポール大聖堂の主、スーツを着た男装の麗人は、呼び出された者たちの前で厳かに告げた。

「ごきげんよう、紳士淑女の諸君。シティ・オブ・ロンドンの統括審問官、レディ・スカーレット・アランだ。マザーヴィクトリアの名のもとに、異端審問を開始する」

ジョンは今日、世界有数の大聖堂に呼び出されている。

シャーロット・ホームズとの出会いから四日。災難は続く。ジョンが異端審問に巻き込まれるのは、これで三度目だ。最初はカフェに乱入してきたシャーロットの巻き添えで。

二度目は金で雇われ、自らシャーロットを追って。

だが今回の審問は、これまでと比べてさらに異質だった。

「はいっ！　質問よ」

元気のよい声。ジョンの隣でぴんと手が挙がる。シャーロットだ。

「どうして審問をするの？　ここに人狼はいないと思うわ」

石造りの堂内に、シャーロットの能天気な声はひときわ響く。

居合わせるのはたったの四人きりだ。聖堂を預かるスカーレット。彼女によって呼び出されたシャーロット。保護者マイクロフト。そして参考人として召喚されたジョンである。

「口を慎みなさい、シャーロット。レディ・スカーレットは軽々しく意見して良い方ではないぞ」

マイクロフトがぴしゃりと言い放つ。初老の紳士は神妙な様子だった。

シャーロットは父を振り返り首をかしげる。

「どうして？　レディっていうことは、お父さまのサーの称号と同じ、女性のナイトなんでしょ」

「聞いていなかったのか。レディ・スカーレットはただのナイトではない。金融の中枢たるシティを統括する大審問官だ。ベイカー・ストリートひとつを預かる私などとは格が違う。そして何より——レディ・スカーレットはこの私の師でもあらせられる」

驚いたのはシャーロットだけでない。隣でかしこまって聞いていたジョンも同じだ。

スカーレットの外見は美しく、せいぜい三十歳前後で、初老のマイクロフトより年上とは見えない。つまりそれだけ、スカーレットの体が人工的に手を加えられているということだ。

後頭部でまとめた金髪。極端に露出の少ないスーツ姿の、首筋からのぞく白磁の肌。室内にもかかわらずはずさないサングラスの奥の瞳。はたしてそのどこまでが生身なのか。

「不肖の娘が失礼いたしました、アラン先生。今回の招集が形式上異端審問の形をとることの意味、重く受け止めております。シャーロットには現在、異端の疑いがかけられているのでしょうな」

「そういうことだ。今日の呼び出しは、本来の意味での異端審問ということになる」

スカーレットは腕を組み、顎を手で支えた。何気ない仕草だが、長身の彼女が行うと威圧を感じさせる。無表情であればなおさらだった。

「シャーロット・ホームズは職務中、通常の異端審問官とはいちじるしく異なる方法で審問を進めようとした。具体的には事情聴取の省略、市民の保護努力義務への違反、関係者への状況説明の放棄などだ。これらは行動規範から逸脱した、異端の振る舞いだ。率直にきくが、なぜ違反した?」

「だって人狼って推理するより、全員吊るした方が早くない?」

「そんなわけあるか馬鹿者ッ!」

マイクロフトが思わずツッコんだ。シャーロットは分かっているのか、いないのか。青い目をぱっちり開いてけろりとした表情だ。

「私はそう思ってたんだけど、そこにいるジョンが助けてくれたの」

異端審問官たちの注意を引かぬよう静かにしていたジョンは、名指しされてぎくりとした。

シャーロットは青い目をきらきらさせてこちらを見ている。改めてシャーロットを前にしてみると、身に着けているものの上等さばかりでなく、髪や肌つやの良さも目に留まる。食べているものから、何もかも違うのだ。

ジョンはなんとなくシャーロットから目を逸《そ》らした。

「あのね、ジョンはすごいのよ。魔法みたいに人狼を当てちゃうの！」

「ワトソン青年について報告は受けている。民間人でありながら審問に協力したと。マイクロフト、お前の指示だったな」

「はい。暴走するシャーロットを私では追えず、やむなく……」

「なるほど」

スカーレットが腕を組んだまま沈黙すると、聖堂はふたたび静まり返った。

「シャーロット・ホームズ。お前は異端審問とは、そもそも何だと思う」

たずねられて、シャーロットは即座にジョンの方を向いた。ジョンは首を振った。少しは自分で考えてほしい。

スカーレットは答えを期待していなかったらしい。そのまま話し続けた。

「まず歴史的な話をしよう。異端審問は中世のヨーロッパ大陸において、カトリック教会による宗教的少数派の弾圧を目的に始まった。教会による一方的な裁判、しかも財産の差し押さえや、拷問による自白の強要すら可能とする理不尽な力が、すべての人から支持されたはずがない。当然、当時は我が国イギリスにおいても受け入れられなかった」

レディ・スカーレット・アランは仮面のような無表情のまま続ける。

「にもかかわらず、およそ百五十年前にマザーヴィクトリアが設立したイギリスの人狼狩り部隊が、異端審問官と名づけられたのはなぜか」

今度はジョンに頼らず、シャーロットは腕を組んで考えた。仕草はスカーレットの真似《まね》だろうか。そしてはっと目を見開き、挙手をする。

「はい！　名前の響きがかっこいいからよっ」

「馬鹿者ッ」

マイクロフトが思わずツッコんだ。二度目である。ジョンはずっこけていた。

「いや、正しいな」

意外にもシャーロットの肩を持ったのは、他ならぬスカーレットだった。

「異端審問官の設置は、当時マザーヴィクトリアの改革の目玉だったと言って良い。市中にはびこる人狼による犯罪や汚職を解決する異端審問官——歴史的な裏付けのある名前は、市民の理解を助け、受け入れることを容易にした」

それがつまり『かっこいい』ということなのだろうか。

マイクロフトが腑《ふ》に落ちないという顔をしている一方、シャーロットは鼻の穴を広げて得意になっている。

「マザーヴィクトリアの治世は見た目ほど盤石じゃない。お前たちが知らないのは無理もないが、陛下がイギリスの工業化を本格的に進めていくことを決定して、その象徴として自らを機械化しマザーコンピュータとなることを表明した百五十年前、世論の反発はすさまじかったものだよ。今の反機械派《ラッダイト》などの比ではなかったぞ。今でも女王を収めたデータセンターの位置が秘匿されているのは、そこら辺の防犯上の都合からだ」

スカーレットは懐かしむように、短く沈黙した。

「……反発を鎮めたのは女王の自己犠牲と、異端審問官の働きだった。スーパーコンピュータとしての陛下の演算能力によって、イギリスはあらゆる分野で世界の頂点に君臨し続けてきた。審問官の人狼狩りも、目に見える形で人狼を減らし、犯罪を抑止した。女王への支持が回復したのは、異端審問官の活動の成果でもあったのさ。我々とマザーヴィクトリアは、そういう互恵関係を百年以上続けてきた……が」

かつん。スカーレットがブーツの踵《かかと》を鳴らす。視線の合わないサングラス越しの凝視が、シャーロットに注がれた。

「その前提を揺るがせているのが、お前だ」

シャーロットは右を向き、左を向き、もう一度右を向いてから自分を指さした。

「巷《ちまた》では異端審問官が無差別に殺戮《さつりく》を行ったといううわさが立ち、教会の威信、さらには女王の信頼までもが揺らぎ始めている。そして残念ながら、そのうわさは事実だ。シャーロット・ホームズは推理なしで容疑者を皆殺しにしようとした。お前の言い分では、その方が素早く事件を解決できるということだったな。昇進だけを目的に審問をするならば、その発想もあながち間違いじゃない。ナイトへの昇進は倒した人狼《じんろう》の数で決まる。誤って殺してしまった市民の数は重視されない」

スカーレットの顔は、シャーロットのうしろに控えるマイクロフトへと向いた。

「大方、父親からナイトになることばかり期待されて、極端な発想に至ったんだろう。マイクロフト坊やは昔から昇進にこだわっていたからな。私を超える審問官に育てたかったのは分かるが、さすがに根を詰めさせ過ぎだ。馬鹿弟子め」

マイクロフトは沈黙し、苦い顔を浮かべつつも叱責を耐えていた。白手袋に包まれた義手が、拳を固めてかすかに震えていることにジョンは気づいた。

「シャーロット・ホームズ。ここへ」

スカーレットはシャーロットを呼んだ。戸惑いながらシャーロットが近づくと、大審問官は体をかがめ、シャーロットと視線を合わせた。サングラスの表面にシャーロットの表情が映る。

「私!?」

「父親から何を教わって来たか知らんが、いい機会だ。お前が目指す異端審問官のナイトとやらがどんなものか、見せてやろう」

スカーレットはサングラスに指をかけ、はずした。

シャーロットが小さく息を呑《の》んだ。

そこには整い過ぎた美貌、表情なき石膏《せっこう》の顔があった。

「私は審問のためにこの身のすべてを捧《ささ》げた。文字通りの意味でだ。私にはもう、生身の体は残っていない。自分の腹でこどもを産むことも、叶《かな》わない」

シミひとつなく、それゆえに不自然な人工皮膚が、笑顔を浮かべることはなかった。抑揚にとぼしい声の中にも、それはなかった。微笑は言葉に、シャーロットの肩に手を置く仕草の中にのみ現れた。

「自分自身の頭で考えろ。お前は私のようになりたいか？　生き急ぐことはないんだよ、シャーロット。お前は若い。大人になるのを焦るより、今は若さを楽しむもいいさ。決断はそれからでも、別に遅くはない」

スカーレットは立ち上がり、不自然な美貌をふたたびサングラスで隠した。

聖堂を歩き、ステンドグラスの前に立つ。光を背に、大審問官は振り返った。

「だが、教会の歯車十字を掲げて活動する限り、軽率な行動は控えてもらう。今年はマザーヴィクトリア即位二百年、節目の年。百年前のセンチュリー・ジュビリーでも、大規模な人狼の反乱があった。ロンドンの守りを固めねばならんこの時期に、教会と市民との間に軋轢《あつれき》があっては困る」

率先してマイクロフトが膝を突き、この大審問官に対しとるべき礼を示した。ジョンが続き、シャーロットも従った。

美しい合成音声は朗々と響き渡る。

「教会からの判決を伝える。審問官シャーロット・ホームズは今後無期限に単独での審問を禁ずる。かみ砕いて言えば、これから当分は父親か、そこのバイトの青年なしでは勝手に動くなよ、ということだ。以上。帰ってよし。——期待しているぞ、私の孫弟子」

「私の考えでは、レディ・スカーレット・アランこそ最強の異端審問官だ」

セント・ポール大聖堂からの帰路、教会の送迎用リムジンの中で、マイクロフトはつぶやいた。

「彼女の審問を見れば、誰もがそう思う。全身を義体化しなければ装備すらままならない、専用の決戦武装。正義の鉄槌《てっつい》のごとき破壊力。そして、献身だ」

リムジン後部の互いに向かい合う形の座席で、マイクロフトはいまだに神妙な面持ちを崩していない。

「献身は英国国教会のもっとも基本的な理念だ。キリストが全人類のため十字架に架けられたように、マザーヴィクトリアは自らをイギリスのために未来を演算するスーパーコンピュータへと変えた。レディ・スカーレットの献身は女王の思想に通じる。だが」

マイクロフトは言葉を区切り、盗み見るようなためらいがちな一瞥《いちべつ》をシャーロットへ向けた。

「いくら私でも、我が子にそこまでの自己犠牲は期待しておらんよ。……お前のように短気なこどもが、レディ・スカーレットの高みまでたどり着けるものか」

「お父さま、ひどい！」

シャーロットの頬が風船のように膨らんだ。青い目が同意を求めてとなりのジョンへ向く。

「短気なのは事実じゃないかな……」

「そんなことないわ！　そんなこと、ないと思う……そうなのかしら？」

「だが、まあ」マイクロフトは言いにくそうに咳払《せきばら》いした。「レディ・スカーレットほどではないとはいえ……シャーロット、お前がその年齢で手足を機械化していることは、悪くない。及第点だ。異端審問官といえども、誰もが肉体を改造することに躊躇《ちゆうちよ》しないわけではないからな」

「お父さまぁ……っ！」

シャーロットの顔が分かりやす過ぎるほど明るくなって、父に抱き着こうと両手を広げた。マイクロフトも控えめながらそれを受け入れる素振りをしたが、その直前で、振動音が響いた。

着信だ。マイクロフトは顔をひきしめ、携帯端末に応答する。

「私だ。《ガーゴイル》の件か?」

そしてそのまま話し始める。シャーロットには体を斜めに向けて、すでに意識の外だ。

シャーロットはまた頬を膨らませた。それでも一応口を閉じ、父の電話が終わるのを待っているのだが、膝がそわそわ動いて落ち着きがない。何かおしゃべりがしたくてたまらない様子だった。

声を潜めたマイクロフトの通話が、断片的に聞こえてくる。

さらなる犠牲者——活動範囲はロンドン中心部へ向けて北上中——異端審問官二名が消息不明——懸賞金——識別名《ガーゴイル》。

「了解した。そちらに急行する」

マイクロフトの通話が終わるや、シャーロットが立ち上がった。頭が天井をこすった。

「人狼が出たのね! 腕が鳴るわっ」

「いいや。お前は待機だ、シャーロット」

気合充分、腕まくりをしていたシャーロットは、拍子抜けした顔になる。マイクロフトはすでに冷徹なナイトの表情だ。

「現れたのは通常より強力な個体だ。ナイト未満の審問官では手におえん。それにまだ、敵の潜伏先が分かったわけでもない。私が出席するのは、この地域を受け持つナイトたちの会合だ。そこで対策について協議する」

「わぁっ。そっちも楽しそう。私も会議やってみたい！」

「駄目だ。お前なら街を焼き払って人狼を炙《あぶ》り出せとでも言いかねん」

「すごい！　その通りよ。お父さまはさすがロッテのお父さまね」

「……ベイカー・ストリートに着いたぞ、シャーロット。降りなさい」

シャーロットとジョンを残し、マイクロフトを乗せたリムジンは走り去っていった。

シャーロットは遠ざかる車をぽかんとした顔で見送った。

「じゃあ僕、帰るから……」

ジョンは立ち去ろうとした。当然だ。いくら異端審問の助手が割のいい仕事でも、命には替えられない。こんな乱暴な女の子といたら、命がいくつあっても足りないではないか……。

「ダメよジョン！　レディ・スカーレットが言ってたわ。お父さまもジョンもいなかったら私、異端審問をさせてもらえないのよ。だから帰っちゃだめ！」

シャーロットはジョンの行く手に回り込み、大げさに両手を広げてとおせんぼした。そしてそれから、しおらしい顔になる。

「それに私、ジョンに言わなきゃいけないことがあるの。……初めて会ったとき、ぶっ殺そうとしてごめんなさい！」

ベイカー・ストリートを歩く人々が、何事かと振り返る。ジョンは慌てた。

「ダメだよいきなり人前でぶっそうなこと叫んじゃ！　道行く人がドン引きだよ!?」

「いきなりなんかじゃないわ。今日はずっと、ジョンにいつ謝るか考えてたの。ほんとうはこの前、助けてもらった時に、お礼だけじゃなくてごめんなさいも言わなきゃいけなかったのに」

お礼も謝罪も、同じようなものではないか。

ジョンはそう思うのだが、シャーロットにとっては違うらしい。黒髪の少女審問官イーランに嫌々礼を言ったように、シャーロットなりに通すべき筋があるようだ。

シャーロットは真剣な表情でジョンに告げた。

「私もう異端審問で手当たり次第皆殺しになんてしないわ。次からは半殺しまでにする」

ジョンはコケた。

「五十パーセントオフでもダメなものはダメだよ！」

「じゃあ、三分の一殺し……？　大幅値引きよっ」

「そういう問題でもないよ！　命に値段はつけられないよ！　プライスレスだよ！」

「でもジョンがいてくれれば、やっつけるのは人狼だけで済むと思うの」

シャーロットはさらりと言い切る。表情はやはり真剣だ。

元々ふざけているわけではないのだ。胸の前で両手を重ね、不安げに眉を寄せてジョンを見つめている。

「私、ジョンと仲直りがしたい」

「仲直りだなんて……僕は別に、怒ってなんかいないよ」

「だけどジョン、さっきからずっと気まずそうで、帰りたがってるわ」

図星だった。そして、卑怯《ひきょう》だとも思った。

そんなことを、そんな顔で言われてしまったら、もう帰るに帰れない。

「そんなことないよ、シャーロット」

「じゃあ、また手伝ってくれる？」

恐る恐るシャーロットはたずねる。ジョンはうなずいた。

「まあ少なくとも、今日のところはそうするよ」

シャーロットの顔がぱっと明るくなる。ジョンは気恥ずかしく、ほのかに赤くなった首を掻《か》いた。

「ジョンが付き合ってくれるなら、私、やってみたいことがあるの」

シャーロットはわざとらしく溜《た》めを作り、満点のドヤ顔で言った。

「デートよ！」

異端審問官の通常業務とは、待機である。

ロンドンの街区ごとに配置された彼らは、未来の人狼《じんろう》の出現を知らせる女王の予言があれば即応し、速やかに異端審問を行う。

がしかし、いかにロンドンが人口過密で、面積あたりの人狼の出現件数が多くとも、一人の審問官がそう連続して人狼と戦うことはない。彼らの仕事は待機時間の方が圧倒的に長いのだ。

異端審問官の退屈をまぎらわせるため、パトロールという名目の自由行動が認められているのも、無理からぬことなのである。

とはいえ、それにしても。そうは言っても。

うぃーん。うぃぃぃいん。

ベイカー・ストリートの老舗百貨店の屋上。シャーロットは、パンダに乗っていた。

「ねえシャーロット。パンダ、楽しい？」

「楽しいわ！」

「そもそもこれってデートなのかな」

「映画で見たことあるから間違いないわ。遊園地は定番のデートスポットなのよっ」

お屋敷育ちのシャーロットは、見るもの触れるもの、すべてが新鮮で、楽しそうだ。スピーカーから安っぽい音楽を流しのそのそ歩くパンダの乗り物にも、青い目を輝かせている。

「ちなみにこの後は怪しい黒服の男たちに追われたり、真実の口に手を食べられたりするわ」

「デートの知識、映画に偏り過ぎじゃない？」

「安心して。中だるみしないようにサメも出るわ！」

「わぁ。サメ映画だぁ」

「そして最後は爆発するの！」

「爆発オチだぁ」

ジョンは遠い目をしていた。ジョンにとってこれが人生初デートである。心のどこかで期待をしていた。シャーロットは一応、美少女である。デートと言われて胸の高鳴りを覚えたことは否定できない。ジョンは今、死んだ魚の目をしている。

「そもそも僕たち、何のためにデートしてるんだろう」

「デートって、男の人と女の人がなかよくなるためにするんでしょう？　今の状況にぴったりだわ。私もよくお父さまと喧嘩《けんか》した後にデートするもの」

「そっかぁ……僕、サブお父さまかぁ……」

遅まきながら理解した。これはデートではない。妹アシュリーを公園に連れていくのと同じ、家族サービスだ。

無邪気にパンダを乗り回すシャーロットをぼんやり眺めながら、ふとジョンは思いついた。

「ねぇシャーロット、聞いていいかな。君はどうして異端審問官になったの？　気を悪くしないでほしいんだけど、君って審問官より、遊園地とか映画の撮影現場で働く方が向いてるんじゃない。けっこう興味あるみたいだし」

「たしかにこういうところでお仕事したら、こっそりパンダに乗せてもらえそう！」

「職権濫用はやめようね」

シャーロットはパンダを立ち止まらせ、真面目ぶった顔をした。

「私が異端審問官になったのは、それがお父さまの夢だからよ。お父さまが言ってたわ。ロッテならきっとお父さまよりも強い審問官になれるって！」

「そうなんだ。でも、シャーロットはそれでいいの？　人狼と戦うのって、すごく危ない仕事だけど……」

「ぜんぜんへっちゃら！　人狼なんかより私の方が強いもの」

シャーロットは胸を張ったが、何かを思い出し、しゅんとうなだれた。

「だけどこの前の異端審問は、イメージとちょっとちがったわ。せっかく人狼をやっつけたのに、誰も褒めてくれないの。……お父さまは尊敬されるお仕事だって言ってたのに」

「容疑者を全滅させようとするからだよ！　完全に自業自得だよ！」

「しょんぼり……」

停止したパンダの上で、シャーロットは憂鬱な表情だ。

「ジョンが言う通り、私に異端審問官なんて向いてないのかもしれないわ。これまで一生懸命訓練してきたけど、お父さまはちっとも褒めてくれないの。十五歳になるまで、毎日ずっとおうちで特訓漬けだったのに」

外に出たくても出られない。そんな生活は、妹のアシュリーとよく似ている。

ジョンはこの年下の少女に対し、たびたびアシュリーを重ね見てきた。どう考えても危険なのに、シャーロットを見捨てられないのはそのせいかもしれない。

現に今も我知らず、ジョンは微笑を浮かべていた。

「だったらこれまで遊べなかった分、たくさん遊んで取り返さなくちゃね」

「でも、そんなことしてていいのかしら。もっと強くならなきゃいけないのに……」

「息抜きは誰にだって必要だよ。きちんと休憩しなきゃ、訓練だって効率が落ちるんじゃないかな」

シャーロットは考え、少し迷ってから、ためらいがちに言った。

「あのねジョン。私、もういっこ行ってみたいところがあるの」

音圧！　肌を震わせる重低音！

「カジノ！　悪徳と欲望の都！」

「カジノじゃなくてゲームセンターだけどね」

人々！　筐体《きようたい》の間を行き来する若者たち！

「今日は夜通し遊び尽くすわ！　ぱーりぃないっ」

「保護者の方がいない未成年者は夕方六時までだけどね」

立札！　店内ルールが明記！

「勝って勝って勝ちまくって、巨万の富を築くのよ！　じゃんじゃんばりばりだわ！」

「ゲームセンターのメダルは換金も景品交換もできないから、気をつけようね」

ジョンとシャーロットは同じ百貨店の地下、ゲームセンターを訪れていた。生まれて初めてのゲームセンターに、シャーロットは興奮している。

「もぐら叩《たた》き！　ぶん殴るのは得意だわ！」

「台ごと破壊するのが目に見えるよ！」

「レースゲーム！……車より私が飛んだ方が速くない？」

「空を飛ぶのはルール違反だよ！」

「ドラムの達人！　対戦相手の鼓膜を破壊して完全勝利よ！」

「騒音被害だよ！」

「釣りゲーム！　池に手榴弾《しゅりゅうだん》なげこんだらお魚が浮かんでこないかしら？」

「環境団体に怒られるよ！」

「蒸気機関車でＧＯ！　事故は起こすわ！」

「テロ予告だよ！」

「ガンアクションゲーム！　こんなおもちゃより私の武装の方が高性能よ！」

「実弾なんか使ったら弁償代のハイスコア更新が止まらないよ！」

シャーロットは跳ねるような足取りで店内をおおよそ一巡したころ、立ち止まって振り返った。

「まだひとつも遊んでないのに、ジョンのおかげで楽しいわ！　私たち、いいコンビねっ」

「漫才のね……」

冗談とも本気ともつかないシャーロットを、引き止めるジョンは忙しい。それでも案外、まんざらでもなかった。

「あっ。ねぇねぇジョン。私あれやりたい」

次にシャーロットが指さしたのは、ガラスの箱に景品が詰まった機械、定番のクレーンゲームだった。

「えぇー……大丈夫？　ガラスを壊して中の景品とったりしない？」

「しないわ！」

「機械を引っこ抜いてから傾けて景品を落とすとかもナシだよ？」

「心配しないで。正々堂々パンダを勝ち取るから！」

シャーロットがガラス越しに注目しているのは、デフォルメされたパンダのぬいぐるみだ。毛量が多く、丸々としていてかわいらしい。屋上でもパンダの乗り物に乗っていたから、きっと好きなのだろう。意気揚々とレバーを握り、ゲームを始めた。

しかしシャーロットは苦戦しているようだ。「がんばって！」とか「あなたならできるわ！」などと呼びかけながら操作しているが、クレーンは思うように動かない。時おりアームがぬいぐるみをかすめても、すり抜けるように落としてしまう。

シャーロットはむきになって手持ちのコインを連投し、気がつけばあっという間に最後の一枚になっていた。

「どうしよう。とれる気がしないわ！」

そして半泣き顔でジョンを振り返った。

「しょうがないなぁ……最後の一回、僕に譲ってくれる？」

「……ジョンも遊びたいの？」

ジョンの苦笑まじりの申し出に、シャーロットはズレた反応を返した。それでもしぶしぶコインを差し出してくるのが、心根のやさしさを表しているようだった。

「はい、どうぞ。私ばっかり楽しんじゃって、ジョンにいけないことしたわ。それでもう最後だから、大事に使ってね……」

シャーロットは口をへの字にして悲しみにうちひしがれ、最後のコインが投入口に吸われていくのを見送った。

ジョンは慣れた手つきでレバーを動かす。クレーンが滑り出した。

シャーロットの表情が、徐々に変わる。目を見張り、口を開けて、ジョンが操るアームがパンダの腹を摑《つか》むのを目撃した。

「すっごーい！　魔法みたいだわ！」

あまりに率直な称賛が照れ臭い。ジョンは鼻を掻《か》きつつ、その間も必要なレバー操作は怠らなかった。

「前にゲームセンターでアルバイトしてたことがあるんだ。それでコツをちょっと、ね」

「アルバイトってすごおい！」

ジョンには金がない。まして遊ぶための金など、あるはずがない。学校をやめ、妹のために生活費を稼ぐようになってからは、仕事こそがジョンの遊びであり、楽しみだった。

クレーンは危なげなく持ち上がり、ぬいぐるみを取り出し口へと運んでいく。見得《みえ》を切っただけあって自信はあるのだ。万事順調。そう思われた時だった。背後で小躍りするシャーロットの懐から、警報音が鳴り響いたのは。

「それって、女王の予言？　人狼《じんろう》が出現した時に鳴るっていう……」

「そうだわ。人狼の出現場所は――」

パンダの行方に気もそぞろなシャーロットだが、応援以外にできることがあるわけでもない。携帯を開いて予言の内容を確認して、驚いた。

「ここ!?」

暗転。

ゲームセンターの照明が一斉に消え、辺りは闇に包まれた。

暗闇の中、その人狼は咳払《せきばら》いをした。喉を震わせハミングし、発声練習をする。

手元には偏執的に細かく書き込みがされた台本と手鏡、化粧道具の数々。

モニターの光が、顔面の毛に塗りたくられたメイクを浮かび上がらせていた。目の下に落ちる青い涙滴。口吻《こうふん》の周りを囲う、口紅のような赤。

「レディィス、エンッ、ジェントルマン！　ヨウコソ、殺戮《さつりく》の館へ！」

手元のマイクにスイッチを入れ、話し始めた。

モニターに映るのは地下ゲームセンターの映像だ。先ほどの停電のあと、最低限の明かりだけが復旧し、怪訝《けげん》な表情をした客たちを照らしている。じきに彼らは気がつくだろう。ゲームセンターはすでに閉鎖され、外部への脱出手段が失われたことを。たった今よりこの娯楽の空間は、悪夢の遊戯会場と化す……！

「俺サマは異端審問官どもから《ジェスター》と呼ばれている人狼だ。本日ただいまゲーセンにお集まりの不幸な暇人ショクンには、生き残りをかけたデスゲームに参加してもらう！　ルールはいたって簡単だ。まずお前らには……ン？」

練習通りの速度で原稿を読み上げていた人狼の鼻が、ぴくりと動く。

次の瞬間、人狼の横の壁が吹き飛んだ。

「ベイカー・ストリートの異端審問官、シャーロット・ホームズです！　マザーヴィクトリアの名のもとに、異端審問を始めます！」

現れたのは、爆風に金髪をなびかせる少女審問官、シャーロットだ。道化化粧の人狼は慌てて台本をめくった。こんなこと、台本にない！

「何イイ!?　なぜここがッ」

「放送やシャッターの操作は大抵バックヤードの事務所で行うものだよ！　アルバイトの経験が活《い》きたよ！」

後ろから顔をのぞかせた助手の青年の指摘通り、ここはゲームセンターのバックヤードだ。従業員二名が後ろ手にしばられ、床に転がされている。人狼はとっさにこの人質を踏みつけ、シャーロットを脅そうとした。

できなかった。

「エッ。速――」

顔面にめりこむ鉄の拳。人狼は吹き飛び、壁に叩きつけられる！

「人質は僕が解放する！　僕たちが逃げたら、好きなだけぶっ放して！」

「わかったわ！」

シャーロットは両腕を打ち振るい、袖に収納された刃を展開。重い足音を響かせて、なかば壁にめり込んだ人狼へと迫る。

「ま、待て！　俺がスイッチを押せば、閉じ込められた連中に毒ガスが……フギィッ!?」

スイッチを握る右腕を切断！

「こんなこともあろうかと予備のスイッチが……ヒョンッ!?」

予備も破壊！

「甘いねエ！　予備の予備と、予備の予備の予備も……オオオンッ!?」

腕の刃と入れ替えに両袖から機銃を展開し、発砲。すべての装置を破壊する！　人質の退避は確認済みだ！

「オマエ……人が一生懸命準備したデスゲームを！　安心安全を心がけて作った台本をォ！」

「どうでもいいわ！」

「ギャンッ!?」

逆上した人狼に、有無を言わせぬシャーロットの蹴り！　至極当然の対応！

「お父さまが言ってた《ガーゴイル》じゃないから、たいしたお手柄にならないし！　停電のせいでパンダもとれなかった……！　あなただけは、絶対に許さない！」

「何の話ィ!?」

銃口が輝き、怒りの弾丸が放たれる。

異端審問は完了した。


人狼が討たれ、数分後。地下の電源は復旧し、ゲームセンターに騒々しい音と光の洪水がもどってきた。

「一件落着だね、シャーロット」

笑顔でねぎらうジョンに対し、シャーロットは憂いを帯びた表情だった。

「だけど私たちは、あまりに大きなものをなくしてしまったわ……パンダはもう、かえってこないの。遠いところへ行ってしまったの……」

「ほんとにそうかな？」

ジョンがシャーロットの鼻先に、ずいと何かを押し当てた。もこもこの手触り。白と黒のツートンカラー。

「パンダ！」

シャーロットはぬいぐるみを受け取り、顔をうずめて抱きしめたあと、はっとしてジョンを見上げた。

「……火事場泥棒？　だめよジョン。停電のどさくさに紛れて盗んだりしたら」

「違うよ！　人聞きが悪すぎるよ！　お店の人に事情を話したら、プレゼントしてくれたんだよ。停電がなければとれてたはずだし、それに、シャーロットに人狼を倒してもらったお礼だって」

見れば、ジョンの後ろから先ほど助けた店員が顔をのぞかせ、礼を述べている。一人は壮年の男性店長で、もう一人は若いアルバイトの女性だ。女性は恐怖から解放された安心で、目に涙すら浮かべている。

二人の店員のみならず、店内に閉じ込められていた客の何人かも加わって、シャーロットと握手をかわした。慣れない感謝にシャーロットは戸惑い、助けを求めてジョンを見る。

「堂々としていいんだよ、シャーロット。この人たちはみんな、君に助けられたんだ。シャーロットが遊園地とか撮影現場で働いてたら、助からなかったかもね？」

なぜ異端審問官になったのか——。その答えが、分かったような気がした。

父に請われたからではない。少なくとも、もうそれだけではない。

「ねぇジョン。私やっぱり、異端審問官になって良かったわ」

胸元にはパンダのぬいぐるみ。両手でぎゅっと抱きしめて、ぬくもりを確かめる。

「これまでで一番、今が幸せ！」

3章◆悪魔の跫

「と、いうことがあったんだ！」

ロンドンの貧民街、イーストエンドの夜。

治安の劣悪なこの地域にも、ひとつひとつの窓に目を留めれば、そこには家族団欒《だんらん》の明かりが灯《とも》っている。

「シャーロットったら、そそっかしいんだよ。まさかテーブルに置いてあったスプーンとフォーク、うっかり握りつぶしちゃうなんて……」

「握手とかしたときに、握りつぶされなくてよかったな、兄よ」

ジョンとシャーロットの出会いから、二週間あまり。

ジョンは異端審問官シャーロット・ホームズと正式に契約をかわし、順調に助手としての役目を果たしていた。

アシュリー・ワトソンがその日の終わりに兄の口から昼の活躍を聞くのも、もう何度目になるだろうか。相槌《あいづち》を打ちながら、アシュリーはスプーンでカレーを口に運んだ。やわらかい眉間に、しわが寄る。

「……まずい」

「そんなことないよ！　アシュリーが作ってくれたご馳走《ちそう》だよ！　アシュランガイド星三つだよ！」

「五夜連続。さすがにあきた……」

皿の上にスプーンを投げ出す。

夕食中もかぶったままの魔女帽子の下、アシュリーはぐったりとした顔になった。兄の話がコース料理を食べてきた報告だったことも、食事のみじめさに拍車をかけている。

ジョンの昼の生活はきらびやかだ。イギリス社会の上流階級に属する異端審問官、シャーロットとその父マイクロフトに同伴して働く都合上、彼らのご相伴にあずかることが増えている。

ジョンにとっては他ならぬアシュリーのための仕事であるが、見ようによっては不公平でもある。ジョンはすまなさそうに頭を掻《か》いた。

「ごめんねアシュリー。実は僕も、お店の人にお願いして、テイクアウトで持ち帰らせてもらおうとしたんだけど、うちの店ではできませんって言われちゃって……」

「気にするな兄。よく考えたら、このカレーもコクがでていてけっこうイケる。五日目なので五倍うまい」

アシュリーが両手をパーにして掲げる。指が五本、五倍なのだ。ジョンは悶《もだ》えた。

「ちっちゃい両手を強調するかのようなその仕草が僕のハートにクリーンヒットだよ！」

　アシュリーは軽く受け流した。

「それより兄。この仕事、ずっとつづけるのか」

「……そのつもりだけど？」

　ジョンは落ち着き、座りなおした。アシュリーの声の調子が真剣だったからだ。

「あぶないから、やめた方がよくないか。たしかに今日、人狼《じんろう》はでなかった。でも、明日はでるかもしれない。こんどはジョンも、ケガするかもしれない」

「心配してくれてるの？」

「……うむ」

　アシュリーはしぶしぶ認めた。

「わたしには、シャーロットという女の子もあぶない気がする。ジョンはわすれてないか。最初に会った日、ころされかけた。わたしはその子が、すきになれない。ジョンをあぶない目にあわせる」

「アシュリー……もしかして、嫉妬してる!?」

「それはない」

　うれしそうに身を乗り出したジョンの頭を、ぬいぐるみで引っぱたく。だがその直後、アシュリーは引き戻したぬいぐるみで口元を隠した。

「いや、ない……こともない。なくもない。嫉妬は……している、かもしれない」

「アシュリー？」

「だって、兄。……自分の家族が、しらないよその家族と幸せそうにしてたら……そんなの、いやだ。とられたみたいに思う。さびしい。くやしい。……せつない」

ジョンは息を止めた。

アシュリーはぬいぐるみに顔をうずめ、少しくぐもった声で続ける。

「最近のジョン、すごく楽しそうだ。わたしと話すときみたいな、わざとらしい感じじゃない」

「それは違うよアシュリー！　わざとなんかじゃない。僕はほんとうに……」

「いい。いいから、聞いてジョン。……アシュリーは、アシュリーのせいでジョンが楽しくなくなるのは、いやだ。ジョンに嫌われるのは、やだ」

「どうして……そんなこと、絶対にないよ」

「アシュリーはわがままゆわないよ。いっしょにつれていってなんてゆわないし、おみやげもいらない。ジョンは外で遊んでるときくらい、アシュリーのことわすれていいよ。でも」

食卓のカレーの上に、大粒の涙がこぼれた。

「ジョンがいなくなるのは、いやだ。よその子になって、帰ってこなくなるのはいやだ。危ない仕事して、母みたいに死んじゃうのはいやだ。アシュリーを嫌いになって、会いにきてくれなくなるのは……いやだ」

　ジョンは立ち上がり、イスにかけたアシュリーの隣にかがみこんだ。膝に手を置き、妹の顔を見上げる。アシュリーはぬいぐるみを突き出し、顔をそむけた。

「さっきから、ねこがそうゆってる」

「そっか。ねこはやさしいんだね。でも、いっしょにお出かけしなくていいとか、おみやげがいらないとか、アシュリーはほんとうにそう思ってるのかな？　家族をとられちゃうのは、さびしくて、切ないことなのにね」

「思ってる」

　ぬいぐるみの陰に隠れたまま、むきになった声でアシュリーが言った。

「家族のことが大事なのは、ジョンだけじゃない。アシュリーはまだ、ジョンが勝手に学校やめたこと、ゆるしてない。ジョンは学校すきだったのに、働くために学校やめたりしたら、アシュリーはかなしい。うれしくない……」

　ぬいぐるみが膝の上に下ろされる。ぶかぶかの魔女の帽子が大きく傾いた。

「……だから、ジョン。がんばりすぎないで。アシュリーも、もっと何でもできるようになるから。カレー以外の料理もおぼえる。調子がいい日は買い物もゆくよ……」

「アシュリーは強くて、やさしい子だね」

「ねこがそうゆっている」

アシュリーは帽子のつばをさらに目深に下ろして、頬の色を隠した。

「あのねアシュリー、これだけは言っておきたいんだ。僕が引き受ける仕事は、たしかに危ないものが多いかもしれないけど、僕はとっても楽しんでるんだよ。少なくとも、あのまま普通に学校に通っていたら、こんな経験できなかった」

「ほんとうか？……信じない。大人は、うそつく……」

「僕はまだ大人なんかじゃないよ」

ジョンは苦笑した。

「今やってる異端審問のお手伝いは、すごく楽しいんだ。ぜんぜん付き合ったことのない人たちと知り合えて、自分よりずっと上の階層の生活を体験してる。こんなのってなかなかできないよ。それに今は、シャーロットっていう子のことも、なんだかほうっておけなくなってきちゃったしね」

「またシャーロットか」

アシュリーはつまらなさそうに唇を尖《とが》らせる。ジョンは微笑した。

「アシュリーが一度、シャーロットに会ってくれたらなあ！　きれいなお金持ちのお嬢さまなのに、いろいろ抜けてて面白い子なんだよ。きっとアシュリーとも仲良しになれると思うんだ」

「アシュリーはゆかない。ついていったって、すぐ疲れて歩けなくなる。ジョンの邪魔はしたくない」

「もう。邪魔なんかじゃないのに」

「勝手にしろ、兄。わたしは家でまつ」

くすくす笑うジョンの袖を、アシュリーは固く摑《つか》んだ。

「……ねぇ、ジョン」

「なあに、アシュリー？」

「どうしてアシュリーじゃなかった」

意味が分からず、ジョンは微笑したまま首をかしげた。意味はすぐに分かった。

「母じゃなくて、アシュリーなら良かったのに。生きてるのが母なら、誰にも迷惑かからなかった」

「……怒るよ。そんなこと言ったら、ダメじゃない」

「母のカレー食べたい。アシュリーは、あんなにおいしく作れない」

震え始めた妹の肩を、ジョンは抱きしめた。

「役立たずなの、やだぁ……！　わたしだって、役に、立ちたい……」

ジョンは答えなかった。悲しげな微笑《ほほえ》みを浮かべて、ゆっくりとアシュリーの肩を揺らす。

幼いころ、亡き母がそうしてくれたように。揺りかごの記憶をたどるように。

その日の深夜のこと。

兄妹が眠るリビングで……何かが動いた。

カーテンを閉め切った部屋には、節約のため灯《あか》りひとつない。影は音もなくベッドを下り、ジョンが眠るソファの前に立った。

暗闇をかすかな光が満たす。白く濁った水晶玉は、それ自体がにじむような光を放ち、持ち主の顔を照らし上げた。

無表情のアシュリーだった。

すでに泣きはらした目は、どこか焦点が合わず、何を見ているのかはっきりとしない。ジョンは目を覚まさない。アシュリーは兄の上に手をかざした。抱える水晶玉が輝きを強めていく。

頭にかぶる魔女の帽子が、ひとりでに背後へ落ちる。かざす手と水晶玉で、アシュリーの両手はふさがっているのに。

帽子の下から現れたのは赤い髪と、同じ色の毛をたくわえた、三角形の大きな耳だった。

アシュリーに、獣の耳が生えている。

唇の隙間から、鋭くとがった犬歯がはみ出していた。

瞳が拡大し、白目がほとんど隠れていた。

爪が伸び、手は赤い毛で包まれていた。

まるで、オオカミのように。

人の姿をした獣、人狼のように。

ジョンは妹の秘密を知らない。アシュリーが人狼であることを知らない。その占いが、本当に未来を言い当てていることを知らない。悟られないよう、わざと情報に不純物を交ぜて伝えていることを知らない。

水晶玉を握るアシュリーに、表情はない。瞑想《めいそう》を深め、未来をたぐり寄せていく。膨大で無作為な運命の潮流から、兄に関わるものだけを選《よ》り分ける。

憔悴《しょうすい》し、汗がにじむ。こみあげる咳《せき》をどうにか飲み込む。未来を知ろうとするほどに、アシュリーの体は衰弱する。

アシュリーははっと目を見開いた。思わず叫びそうになった悲鳴を手でふさぐ。

顎から汗が伝い落ちた。

アシュリーが見た未来。それは異端審問官の少女によって、ジョンが殺される光景だった。

＊

「やっぱり今日は、わたしもゆく」

朝食の席で、アシュリーは一番にそう言った。

「占いでわるい結果がでた。心配だから、ついていく。さもなくば家にいろ、兄」

そう聞かされたジョンの顔が、数秒の沈黙のあと、弾《はじ》けるように輝いた。

「そっかぁ！　やっぱりアシュリーもついてきたかったんだね。もちろんいいよ！　今日は調子も良さそうだし、久しぶりにお散歩しようか」

ジョンはアシュリーの占いを信じていない。微笑ましいままごとだと思っている。

ジョンは妹の秘密を、何も知らない。

アシュリーは、もどかしそうに言った。

「まて兄。べつにうらやましいわけでは……」

「ただし！」

アシュリーの抗議を照れ隠しと見たジョンは、人差し指を立てて妹に言い聞かせた。

「ついてきてもいいのは、シャーロットたちと待ち合わせのカフェまでだよ。人狼の通報があったら、現場には僕たちだけで行くからね。その間アシュリーはお留守番してること。約束できるかな？」

「聞け。兄はかんちがいしている……」

「そうと決まれば、おめかししないとね。シャーロットに負けないくらいアシュリーがかわいいってこと、見せてあげよう！」

「はなし聞いて。聞けって」


ベイカー・ストリート。大通り沿いのカフェの、屋外席。

「すごい！　ちっちゃい！　かわいい！」

「でしょッ!?　自慢の妹だよ！　天使だよ！　大天使アシュリエルだよ！」

帽子とかぼちゃポシェットで魔女の装いをキメたアシュリーは、シャーロットの正面に座らされていた。

初めて会う異端審問官の少女は、お行儀よく手を膝の上に乗せてはいるが、そわそわと落ち着きがなく、アシュリーを見る目は輝いている。一方、アシュリーは借りて来た猫のようにおとなしい。

「ねぇあなた、お名前なんていうの？」

「アシュリー……アシュリー・ワトソン」

「いくつ？」

「十一歳……」

「ココア好き？　飲む？」

「たしなむ程度に……あっ、ほどこしは受けない」

飲み物を押しつけられそうになって、アシュリーは助けを求めるようにジョンを振り返った。

シャッター音がした。フラッシュに目がくらみ、アシュリーは渋い顔になる。

「兄。何やっている」

「写真だよ！　アシュリーに新しい友達ができたのを、父さんに報告するよ！　今日のアシュリー通信だよ！」

「やめろ。肖像権をしゅちょうする。そしてまだ友達ではない」

「家族内での私的利用かつ金銭的な利害が発生しない範疇《はんちゅう》の使用であることに加え本人の名誉を棄損する意図がないことが明らかであるため原告の請求を棄却するよ！　公共の利益だよ！」

膝立ち姿勢で素早く動き、写真を撮り続けるジョンを、シャーロットはぽかんと眺めた。

「今日のジョン、とっても元気ね」

「兄は重いシスコンをわずらっている」

「そうなの？　かわいそう……」

本気で気の毒そうに、シャーロットはジョンを眺めた。

――ちがう。言いたいことはそうじゃない。

アシュリーは焦った。ジョンのシスコンぶりを見せつけて、呆《あき》れさせ、二人を引き離すことが今日の目的なのだ。昨夜の占いを成就させないためにも。

「兄には困ったものだ。いつも虎視たんたんとわたしをだっこする機会をうかがっている。油断ならない」

「わたしもアシュリーをだっこしたい！」

「わあなにをする。やめろお」

「髪の毛ふわふわ！　ほっぺたぷにぷに！」

「よせ。はなせ。おまえが昨日スプーンねじまげたことはしっている……！」

助けを求めるアシュリーに、ジョンは気づいていない。携帯端末に耳を当て、父親と話すことに夢中だ。

『おいおいおいおい、ジョン！　一体あれは何だ!?　さっきのプリティーな写真は？　お父さんにも説明しろ！』

「あれはね父さん、アシュリーとお友達のツーショットだよ！」

『お友達ができたのか？　アシュリーちゃんに!?』

「そうだよ！」

『あの内気で照れ屋さんなアシュリーちゃんが!?』

「だから記念写真を撮ったよ！」

『……いいやったーッ！　万歳ッ！　アシュリーちゃん万歳！　天国の母さん、見てるかーッ!? アシュリーちゃんにーッ、お友達ができましたああーッ！』

電話越しにもかかわらず、すさまじくうるさい。

シャーロットはうしろからアシュリーをもみくちゃにする手を止め、ジョンが通話中の端末を指さした。

「あれ、ジョンのお父さま？」

「そうだ。父もあほだ」

「遺伝性のあほなのね！」

通話を終え、端末をしまったジョンに、シャーロットは挙手をする。

「はいはいっ！ あのねジョン、私、相談があるの」

「なあにシャーロット？」

「私、アシュリーほしいわ！ おいくらかしら？」

「おまえもあほだったか」

アシュリーの目が遠くなる。ジョンは慌てた。

「ダメだよシャーロット！ アシュリーは非売品だよ！ ノット・フォー・セールだよ！」

シャーロットは構わず値切りを始めた。たぶん、値切りそのものをやってみたいだけなのだろう。

アシュリーはコントを見守る。

ここまでの観察の結果、シャーロットがただのあほであることが分かった。少なくとも占いに出たように、突然兄を殺す危険人物とは思えない。そうであるなら、あの時見た占いの光景には、そもそも何か間違いがあるのでは――。

「だいたいさ、おいくらも何も、シャーロット今日はお小遣いもってないじゃない」

「お小遣いはないけど、代わりにこれあげるわ」

心なしか頬を赤く染め、シャーロットは袖の中から銃口を突き出した。

「はいっ、鉛玉！」

やっぱり危険人物かもしれない。

「強盗犯ッ!?」

「昔お父さまにないしょで見た、アメリカの映画でやっていたわ。こうすると、いろんなものがタダでもらえるの！」

「そんなもの真に受けちゃダメだよ！　その物語はフィクションであり、実在の人物や団体とは関係ないよ！　銃弾をクレジットカード感覚で使わないでよ！」

「アシュリーひとつくださいなっ」

「かわいく言ってもダメなものはダメだよ！　黒光りする銃口の主張が激しすぎるよ！」

両腕を広げて妹を庇《かば》うジョンの背中から、アシュリーがにょっきと顔を出す。とぼけた無表情の裏側に、新たな思惑を潜ませて。

「かねや暴力で、しんの友情をかうことはできない」

兄を盾にしたまま、神妙な顔でつぶやいた。シャーロットの顔に衝撃が走る。

「銃をおろせ、シャーロット・ホームズ。おふくろさんが、泣いてるぜ」

「……？　ママなら今ごろ、リッチモンドでお茶してると思うわ」

「そこはふかくツッコまなくてよい」

アシュリーは近くのイスを引き、その上をぽんぽんと叩《たた》いた。

「おちついて、話しあおう。友達になるなら、おはなしするのが一番だ」

まず、見極める。

昨夜見た占いのヴィジョンは、無数の可能性の中でもっとも起こりうる未来のひとつにすぎない。放っておいても、実現せずに終わることもある。まただからこそアシュリーが積極的に干渉することで、占った未来を回避することも可能だ。シャーロットを知ることは、その第一歩となるだろう。

いつもはジョンがアシュリーを守っている。今日はアシュリーがジョンを守るのだ。

「すごいよアシュリー！　まるで立てこもり犯を説得するベテランの刑事だよ！　刑事アシュリー人情派だよ！　シーズン百まで続く大ヒットドラマ間違いなしだよ！」

シスコンモードがふたたび昂《たかぶ》ってきた兄を無視して、アシュリーはシャーロットと話し始めた。

席に着き、ココアをすすりながら話す二人を邪魔しないよう、ジョンは少し離れて座った。

端末をいじり、写真のフォルダを整理する。両親が写る二年以上前の写真。スクロールするごとに母が消え、父の姿が消えていく。最近の写真に写っているのはもう、アシュリー一人きりだ。

今日撮った、シャーロットとのツーショットを除いて。

ジョンはもう一度、シャーロットと話す妹に目を向けた。温かく、懐かしい思いがした。

「すまない。少々遅れた。打ち合わせが長引いてね」

杖《つえ》を突き、足を引きずりながら、テイルコートの紳士が現れる。

「サー・マイクロフト！　おはようございます」

「おはようジョン。……あちらの季節感のない服を着た少女は？」

シャーロットと話すアシュリーを見つけて、シャーロットの父サー・マイクロフト・ホームズは怪訝《けげん》な顔をする。

シャーロットが顔を撥《は》ね上げ、駆け寄った。杖の代わりになって父親を支えながら、引っ張るように席まで連れていく。

「アシュリーよ。ジョンの妹なの！」

「アシュリー・ワトソンだ。魔女のかっこうはただのファッションなので、わたしでバーベキューするのはやめておくとよい」

小さなアシュリーの思いがけないふてぶてしさに、マイクロフトは一瞬とまどった。

「現代の異端審問官は、魔女狩りや火あぶりは行っていないが……」マイクロフトはジョンを振り返る。「ジョン。君の妹にしては、その……ずいぶんユニークな子だな」

「ごめんなさい、失礼な口のきき方で。でもただの照れ隠しなんです。大目に見てあげてください。普段あまり外に出られないから、人見知りで」

ジョンは苦笑する。マイクロフトは顎をさすって得心した。

「ああ。そういえば働く理由について、家族の治療費のためと言っていたか」

「ええ、まあ……昨日、お昼をご馳走《ちそう》してもらった話を聞かせたら、ついて行きたいって言い出しちゃったんです。体の調子も良さそうだから、連れて来ました。あっ、もちろん審問になったら置いていきますから！　待機時間だけでも、僕たちと一緒にいさせてやってもらえませんか？」

異端審問官の勤務時間の大半は、自主的なパトロールか待機時間だ。昨日も一日、待機時間だけで終わっている。

ロンドン全体での人狼《じんろう》事件の発生件数はそれなりのものだが、そもそも首都ロンドンにはおびただしい数の異端審問官が配置されている。今日も審問が回ってこない確率は高い。

アシュリーがいたとしても、それほど邪魔にはならないはずだ。

そう思っていたジョンにとって、マイクロフトの答えは意外だった。

「……いや、許可できない。今日は家に帰りなさい、アシュリー・ワトソン」

「そんな！　あんまりだわ、お父さま。ロッテはもう、アシュリーとパンダに乗る約束したのに！」

シャーロットが真っ先に反応する。マイクロフトはそちらを見て冷静に告げた。

「シャーロット、そしてジョン。お前たちもだ」

「……えっ？」

「まだ非公式なうわさ話のレベルだが、昨日からいくつか不穏な知らせが届いている。このロンドンで、いささか厄介な事件が起きようとしているらしい」

「そんな話、私は聞いてないわ。マザーヴィクトリアの予言だってないし……」

「女王が得意とするのは、数分後の未来の演算だ。確度は高いが時間的な射程は短い。それを補うために、ロンドンの通りごとに異端審問官が配置されているのだよ。……今回の情報源は、マザーヴィクトリアや教会ではない。個人的な付き合い……古い友人からだ」

片眼鏡の奥で一瞬、マイクロフトは遠いまなざしをした。

「古いお友達って、どなた？」

「お前はまだ知る必要はない」

表情を厳しく引き締め、マイクロフトは娘の問いを撥ねつける。

「帰りなさい、シャーロット。お前は力不足だ。自宅で武装の照準を調整しておくように。推理についても、過去の審問録を読み返して勉強しておきなさい。ジョンはいわば自転車の補助輪だ。しばらくの間、助手としてつけておくが、いつまでも依存させておくつもりはないぞ」

ジョンへ向けるマイクロフトの一瞥《いちべつ》は冷たい。

結局のところ、ジョンの存在は間に合わせで、マイクロフトは娘に労働者の青年が寄りつくことを歓迎していない。そう思わせる、突き放した言い方だった。

「お父さま！　そんな言い方、ジョンに失礼だわ！」

シャーロットが食ってかかる。ジョンは驚き、アシュリーは目を細くした。

マイクロフトは動じない。

「論点をはき違えるな、シャーロット・ホームズ。私は、お前の話を、しているのだ。難しい推理を人頼みにしたまま、一人前になれるとでも思っているのかね？　異端審問官とは推理と戦闘、どちらもこなしてこそ務まるというのに」

痛いところを突かれてしまった。シャーロットは言い返せない。ここ数日で手柄を挙げているといっても、それはジョンの助けあってのものに過ぎない。

マイクロフトは数秒の沈黙の後、ため息とともに首を振り、背後を振り返った。

に。

「クリス！　こちらへ来てくれ」

物陰から小さな影が現れる。驚いたことに、その瞬間までは誰も、そこに何者かが隠れている気配を感じていなかった。現れた人物は、決して印象の薄い人物ではないというのに。

「紹介しよう。ロンドン塔の異端審問官、サー・クリストファー・テニスンだ」

「……どうも」

少年はまるで中世騎士物語から抜け出したような、威厳ある青い外套《がいとう》をまとっていた。外套には歯車十字、そして精緻な青い薔薇《ばら》の刺繡《ししゅう》がほどこされている。その下にはスーツを身に着け、腰には鞘《さや》に納めた剣を佩《は》いていた。

やや長い金髪を後頭部で縛ってまとめた、線の細い少年である。にもかかわらず、彼の名には騎士たる審問官の証《あかし》、サーの称号が冠されていた。

「サー・クリストファーは弱冠十五歳、つまりシャーロット、お前と同じ年齢だ。無論、彼は一人で推理と戦闘をこなし、先祖伝来の担当地域を守り抜いている。その意味が分かるな？」

マイクロフトは容赦のない口調でシャーロットに問いかける。

親子のお説教のダシにされた少年騎士は、どうやら困惑しているらしかった。マイクロフトやシャーロット、果ては助けを求めてジョンやアシュリーにまで視線を送っていたが、マイクロフトに気を遣い、結局口をつぐんだままだ。

「我々ナイトは忙しい。猫の手も借りたいのは山々だが、今のお前では足手まといにしかなるまい。家に帰り、訓練に励みなさい、シャーロット」

マイクロフトが踵《きびす》を返し、サー・クリストファー・テニスンは慌ててその後に従う。振り向き際に、シャーロットたちに一礼をしていった。

「待って、お父さま！　ロッテはもう、訓練はたくさんだわ！　私だってお父さまの役に――」

「聞こえなかったのか。足手まといだと言っているんだ」

マイクロフトはそう言い捨てて、次の瞬間、ぎょっとした。

「お父さま。どうしてそんなこと言うの」

シャーロットが涙を流している。泣きながらも大きな青い目は開かれたままで、じっと父を見つめていた。

静かで長い数秒のあと、シャーロットは突然駆けだした。

角を二つ曲がった。父の姿はもう見えない。そしてシャーロットは倒れるようにうずくまった。

「ロッテは……私はお父さまに褒めてほしくて、ずっとずっと、がんばってきたのに。つらい訓練だって我慢してきたのに……こんなの、こんなのって……ずびっ！」

「はいティッシュ！」

走って追いかけてきたジョンが、すかさずティッシュを差し出した。

「ちーん！……ジョン、ありがと」

「クッキーあるぞ。飴《あめ》ちゃんでもよい」

「もらうわ……」

遅れて追いついたアシュリーからお菓子を渡され、もそもそ食べる。シャーロットは少し機嫌を直し、マイクロフトといたカフェの方向を睨《にら》んで、口をへの字にした。

「お父さまの、ばか。決めたわ。もうお父さまの言いなりになんかならない」

「たしかに、少し自立してみるのもいいかもね。シャーロットはきっと、自分で思ってるよりずっと、一人でもいろんなことができるはずだよ」

ジョンの表情はやさしい。それは、アシュリーを見守る時の顔にも似ていた。

「お父さまがいなくても、お散歩したりお店に入ったりできるようになるわ」

「いいね！」

「お父さまに言われなくても、部屋のお片付けくらいするもん」

「その調子だよシャーロット！」

「それとも う、お父さまといっしょの洗濯機でお洋服洗わない」

「え……そ、それはやりすぎだよ！　あまりにもムゴい仕打ちだよ!?　仮にアシュリーに同じこと言われたら、もう立ち直れない自信があるよ！」

「気づいてないのか、兄。だいぶ前から別々に洗っている」

「……えっ？」

シャーロットは涙をぬぐい、胸の前でこぶしを握った。

「ジョン、お父さまを見返してやりましょう」

地面に膝をついて落ち込んでいるジョンが、顔を上げた。

「見返すって、何するの……？」

「決まってるわ。お手柄を立てるのよ！　この前からずっとお父さまたちが探してる《ガーゴイル》っていう人狼を倒したら、きっと今度こそ褒めてもらえるわっ」

「目標があるのはいいことだね。まぁ、僕たちにいくらやる気があっても、事件が起きなきゃ動けないんだけど……」

まさにその時だった。シャーロットの端末が勢いよく鳴り響く。女王の予言だ。シャーロットは得意げに端末を掲げた。

＊

「お父さま。どうしてそんなこと言うの」

シャーロットのつぶやきに、マイクロフトは答えられなかった。

娘は涙を流していた。幼いころに見せていた癇癪《かんしゃく》の涙ではない。本物の、悲しみの涙だった。

マイクロフトが何も言えずにいる一瞬のうちに、シャーロットは走り去ってしまった。

その後をジョンが追った。彼の妹のアシュリー・ワトソンは、すぐには立ち去らず、マイクロフトを睨みつけて言った。

「おまえ、最低な父親だな」

そうしてアシュリーも去った。残されたのは立ち尽くすマイクロフトと、かける言葉を見つけられずにいる少年騎士だけだった。

「……父親は、恋人とは違う。私は見返りを求めない。シャーロットのためになるならば、私はあの子にいくら嫌われようとかまわん」

言葉に反して、それは負け惜しみのように響いた。マイクロフトの姿は頼りなく、普段よりずっと小さく見える。

「でも、サー・マイクロフト……そんなの、悲しすぎます」

「クリス。お前はやさしすぎるな」

少年騎士サー・クリストファー・テニスン――クリスを見下ろすマイクロフトの目は穏やかだった。

マイクロフトとクリスの付き合いは長い。マイクロフトはもともと少年の父親と面識があり、時おり稽古をつけてきた。クリスは一種の天才だった。飲み込みが早く、ほとんど非の打ちどころがない。シャーロット同様に厳しく指導するつもりでいたマイクロフトさえも、クリスの前では毒気を抜かれてしまっていた。

「すまんな。親子喧嘩《げんか》に巻き込み、見苦しいところまで見せてしまった。だが……シャーロットのことはもういい。それより今は《ガーゴイル》だ。潜伏先は絞りこめた。私かお前、どちらかの担当地域に出没すると見て、まず間違いない。時間が惜しい。ここから先は手分けをして動くぞ」

余計な感情は押し殺した。マイクロフトは表情を正し、クリスと別れる。

途中、人狼《じんろう》の出現を知らせる新たな警報に眉をひそめた。

座標はウィグモア・ストリート。ベイカー・ストリートとも交差する、近隣の通りだった。

マイクロフトの目的の工場は、平日の昼間にもかかわらず静まり返っていた。

門の錠前を開錠ツールで突破。無人の構内を、靴音を響かせて進む。

それほど大きな工場ではない。従業員数四十名。大手メーカーの発注を受けて機械部品を組み立てる、小さな下請け工場だ。

この場所にマイクロフトが目をつけたのは、従業員名簿にメルヴィン・ブラナーの名を見たからだ。

ブラナー。二週間前、推理によってジョンが暴き、シャーロットが吊《つ》るした人狼だ。ジョンの推理は、あの場にいた一匹の人狼を突き止めるところで終わっていた。マイクロフトはその先を行く。なぜ人狼はブラナーという男に化けたのか。

そもそもブラナーはテロ協力者の疑いで、ジョンと、彼を雇った記者によって尾行されていた。人狼がブラナーに成り代わるメリットは何か。その答えが、今目の前にある。

「一足遅かったようだな。空の倉庫。製品は運び出された後か」

かつての癖でぶつぶつとつぶやきながら、マイクロフトは倉庫を歩き回る。

「つぶれた段ボール箱の山。発送作業はかなり乱雑に、慌ただしく行われたものと見える。ブラナーの死で焦り、納品日程を前倒しにしたか？」

放置された箱を拾い上げる。表面は携帯ゲーム機のパッケージだ。よほど乱暴に扱ったのか、角がひどくつぶれていていた。そのせいで除外されたのだろう。

角の穴から梱包《こんぽう》材といっしょに、中身がぼろぼろこぼれ落ちる。

「……リモコン、ケーブル、タイマー。そして信管か。組み立て式の爆弾、というわけだ」

マイクロフトは薄く笑った。

ゲーム機とおおむね同じサイズの爆弾を密造し、偽装してどこかへ出荷していたといったところか。間違いなく工場全体がグルだ。こうなると、テロリストプラナーが人狼に殺され、入れ替わったという前提すら怪しくなる。

この工場、始めから人狼に占拠されていたんじゃないか？

「困りますねェ、お客様。当工場はァ、一般の方との取り引きは行っていないんですよォ」

暗闇に響いた声に、マイクロフトは思わず口角を吊り上げた。

「なるほど。当たりを引いたのは、私か」

倉庫の暗闇を、回り込むように動く気配。退路をふさがれたことを悟っても、マイクロフトに動揺はなかった。

杖《つえ》を正面に持ち、地面を打つ。

コオオ――……オオオンン……。

倉庫の壁に高い音が反響する。天井と床、四方の壁に青いさざ波が走り、人狼を閉じ込める科学の障壁、結界が展開した。

同時に機械化された耳骨が音の反響を分析。マイクロフトは敵の数を知る。

「前方に五体。右に二体。左やや後方に一。背後に三。……好んで群れを作らない人狼にしては、まずまず数をそろえてきたと言える」

暗闇が動く。潜伏が無意味と悟った包囲者たちが、姿を現した。人の目にはなお暗いが、暗視機能をそなえた片眼鏡が正確に姿をとらえる。ひときわ体格に秀でた個体は、群れのリーダーか。身体特徴をデータベースに照合。登録名《ガーゴイル》。複数の重犯罪に関わった疑い。情報がレンズの表面を流れる。

「アンタ、サー・マイクロフト・ホームズだね？」

先頭の人狼《ガーゴイル》が、耳障りな高音で尋ねた。

「なぜ娘を連れていない？　ロートルと新米、楽に狩れる獲物が二匹、かかるはずだったんだがねェ……」

「理由は二つ。第一に、お前たちの動向は予測されていた。英国国教会の諜報《ちょうほう》力が、スーパーコンピュータ・マザーヴィクトリアだけだと思わないことだ」

屋内に張り詰める殺気の質が変わった。

人狼たちはマイクロフトへの包囲を保ちながら、互いに疑惑のまなざしをちらつかせる。人狼はオオカミとは違う。人間を出し抜く知能は、同族に対しても発揮されるのだ。群れを作ることは人狼にとって、メリットよりデメリットが勝る……そう言われている。

統率個体《ガーゴイル》はせせら笑った。

「それで揺さぶりをかけたつもりかい？　無駄だねェ……オレたちは馬鹿じゃない。目の前に異端審問官がいるうちから、同士討ちなどするものか」

「だろうな」

マイクロフトは退屈そうに首を回した。

「娘を置いてきた第二の理由は、必要がないからだ。……わずか十一体の人狼で、ナイトを倒せるとでも？」

《ガーゴイル》の三日月形の笑みが深まる。

「オレたちがただの人狼なら、そうかもねェ……」

「近頃足が悪くてね。私はここから一歩も動くつもりはない。諸君の方から仕掛けてきたまえ」

背筋の通った、しかしリラックスした姿勢で、マイクロフトは声を張る。

「ごきげんよう、紳士淑女の諸君。ベイカー・ストリートの異端審問官、サー・マイクロフト・ホームズだ。マザーヴィクトリアの名のもとに、異端審問を開始する」

＊

「うわあああああぁッ!?　シャーロット、ストップ！　ストおおおおップ！」

十字架状の時計塔、ビッグブラザー・ベンが投げかけるサーチライトを横切る影。ベイカー・ストリートの通り沿いの窓が、びりびりと振動する。

通りを歩く人々は、頭上に少女の影を見た。クリノリンスカートからブースターの赤い炎を噴射して、女の子が空を飛んでいる。どういうわけか、両腕に青年と少女を抱えて。

交通量が多いメインストリートを斜めに横断し、ベイカー・ストリートと交差する比較的小さな通り、ウィグモア・ストリートへ。シャーロットは上空から目的地を視認した。

「見えた。あそこだわ」

「お願いだから壁を壊して突入するのはやめてえええ！　僕たち生身だから！　死んじゃうからあああ！」

「……そっちの方が人狼の隙をつけるのに」

唇を尖《とが》らせつつも、シャーロットはジョンに従った。

スカートから花弁のように吹き出ていた炎が点滅し、減速する。着地地点の手前で腰をひねり、進行方向にブースターノズルを向け逆噴射。シャーロットは舗装路へと降りる。

義肢が膝を曲げ、着地の衝撃を吸収する。靴底から火花を散らし、路面に黒く焦げた轍《わだち》を刻んで、やがて停止した。

ジョンとアシュリーはようやく解放され、よろよろと何歩か歩く。

「……きゅう」

「あぁっ、アシュリー!?」

「大変！　誰にやられたの!?」

「他ならぬ君の仕業だよ！　シャーロットがいきなり僕たち抱えて空を飛んだせいだ

よ！」

シャーロットの目が泳ぐ。アシュリーの手が兄の服を摑《つか》んだ。

「わたしはもうだめだ……ここで飴《あめ》ちゃん舐《な》めてまっているので、二人で人狼をつかまえてくるとよい。……がくっ」

「アシュリーいいいい！　街角で力尽き横たわるその姿はまさに現代のマッチ売りの少女だよ！　絵本にして後世に語り継ぐべき悲劇だよ！」

「ジョン、すべての元凶は人狼よ。アシュリーの犠牲をむだにしないためにも、急ぎましょ」

シャーロットは棒読みだ。冷や汗を隠せていない。

「言い方が白々しいよ！　目を合わせようとしないところに罪の意識を感じるよ！」

「いいからはよ行け、兄」

アシュリーが閉じていた目を片方だけ開けて、言った。

それからしっしと追い払う仕草をする。どうやら平気そうだ。シャーロットは腰をかがめてアシュリーをのぞきこんだ。

「あの、アシュリー……ごめんなさい。ほんとうに大丈夫？　私、乱暴で……」

「気にするな。ともだちなので心配ない」

申し訳なさそうなシャーロットに向けて、親指を立てる。それでようやく勇気づけられたのか、シャーロットはうなずき、ジョンを伴い駆けていった。

アシュリーは二人の後ろ姿を見送り、ビルの中へ入ったのを確認すると、かぼちゃポシェットの中身を漁《あさ》り始めた。取り出したのは、白く曇った水晶玉だ。

力を注ぎ、未来を占う。その結果に愕然《がくぜん》とした。

未来が変わっている。

——数十分後。ジョンとシャーロット、二人はともに殺される。


清掃が行き届いた廊下。企業オフィスを中心としたテナント。早足で行きかう、ビジネススーツの人々。

「ビルだね」

「ビルだわ」

ジョンとシャーロットは、荘厳なゴシック様式の扉の前で立ち止まっていた。

「なのに教会なんだね」

セント・ニール教会は、フロアの一テナントとして、ビルの内部に置かれた教会のようだった。

シャーロットは先ほどからそわそわしている。

「……一応言っておくけど、壁を壊しちゃダメだからね。普通に扉を開けて入ろうね」

「どうして？　今度はジョンやアシュリーにけがはさせないわ。さっきも言ったけど、こういうのダイナミックエントリーって言って、意外な登場を決めて敵の意表をつけるのよ！」

「やめようね。初めて会った時にシャーロットが壊したカフェの壁、まだ修理中だからね」

　ジョンが扉を開けると、そこは礼拝堂だった。長椅子が並び、壁にはステンドグラスが嵌《は》めこまれている。ガラスの向こうに照明でも仕込んであるのだろう、ステンドグラスの輝きは明るい。

　礼拝堂の隅には告解室らしき空間まである。ふとすると、ここがビルの中であることを忘れてしまいそうだ。

「これはこれは、かわいらしい子羊たちが訪ねてきたものだ」

　大声ではないが、よく響くバリトン。礼拝堂の奥にある説教壇から、カソックコートを着た男が下りてくる。

「我が教会に何かご用ですかな――いや失礼、戯れを言ったまで。その歯車十字、私と同業であろう。察するにシャーロット・ホームズ嬢とお見受けするが、違うかな？」

「その通りだけど、どうして、私のこと……」

「近隣の異端審問官、それもナイトの称号を持つ父御となれば、自然、うわさも耳にしよう。申し遅れた。私はこの教会を預かる牧師にして、ウィグモア・ストリートの異端審問官、ラファエル・ハリスという」

近寄ってきた男、ハリスは穏やかな笑顔を浮かべ、浅く両腕を開いて歓迎を示した。

シャーロットはかしこまり、スカートの端をつまんで礼をする。

「シャーロット・ホームズです。ベイカー・ストリートには、先日着任しました。こちらは助手のジョンです」

ジョンは帽子を脱いでお辞儀をした。ハリスの片眉が上がる。

「ほう、助手。それは珍しい」

「ハリス牧師、知ってると思うけど、この場所に女王の予言が下ったわ。早く人狼《じんろう》を探さなきゃ」

「いかにもその通り。ゆえにまず、結界を張らねばな」

ハリスは右腕を上げた。カソックの袖から露《あら》わになった腕は、機械に置き換えられている。シャーロット同様、義肢なのだ。

手の甲に十字架が描かれた義手ですばやく二度、ハリスは十字を切った。十字架は輝き、礼拝堂の床に青いさざ波が広がっていく……。

「時にシャーロット嬢。この事件、存外早く解決するやもしれぬ。オフィス街という立地の都合上、平日昼間は閑古鳥が鳴いておってな。この教会には現在、我ら三名しかおらんのだ――」

「ちょっとまて！」

扉が跳ね開き、小柄な少女が倒れこむように入ってきた。直後、開いたままの扉の枠を、結界のさざ波が覆う。マザーヴィクトリアが発明した神秘、エーテル結界により、教会は外部との接続を遮断された。

「アシュリー!?　どうしてここに！」

ジョンが駆け寄り、助け起こす。アシュリーの顔は赤らみ、明らかに発熱していた。兄に掴《つか》まりながら、朦朧《もうろう》とした目で前方を睨《にら》む。

「占いの結果を……つたえに来た……」

「占い、って……あんなのただのおままごとじゃないか！」

「聞け兄」

「さっき約束したじゃない、絶対に審問の現場に来ちゃいけないって！　いくら調子が良くたって、体のこと甘く考えちゃダメだよ。いいかい、今回ばかりは僕も本気で怒って……」

「いいから聞け、ジョン！」

アシュリーの必死の剣幕が、ジョンの怒りを上回り、口をつぐませた。

「ジョンとシャーロットは、人狼にころされる！」

「一体……何を言ってるのさ？」

「ほんとうに、ほんとだ！　うそじゃない。このままだと、ジョンは……」

「どうされたかな。何やら尋常ではない様子」

ハリスが怪訝《けげん》な顔で近づいてきた。兄に抱かれたアシュリーはハリスを睨み、指を突きつける。

「人狼は、そいつだ！　その異端審問官は、にせものだ！」

「……何ともはや」

ハリスは当惑した。シャーロットは反射的に両腕の仕込み刃を展開したが、襲いかかることは思いとどまった。

アシュリーはジョンにしがみつき、繰り返す。

「ジョン！　あいつが敵だ。あいつを吊《つ》るせ。……でないと、ジョンが、死んじゃう……！」

言葉の途中で咳《せき》が混じり、やがて止まらなくなった。発作を起こしたアシュリーは、それでもまだ何かを伝えようと、視線で兄に訴えた。

だが、論理性のないアシュリーの発言には、ジョンですら賛成しかねる。できることはただ、アシュリーの身を長椅子に横たえ、ポシェットから取り出した薬を飲ませてやることだけだった。

「弁解の機会を頂戴しても？」

ハリスが落ち着いた声でたずねる。ジョンはためらいながらもうなずいた。

ハリスは説教壇にのぼり、そこから何か取り出して戻ってきた。書類のようだが、見せてもらってもジョンにはよく分からない。いくつかのサインと仰々しい捺印《なついん》がされていることは確かだが……。

「私自身の潔白は完全に証明できるわけではない。だがつい先週、検査に合格した証明が、ここにある」

「あっ、この書類、私もこの前もらったわ。本部でやった、抜き打ち検査のやつ！」

シャーロットがぱしんと両手を合わせる。会話に参加できてうれしそうだ。

「検査、って……まさか人狼かどうか確かめるの？　健康診断みたいに？」

「そうよ！　レントゲン撮ったり、苦いお薬飲まされたり、山ほど質問されたりして大変なんだから。でも全部終わると、合格した証拠にその書類と、お菓子がたくさんもらえるの！」

「左様。人狼を暴くほかならぬ異端審問官が、人狼に成り代わられては一大事だ。我らはこうして、不定期に抜き打ちの検査を受けている。もっとも褒美に甘味が出るとは、寡聞にして知らなんだが」

ハリスの言葉にシャーロットは愕然とした。

「えっ、あなたもらってないの……？　十二使徒クッキーも、天地創造サブレも？　かわいそう……」

「ここはたぶん恥ずかしがるところだよ、シャーロット！　明らかに偉い人からお子さま扱いされてるよ！」

「おやつがもらえないくらいなら、一生お子さまでいいわ！」

「ダメだよ開き直っちゃ！　大人になってお父さんから自立するんじゃなかったの!?」

ハリスは咳払いをして、話をもどした。

「異端審問官が絶対に人狼ではない、とまでは言い切れないが……比較的その疑いは少ない、ということは納得してもらえたのではないかな。そもそも人狼に襲われたとして、武装を持つ我々は自衛できる。人狼にとっても、あえて手ごわい相手を狙うメリットは少ない。苦労して異端審問官に成り代わったところで、年に数回行われる抜き打ち検査ですぐに正体は知られてしまう」

「あの、ダメ元の確認なんですが……その検査っていうのは、今ここではできないんですよね？」

「不可能だ。人狼の変化は巧妙で、暴くには百二十八の手順を要する。検査には一週間あまりかかる上、専用の設備が必要で、費用も高い」

「う〜ん、なるほど……それはまあ、人狼を判別する検査を国民全員にできるなら、異端審問官なんて必要なくなってますよね……」

「だから私たちががんばるのよ！」

シャーロットはジョンに、期待に満ちたまなざしを向けている。

「ジョン、人狼がわかったら教えてね。すぐに私がやっつけるわ！」

「はは。責任重大だね……」

シャーロットの性急さに、ジョンは苦笑する。まだ推理の材料もそろっていないのに、この時点で人狼を特定するのは不可能だ。

ジョンの逡巡《しゅんじゅん》を見て、ふたたびハリスが申し出た。

「もうひとつ整理しておきたい。先ほどは私の自己弁護に終始してしまったが、同様の検査に合格している以上、シャーロット嬢の潔白もおおよそ間違いないと言えよう」

「えっへん！」

シャーロットは腰に手を当て、なぜか得意げだ。そして次に、首をかしげた。

「でもそしたら、残ってるのは……ジョンと、アシュリー？」

まずい流れだ。ジョンはとっさに、長椅子に寝かせたアシュリーを見た。

アシュリーは熱のある赤らんだ顔で、懸命にハリスを睨みつけている。

──僕がアシュリーを守らなければ。

ジョンはそう決意する一方、この状況を苦々しく思ってもいた。先ほどのアシュリーの発言、占いを根拠にハリス牧師を人狼と決めつけたのは、非常にまずい。行動を論理的に説明できない以上、突っ込まれればアシュリーへの疑いが強まるだろう。

「ジョンもアシュリーも、私は人狼じゃないと思うけど……」

常と違い沈黙したジョンを見かねて、シャーロットがぽつりと漏らす。反応したのは、ハリス牧師だ。

「ではシャーロット嬢、ご友人の弁護材料を考えてみようではないか。我ら審問官が検査によってある程度の信頼を得ているように、彼らが人狼でないことを証明する、何か手がかりが見つかるやもしれん」

「その通りね！……じぃーっ」

「それを考えるのは僕なんだね？」

ジョンは苦笑する。シャーロットは満足そうにうなずいた。

「そうだな……まず、僕たち兄妹はいっしょに暮らしていて、昨日の夜に帰宅してから今この瞬間まで、ほとんどずっといっしょでした。少なくともその間にどちらか一方が人狼に襲われて入れ替わっていた、なんてことはないはずです。だよね、アシュリー？」

長椅子に寝かされたアシュリーが弱々しくうなずいた。

「兄は……人狼ではない。人狼はハリスだ。占いで、そう出ていた……」

「アシュリー！」

ジョンは慌てるが、もう遅い。

「さっきから気になってたんだけど、アシュリーって占いができるの？　すごいわ！　ほんとに魔法使いなのね」

シャーロットが無邪気に食いついた。ハリスも興味を示している。

「現代に占いとは異な趣きだが……興味深くもある。差し支えなければ、それがどのようなものか教えてもらいたい。あるいはマザーヴィクトリアの予言のような、何らかの科学に基づく情報なのかもしれぬ」

「いや、それは……」

ジョンは口ごもった。占いをするのはアシュリーであり、ジョンではない。当然ジョンはその仕組みを知らないし、説明することもできない。

かといって、熱にあえぐアシュリーに説明をさせるのは酷だ。これから殺す人間を決める異端審問という極限の状況で、冷静な判断能力がない今のアシュリーがしゃべるに任せれば、最悪自滅する。いや、すでにそうなっている。普段のしっかり者のアシュリーならば、こんな状況で占いなどと言いだせば自分の立場を悪くするだけだと分かるはずなのに。

アシュリーが自ら話し出そうとするのを、ジョンは手で遮った。

「アシュリーの占いは、ただのおままごとです」

「……兄！」

なぜ、と問うようなアシュリーの声にも振り返らず、ジョンは続けた。

「これってたぶん、僕たちの母の真似《まね》なんです。母はよく水晶玉に手をかざすふりをして、知らないはずのいろいろなことを言い当ててみせました。でもそれは実は全部推理で、後で種明かしをしてくれたんです。……二年前、その母が亡くなりました。アシュリーはきっと、寂しさを紛らわせるために母を真似てるんだと思います。それと、見ての通り病弱ですから、自分があまり働けないのを後ろめたく思って、家族のために役に立とうとして占いをしてるんじゃないかと……」

「じゃあジョンは、いつもわたしの占い、信じてなかったのか。わたしのこと、嘘《うそ》つきで、役立たずだと思ってるの……」

愕然《がくぜん》とした声でつぶやく。アシュリーの目は重く、腫れぼったい。

ジョンは身を切られるような思いだった。

「……たしかに僕は占いを信じない。でもそんなことどうでもいいんだ。僕はただ、アシュリーが無事ならそれでいい。だから、占いだなんて今は言わないでよ。そんなこと言ってたら、アシュリーが疑われちゃうじゃないか……！」

「でも……でも、ジョンが！　ハリスをたおさないと、ジョンの命が……！」

「それはもういいよ！　いいから、アシュリーは黙っててよ。僕がなんとかしてみせるから……！」

沈黙。

兄妹は互いに言葉を継げず、ハリスがこぼした「なんとも」のつぶやきばかりがむなしく響いた。

「では……占いの真偽については良いとして……いかがであろう？　このラファエル・ハリス、諸君の目から見て疑わしいだろうか。私も異端審問官だ。人狼《じんろう》に敗れ、いつかは命を落とすやもという覚悟はある。もし多数決で私を処すべきと決まるなら、慙愧《ざんき》に堪えぬがこの命、差し出すことも使命と考えるが……」

「兄。兄！　チャンスだ。ハリスを吊るせ。今しかない。今しか……」

アシュリーがジョンの体を揺する。ジョンは妹と目を合わせず、首を振った。

「いえ……ハリス牧師。その必要はないです。妹が迷惑をかけて、すみません……」

ジョンに摑まり、すがりつくように立っていたアシュリーの体が、弛緩《しかん》してイスの上に崩れ落ちる。

「そうか。しかし……それでは推理は振り出しに戻ってしまうが。シャーロット嬢、いかがいたそうか」

「えっ。私……」

シャーロットは助けを求めるようにジョンを見た。ジョンは話さない。深くうつむき、唇を噛《か》みしめている。次にシャーロットは、アシュリーを見た。

「アシュリー嬢がどうかされたかな」

ハリスがたずねた。押し黙るシャーロットを思いやるような、親切な声だった。

「えっ、と……」

ハリスは気を遣ってくれている。頼みの綱のジョンは、深く思いつめている。何か言わなくては。シャーロットも異端審問官なのだ。

「アシュリーは……どうしてハリス牧師が人狼だと思ったのかしら」

「……占いで、そう出たから」

熱で憔悴《しょうすい》したアシュリーが、かろうじて聞き取れるほどの声で答える。ハリスが微笑《ほほえ》みを浮かべつつ、やんわりとたしなめた。

「それは兄君が否定したであろう」

「え、えっと、じゃあ！　占いがほんとじゃなくても、アシュリーがハリス牧師が人狼だと思ったなら、何か理由があるんじゃないかしら」

「ほう。それはたとえば、どのような」

「えと、たとえば……そうだわっ。ハリス牧師が人狼に食べられるところを見た、とか！」

「そうなのかな、アシュリー嬢」

ハリスの問いかけに、アシュリーは首を振る。

「じゃあ……だったら、ハリス牧師に人狼にしかない特徴があるのを見つけた、とか？」

「そうなのかな?」

アシュリーは首を振る。その目はあふれそうな悔し涙を押しとどめて、光っている。

ハリスは腕を組み、考え込むようになった。

「推理というのは難しいな、シャーロット嬢。我々は何かもっと、根本的な発想の転換をする必要があるのかもしれん」

「発想の……転換?」

シャーロットは首をかしげ、考える。そして、思いついた。

「あっ。じゃあたとえば、人狼はアシュリーで、異端審問官を倒すためにハリス牧師を疑わせた、とか……?」

自力で新たな発想に至った喜びに、シャーロットの顔は輝いた。それは、褒めてもらえることを期待した笑顔でもあった。

「シャーロット!」

ジョンが鋭くとがめた。ジョンは笑っていない。褒めるどころか、絶望した表情でシャーロットを見つめている。

シャーロットは悟った。自分が何か致命的な、取り返しのつかない間違いを犯してしまったことを。

「なるほど。シャーロット嬢の推理は筋道が通っているようだ」

間髪容《い》れず、ハリスの声が響いた。

「人狼にとって、異端審問官とは手ごわい相手。だが同士討ちを狙えるなら、二人まとめて倒すことすら可能だ。ここにはちょうど、私とシャーロット嬢、二人の審問官がいる。我らが争えば、最悪とも倒れにもなりえただろう。そこに気づくとは、さすがはサー・マイクロフトの娘御だ」

「違う……」

ジョンがうめく。手元に落ちていたハリスの視線が、ジョンをとらえた。

「だが、それにしてはアシュリー嬢が占いを引き合いに私を疑ったのは、こじつけにしてもいささか論理が弱いようだ。この謎は、さて……兄君の存在がカギとなろうか？　御兄妹はどうやら、とても強い絆《きずな》で結ばれている様子。であれば、多少無理な理屈であっても、兄君はアシュリー嬢を庇《かば》うはず。そして二人の友人であるシャーロット嬢も、同じ意見に傾くであろう。そうすれば多数決でこのハリスを吊《つ》ることができる。人狼はそう考えて行動に踏み切ったに違いあるまい。――そうではないかな、若き助手殿」

ハリスに話を振られ、ジョンはたじろぐ。ハリスは鷹揚《おうよう》な笑みを浮かべている。

「先ほどから君の口数が少ないのは、内心で妹君を信じ切れていないからでは？　庇いたいが、庇えない。その気持ちはこのハリスにもよく分かる。異端審問で身内の者が人狼だった時、人々は決まってそのように反応するものだ」

「違います！　アシュリーは、僕の妹だ。たった一人の……かけがえのない……！」

「左様。本物であれば、だが」

顔を伏せ、上げる。厳粛な声を作り、ハリスは一同を見回す。

「私は考えを押しつけたくはない。そも、この場にいる審問官は二人。吊るすべき人狼を独断で決めるべきではあるまい。ここは民主的に、多数決を行うのが良かろう。どのような結果であれ、若人たちの決定をこのハリスは受け入れるつもりだ」

そうしてハリスは、役目は終わったとばかりに一歩うしろへ下がっていった。

「……ジョン？」

シャーロットが恐る恐る呼びかけた。

「なんとか……なるでしょう？　これまでみたいに、ジョンが解決してくれるわよね……？　だって、そうじゃないと私……アシュリーを、殺さなくちゃいけない……」

ジョンはうつむき、答えない。

「兄。しっかりしろ、兄。ハリスの罠《わな》だ。人狼はあいつだ。わたしを信じろ。占いはほんとうだ……！」

アシュリーの呼びかけにも、答えない。

ジョンは迷っていた。頭がいつものように回らない。

ハリスに指摘された通り、ジョンはアシュリーを疑ってしまっている。庇いたいのに、アシュリーを信じたいのに、できない。ハリスを疑う以上に、アシュリーこそ疑わしく見えてしまう。

「どうやら結論は出ているようだ」

ハリスが進み出た。ゆっくりとした足取りで、しかし確実にアシュリーを目指している。

「待って！」

シャーロットが反射的に引き止めた。ハリスは無理に通ろうとはせず、代わりに深くうなずいた。

「左様。その方がいい」

「えっ……？」

「見ず知らずの私が友人に手を下しては、シャーロット嬢に悔いが残るであろう。親しい者を裁かねばならないなら、せめて我が手で送るべきだ」

「え」

「思えばこれは試練なのかもしれぬ。友を騙《かた》る人狼を吊るし、父君のような立派な審問官になられよ、シャーロット嬢」

顔を伏せ、厳粛な表情でハリスが勧める。

シャーロットは戸惑っている。誰も目を合わせてくれない。誰も助けてくれない。わけも分からず、一歩踏み出した。吊るすべき者、アシュリーは、すぐ目の前にいる。

「私……私は！」

「ベイカー・ストリートの異端審問官。偉大なるナイト、サー・マイクロフト・ホームズの娘。シャーロット・ホームズ嬢。そうですな」

ハリスの声に、びくりと肩が震える。

「さあ。シャーロット嬢」

「私……」

「さあ」

「私！」

細かく震えていたまつ毛から、シャーロットの頬に熱いものが落ちた。

涙だった。

「アシュリーを……殺したくない」

「シャーロット嬢！」

ハリスが厳しい声を上げる。身を乗り出したハリスの前に、沈黙を守っていたジョンが体を割り込ませた。

「この審問は多数決。僕たちの判断に任せる。そう言いましたよね、ハリス牧師」

暗く、苦々しい顔をしたジョンに、ハリスは眉をひそめた。

「それはそうだが……」

「だったらシャーロットはアシュリーを吊るす必要はありません。僕がアシュリーに投票しないからです。当然アシュリーも自分を殺せとは言わないでしょう。その時点でアシュリーが多数決に敗れることはない。仮にあなたとシャーロットがアシュリーを疑っても、票は二対二。同数です」

「なんと。あくまで妹御を庇うのか！　そこにいるのはアシュリー嬢を喰《く》らい、成り代わった人狼であることが明らかだというのに？　人狼を討ち、肉親の仇《かたき》をとることこそ兄の務めであろう」

「そうかもしれません。僕の目から見ても、今日のアシュリーはおかしい。そもそも僕には、アシュリーが占いにこだわり、ハリス牧師を吊るそうとする理由が分からない」

「それならば――」

「だけどハリス牧師。あなたの発言は最初からずっと不自然でした」

「……何？」

「僕がこれまで黙っていたのは、妹の潔白を証明して、推理を完成させることができなかったからです。だけどもう、これ以上時間がないのなら……不完全な推理でもいい。あなたが嘘《うそ》つきの人狼《じんろう》だってことを証明して、僕はアシュリーを守ります！」

「馬鹿な！　アシュリー嬢が人狼だと疑っていながら、みすみすその誘導に乗って私を吊るそうというのか！」

「その通りです。もしかすると僕は、騙《だま》されているのかもしれない」

ジョンはアシュリーを一瞥《いちべつ》した。

「でも、それでいい。僕はアシュリーを疑わない。アシュリーについて、推理しない！」

「ジョンが私みたいなこと言ってる！」

シャーロットが驚き、声を上げる。

「……ジョン」

アシュリーも起き上がった。信じられないという顔で兄を見上げている。

「なんだこれは……何なのだこの茶番は!? そんなものは推理ですらない。ただの感情論ではないか！」

「いいえ推理です。ご心配なく、ハリス牧師。僕はアシュリーが人狼ではないことを証明できなかっただけで――あなたが人狼であることは証明できる！」

ジョンは指を突きつける。宣戦布告だ。これでもう、後には引けない。

「まず僕が最初に抱いた違和感は、そもそもこの教会に、ハリス牧師、あなた一人しかいなかったことです。もし仮に、女王の予言を受けたシャーロットと僕、アシュリーがこの教会に来ていなければ、容疑者はハリス牧師一人。その場合は、あなたがあなた自身を吊るすことにでもなっていたんでしょうか？」

ハリスは不快そうに、だが努めてそれを押し隠しながら答えた。

「女王の予言はロンドンのネットワークから収集したビッグデータに基づき、少し先の未来を見通す。だがこうして予言された未来には、わずかなほころびがある。予言によって未来を知った者による、未来への介入。すなわち異端審問官の干渉だ。もっともそれが不可能なら、予言を受けた我ら審問官が人狼を吊るし、未来の犯罪を止めること自体できないことになってしまうが」

ジョンは素直にうなずいた。

「そうでしょうね。だから僕も、後から来た僕たちの方にこそ人狼がいる可能性は捨てきれないと判断しました。これは僕がアシュリーの潔白を証明できなかった理由のひとつでもありますが……ともかくこれは、僕がハリス牧師に疑いを抱いたきっかけにすぎません」

「ほう？　まだ続きがあると。であれば、始めから核心を突いてもらいたいものだが」

ハリスは苛立《いらだ》ちを隠すように一度うつむき、いかめしい顔を上げた。

ジョンは恐れず、先を続ける。

「次に気になったのは、あなたの口調です。最初のころ、ハリス牧師はどちらかといえば議論に受け身で、自分自身では強く主張せず、僕たち三人に推理を主導させようとしていました。でもそれは、あなたが黙って僕たちの話を聞いていたという意味じゃない。あなたは気配を殺しながら僕たちを、特にシャーロットを誘導していた」

名を呼ばれて反応したシャーロットは、ジョンと顔を見合わせた。

ジョンの表情は——怒っている。シャーロットが推理の役に立てなかったから？　それどころか、アシュリーに疑いが向くようなことを言ってしまったからだろうか。

そのどちらでもなかった。

「許せないのは、ハリス牧師、あなたがシャーロットを利用したことです。まずあなたは異端審問官の検査証明を持ち出し、異端審問官が人狼と入れ替わる可能性は低いと主張した。でもあれ、よく考えてみたら、何の証明にもなってませんよね？　だって検査が終わってから今日までの一週間、あなたが人狼に殺されて入れ替わった可能性を完全に無視してる。僕が思うに、証明書の話題は自分自身を弁護するというより、同時にシャーロットも人狼ではないと弁護することで、シャーロットからの信頼を得ることが目的だったんでしょう。そして僕がアシュリーを庇うための論理をまとめきれずにいる間に、シャーロットに助言をして、アシュリーを疑わせた。それがあたかもシャーロット自身の考えであるかのように思い込ませるためにね」

ジョンは、ハリスに対して怒っていた。ハリスはそれを一笑に付す。

「物は言いようだな、お若い方。私は審問官になりたての後進に対し、助け船を出したまで。それを誘導と言いたければ言うがいい。だが実際は、みなに均等な発言の機会を与えただけのことだ」

「それにしては、後半のあなたは饒舌《じょうぜつ》でしたね」

　ハリスの顔が引きつった。反論しようとして、口ごもる。これではジョンの指摘を肯定するのと同じだ。

「最後に感じた違和感は、あなたの態度の変化です。始めは目立たないよう息を殺し、あくまで背後から議論を支配しようとしていたのに、徐々にその方針が変化していった。――失礼ですが、さっきからたびたびうつむいているのは、腕時計でも見ているんですか？」

　指摘の通り、ハリスの服の袖からは、腕時計がのぞいていた。一瞬の沈黙の後、ハリスは認めた。

「それが、どうかしたかな？」

「時間を気にされているんですね。でも、それはおかしい。始めにあなたが言っていました。平日の昼間、今日のような日に、オフィスビルにあるこの教会は暇になると。急ぐような理由はないはずです――僕たちに決断を急《せ》かし、焦らせて、仲間割れを誘う以外には」

「……いろいろと、粗の多い推理だが」

　ハリスは手元に視線を落とした。やはり、腕時計を確認している。その仕草を、もう隠そうとしていない。

「欠陥を指摘するのはやめておこう、お若い方。なぜなら確かに、私には時間がない」

「それはあなたが、人狼だって認めるってこと？」

シャーロットがジョンとアシュリーを庇《かば》う位置に立ち、ハリスを睨《にら》みつける。

ハリスは答えた。

「その通りだ」

次の瞬間、ハリスの姿が忽然《こつぜん》と消えた。

「ジョン！」

シャーロットが叫び、ジョンの体を突き飛ばした。直後、シャーロットのドレスが縦に裂けた。血と鉄くずを撒《ま》き散らして。

「俺はな、最初から全員殺して片付けても良かったんだ」

シャーロットの真横、鋭利な爪を振り切った姿勢で現れた人狼がつぶやく。シャーロットは即座に袖の刃を展開し、横薙《よこな》ぎに反撃した。人狼は軽やかに身をかわす。その褐色の体毛が、虹色に波打って透明化、背景と同化していく！

「だが、もう少しだけ異端審問官でいる必要があった。あの占いをする小娘を吊《つ》るして終わりになれば、残りは見逃してやったものを……馬鹿なガキどもめ」

「お父さまから聞いたことがあるわ。強い人狼は、人間以外のものにも化けられるって。あなたは風景に化けるのね。つまり――」

シャーロットは袖の下から機銃を展開。透明化した人狼の声の出どころを狙って、集中射撃を繰り出した！

「あなたを倒せばお手柄だわ！　マザーヴィクトリアの名のもとに、異端審問を始めます！」

戦闘の轟音《ごうおん》を背に、ジョンはアシュリーを抱き上げた。

「隠れよう、アシュリー！　シャーロットの邪魔にならないように！」

「でも兄、わたしは……」

「その話はあと！」

ジョンとアシュリーが壁際に退避し、長椅子の下に隠れたことで、流れ弾に当たる心配はなくなった。

シャーロットは両腕の機銃を撃ち続ける。もはや狙いは当てずっぽうだ。しかし透明化は、消滅でも瞬間移動でもない。見えずとも実体はそこにある。

流れ弾は人狼の体毛の表面で弾《はじ》け、迷彩をかき乱した。着弾箇所に不自然な虹色の波が立つ。シャーロットはその場所へ射撃を集中させた。

「頭も使わず、力押しで解決か。閉口する」

人狼は透明化を解除。褐色の毛をなびかせ、床を蹴って飛び出した！　銃弾を受けるべく、交差させた両腕を盾に突撃！　剛毛に阻まれ弾丸は貫通ならず、打撲程度のダメージ

にとどまる。シャーロットは構わず撃つ。撃ち続けることによって、透明化を許さず、その場に釘《くぎ》づけにする！

だが、敵も無抵抗ではなかった。

「恩寵《おんちょう》の力、見せてやろう」

人狼は身をひねり、射線を逃れた。ふたたび体毛に虹色をにじませて、背景と同化する。透明化が全身を包んだ瞬間、人狼はそれまで進んでいた方向と逆に跳ね、追いすがるシャーロットの銃火を飛び越えた。

厚く長い毛に覆われた足は、音もなく着地をはたす。フェイントに釣られ虚空を銃撃するシャーロットの、無防備にさらされた脇腹めがけ、渾身《こんしん》のフックを叩《たた》き込んだ！

「力があっても、それを使う頭がないとは。救いようがないほど、愚かだなッ！」

殴りながら人狼は勝鬨《かちどき》を叫ぶ。攻撃の反動で毛が波打ち、透明化は解除された。牙は濡《ぬ》れ、黄金の瞳は残忍な光に輝く。

「私はバカでかまわない」

シャーロットが低くつぶやく。

人狼は拳の手ごたえに困惑した。異端審問官の小娘が吹き飛ばない。華奢《きゃしゃ》なはずの体が、外見に反して重い。機械化された四肢の重さだけではない。シャーロットは打撃の瞬間に合わせてスカートのブースターを噴射、攻撃の威力を相殺している！

「私の仕事は、人狼を吊るすこと。目の前の人狼を殺すために、頭の良さなんて関係ない！」

シャーロットの反撃の左拳！……重い！　袖から滑り出した刃こそかわしたが、人狼は拳をまともに受けた。

続く蹴り足への反応が一瞬遅れる。シャーロットの足払いが、引き締まった獣の足を軽々掬《すく》った。人狼の体は宙に浮く。シャーロットは両腕を頭上で組み合わせ、振り下ろす。人狼は床に叩きつけられ、バウンドし、二倍の高さに撥《は》ね上げられた！

「あなたのトリックには、もう付き合わない！　人狼の嘘に耳は貸さない！　このままあなたを、やっつける！」

「馬鹿め」

身動きとれぬ空中で、とどめを待つだけのはずの人狼は、嘲笑《あざわら》った。右腕が鈍色《にびいろ》の輝きを帯びている。本物のラファエル・ハリスから奪い取った鋼鉄義手！

人狼は胸元で素早く二度、十字を切る。人狼の周囲に青いさざ波が走った。シャーロットが撃った追撃の弾丸が、半透明の青い壁、結界によって弾かれる！

「ハリスに成り代わっていたということは、俺がハリスを殺し、ヤツの武装を奪ったということだろうが。そんなことも予想できない、お前のような馬鹿者は」

接近する人狼《じんろう》。もはや銃の間合いではない。袖の刃への切り替えには、一瞬の時間を要する。

当然敵は、それを待たない。

「食われて死ぬのが当然だ！　ウオルルルルアァッ！」

床に四足をついて着地。人狼は獣の姿勢で突き進み、顎を開く！　剣山のような上下の牙！

シャーロットはこれを両義手で摑《つか》んで止めた。シャーロットの胴体を、差し込んだ義手ごと嚙《か》みちぎらんと閉じる顎！　両者の力は拮抗《きっこう》！

その間も、人狼の突進は止まらない。シャーロットに嚙みつき固定したまま、突進継続！　礼拝堂を駆け抜け、シャーロットの背を壁に叩きつけんとする！

シャーロットは壁際でブースターに点火。炎の噴出の助けを借りて、押し返す！　二者の足元で床板が爆《は》ぜ、燃える木くずが宙を舞った。

拮抗！――拮抗！　睨み合う！

「シャーロット！」

思いがけぬ第三の声が上がる。シャーロットは視線だけを動かし、確かめた。ジョンだ。シャーロットと組みあう人狼の背後に立ち、教会に備えつけの消火器を持ち上げている。

「ジョン!?　だめよ、危ないわ！」

「君を援護する！　シャーロットは戦いに集中して！」

そう言うと、ジョンは消火器を振り下ろし、人狼の背中に打ちつけた。

この程度、強靱《きょうじん》な人狼の肉体にとってダメージではない。だが、極限まで拮抗した摑み合いの姿勢がぐらついた。形勢が、動いた。

「貴様ッ、小僧!?　……グゥッ」

「あなたの相手は！　私だからッ」

シャーロットが人狼を押し込み、組み伏せる！　袖から展開した刃が、人狼の毛皮へ浅く突き刺さり、徐々に深く押し込まれていく！

「グゥゥゥゥ……ッ！　ふざけるなよッ、ガキども！」

人狼の右腕、本物のハリスから奪った機械義手が、青い光を放つ。またしても即席の結界が発生し、生じた斥力でシャーロットは弾き飛ばされた。

人狼は起き上がる。すぐそばに置き去りにされた、ジョンを血祭りに上げるために。

「ふざけるなは、こっちのセリフだ！」

人狼の視界を白い粉末が覆った。消火器の噴射による目つぶしだ！

「シャーロット！　今ッ」

ジョンは消火器を投げ捨て、身をしりぞく。そこへ入れ替わるように、スカートから炎の花弁を散らすシャーロットが飛び込んだ。

結界による防御には若干の冷却時間がかかる。人狼はふたたびシャーロットの攻撃を摑み、膠着《こうちゃく》状態に持ち込もうとした。できなかった。予想を上回る速度で飛来したシャーロットは、人狼の背後へと通り抜けていく。遅れて人狼の体に、刃で斬られた傷が浮き上がった。

「なんだ!?　なぜ加速しているッ!」

背後から衝撃。振り返ろうとするが、間に合わない。背中に新たな傷が生まれる。速い。人狼は目の当たりにした。すれ違いざまシャーロットのスカートから排出された、空の弾倉と、燃料タンクを。

「撃ち尽くした弾倉と、使い切った燃料タンクを捨てて、身軽になったとでもいうのか。……さっきまでは、まだ全力ではなかったと!?」

またしても切り裂かれ、人狼は踊るようによろめいた。速すぎる!　もはやシャーロットの速度は、この人狼にとらえきれる限界を超えている。

「おのれ!　おのれ!　オノレッ!……この恨み忘れん!」

教会の壁を蹴り返し、強引に飛行軌道を折り返してきたシャーロットが、エーテルの壁に弾き返される。クールダウンを終えたハリスの義手の結界だ。

そうして生じた一瞬の隙をつき、人狼は逃走した。すぐそばにいるジョンを捨て置き、両腕を床についた四足の全力疾走で出口を目指す。扉には外部との行き来を遮断する結界が展開されている。だがその結界を張ったのは、この人狼自身だ。結界はすでに解除した。

ゴシック様式の荘厳な扉。そこへ到達しさえすれば、自由が——。

「そこはわたしが封鎖ずみだ。もうちょっとゆっくりしてゆくとよい」

人狼は目を見張った。

扉の前に長椅子が置かれ、通行を妨げている。扉は内開きだ。これでは通れない。

イスにかけているのは、疲れ切った顔をした赤毛の少女、アシュリー・ワトソンだった。

「あきらめろ。この未来はもう、占った」

人狼は思わず足を止めた。口から泡を飛ばし、アシュリーに詰問する。——彼の膂力《りょりょく》なら長椅子を破壊して脱出し、命を数秒長らえることもできただろうに。

「なッ——なぜだ!? なぜ騎士志願者《スクワイア》の邪魔をする！ さっきから、お前の行動は意味が分からない！ 狂人め！ お前は俺と同」

言葉の続きは、口からこぼれる血泡に変わった。

つま先立ちに伸び上がる。小刻みに痙攣《けいれん》しながら、人狼は振り返った。ゴシックドレスの異端審問官が、刃を備えた拳を背中の毛皮に突きこんでいる。

パキッ。

人狼は、己自身の致命的な器官が破壊される音を聞き、死んだ。

「シャーロット、ごめん！」

開口一番、ジョンは謝った。

シャーロットに結晶核を破壊された人狼の骸《むくろ》が、ゆっくりと床に崩れていく。

結界が消滅し、扉の向こうから日常の気配がもどってきた。オフィスビルの午後のざわめき。壁時計の針の音。昼食から帰った人々の足音。ほんとうに、何事もなかったかのような。

「どうしてジョンが謝るの？　私こそ謝らなきゃいけないのに……私、できもしない推理をして、人狼に騙《だま》されて、もう少しでアシュリーを吊《つ》るすところだった……」

「それはそもそも僕のせいだよ。推理に手間取って、君に慣れない推理をさせて……たぶん僕は、自分の力を過信していたんだと思う。それと、完璧を求め過ぎたのかな。アシュリーの潔白を証明する前に、ハリスが怪しいってことだけでも伝えておけば、シャーロットにあんな嫌な思いをさせずに済んだのに」

ジョンがギリギリまでハリスを疑う発言をしなかったのは、推理に確信を持てず、冤罪《えんざい》を作ってしまうことを恐れたからだ。理由のないことではない。だが、今回はそれが裏目に出てしまった。

「それと、戦闘の時、割り込んでごめんね。ろくな武器もないのに突っ込むなんて、自分でも無謀だったと思う。推理が上手《うま》くいかなかったから、挽回《ばんかい》したかったんだ。……でも、冷静に考えたら、あんなのただの自殺行為だった」

ジョンは顔を隠すように、帽子のつばを下ろした。

「正直今回の審問は、自分の限界を感じたっていうか……やっぱりただの人間でしかない僕じゃ、君の助手なんて務まらないんじゃないかって……」

「そんなことない」

シャーロットは進み出て、ジョンの手をとった。

両手のひらで包むように手を握る。ジョンの生身の手は温かく、シャーロットの戦闘義手は冷たい。しかし義手のセンサーは検知した。ジョンの手は小刻みに震えている。

「さっきの人狼は強敵だったわ。異端審問官を殺して、すり替わっちゃうくらいなんだもの。ジョンが助けに来てくれなかったら、私、負けてたかもしれない。だから、ジョン。助けてくれて、どうもありがとう」

「シャーロット……」

「私、もっともっとジョンに助けてほしいわ。……だってそうじゃないと私、どんなことしでかすかわからないもの！」

二人の間の空気がなごんだ。ジョンはシャーロットが、珍しく気を利かせてくれていることを悟った。そして申し訳なく思った。

自分の役割を果たしきれず、失態をとりかえそうと焦り、ことが終わると責任をとる体で仕事を投げ出す——なんて情けないことだろう。ジョンは恥じた。今度こそ挽回したい。

そう思った。

その次の瞬間、シャーロットの胸元で警報が鳴り響いた。

だが、いつもの警報ではない。より高音でやかましい、危機感を煽《あお》る音。シャーロットの表情が一瞬で引き締まる。

「お父さまだわ。あんなに強いお父さまが、助けを呼んでる……きっと何かあったんだわ！」

「僕も手伝うよ、シャーロット。行こう！」

二つ返事で二人は駆け出す。教会の扉の前では、アシュリーが待っていた。

アシュリーの顔は、怒られるのを待つかのように不安げだ。

「兄。わたしは……」

「アシュリー。僕たち、行ってくるよ」

「でも。でも……！」

ジョンは一瞬立ち止まり、妹の肩に手を置いた。

「帰ってきたらお話しよう。アシュリーが話したいこと、その時に聞かせてね」

「兄！……それと、シャーロットも」

立ち去ろうとする背中を呼び止める。振り返った二人に、アシュリーは泣き出しそうな顔で告げた。

「きをつけろ。無事にかえってこい。……そしたら、ぜんぶ話すから」

ジョンとシャーロットは、声をそろえた。

「「うん！」」

扉をくぐり、シャーロットはジョンを抱き上げる。クリノリンブースターに点火した。

ビルを駆け抜け、二人の姿は空へ消えた。

＊

「そろそろ余裕がなくなってきたようだなァ……サーアァ、マイクロフトオォ、ホオオオォムズゥ……！」

崩落した屋根の隙間から、暗闇に薄明かりが差す。光の斜線は、いくつかの人狼《じんろう》の死体を照らしている。

嘲り声の主は陰から光へと移動し、また次の暗がりに身をひそめる。

その隙を補うように、マイクロフトの左右から二体の人狼が現れ、挟撃した。

人狼の上位個体は、ただ他人に変身するだけではない。自然界の物質への、部分的な変身能力すら発揮する。

魚鱗《ぎょりん》に包まれた右の人狼、ツタ草を絡ませた左の人狼。二体の上位人狼は距離を詰め、同時に拳を振りかぶる！

マイクロフトは両腕を掲げ防御。機械化された腕は敵の攻撃を受け止め、微動だにせず。しかし――左右の人狼の笑みが深まる。左のツタ草まとう人狼の腕から緑のツタが伸び、マイクロフトに巻きついて片腕の自由を奪っていた。

そして右の魚鱗の人狼は、防がれた腕を引きもどし、やすりのような鱗《うろこ》でマイクロフトの肌を削る！　金属の擦過音。火花を散らして袖が破れ、ボタンが弾《はじ》けた。削り取られる旧式の鋼鉄義手！

灰色の人狼《ガーゴイル》が叫んだ。

「そのままますり潰してやんなァ！　狩猟騎士《ナイトオブハント》サー・マイクロフト・ホームズ、恐るるに足らずだねェーッ！」

密着して離れない二体の人狼をさばきつつ、マイクロフトはうなる。息は上がり、首筋には玉の汗が浮いていた。

「フゥー……ッ！　ナイトを。舐《な》めるなよ」

握り締めた杖《つえ》を手放し、両足を大きく開いて踏みしめる！　義足の関節が派手な火花を噴き上げた。両拳を高く掲げた姿は、ボクシングの構え！　足止め役のツタの人狼にワン・ツー。素早い拳を叩《たた》き込む！

拘束するツタ草は、この人狼の毛が途中から変化したものだ。本体へのダメージで拘束力がゆるむ。自由を得たマイクロフトは、手放した杖を膝で受け止め、もう一体の魚鱗の人狼の腹へ蹴りこんだ！　杖で突かれ、剝がれ落ちる鱗。《シーハッグ》は体を曲げて苦《く》悶《もん》！

「その隙いただきイィーッ！」

死角をついてタックルを仕掛けたのは《ガーゴイル》！　灰色の人狼の体毛は硬化し、石化している。やはりこちらも上位個体だ！

マイクロフトの機械化された長身がよろめいた。石化状態の《ガーゴイル》はその重量も増大している。続く平凡なフックが、牽《けん》制《せい》の足払いさえもが、致命的に重い！

マイクロフトは素早くフットワークを刻み、岩の拳をいなして耐える。撫《な》でつけた髪は乱れ、胸元を飾るタイはとうに千切れてなくなった。全盛期を彷《ほう》彿《ふつ》とさせるなりふり構わぬその姿に、野心あふれる青年の影が重なる。一瞬の隙を突き、繰り出される鉄拳のストレート！

しかし同時に《ガーゴイル》の狡《こう》猾《かつ》な目が輝いていた。獣は身をかがめ、石化ストレートを打ち返す！　二重に響く打撃音。同時に互いが頰を打つ、クロスカウンター！　両者ともに倒れず、首の力で敵の拳を受け止めている。マイクロフトは血の唾を吐き捨て、《ガーゴイル》の笑みは亀裂で耳まで裂けた。

「老いぼれのくせに、なかなか頑張るじゃアないか」

「侮るな。私とてナイト。老いたとてそれは変わらん」

《ガーゴイル》は吐き捨てるように一笑し、それからわざとらしくクンクン鼻を鳴らした。

「ところで何か焦げ臭いよねェ、マイクロフトォ……？」

クロスカウンターの体勢のまま、マイクロフトは目を剝《む》いた。《ガーゴイル》の背中にかすかに見えるもの……巻きつけられた小型爆弾！

「この工場でこしらえた爆弾の、性能テストと行こうじゃないか……！」

《ガーゴイル》は石化を深め、自らを結晶状の物質で包み込む。

慌てふためいたのは、加勢しかけたツタの人狼《ナルシス》だ。《シーハッグ》は鱗の生えた腕で身を庇《かば》ったが、近づきすぎた《ナルシス》は、もう間に合わない。

爆轟《ばくごう》。

マイクロフトは吹き飛び、視界は暗転した。


「お父さま!?」

合流ポイント直前の上空で、シャーロットは爆発に呑《の》まれる工場を目にした。

燃え落ちる梁《はり》。倒壊する柱。もはやマイクロフトの居場所は明らかだ。

「突っ込んで、シャーロット！　僕は構わないから！」

「……わかった！　しっかり摑《つか》まって！」

正面に抱きかかえたジョンを今一度固く抱きなおし、シャーロットは最高速度を振り絞った。速度に比例して、大気は壁となって立ちはだかる。加速をゆるめず、恐怖せず、シャーロットはただ一本の矢のごとく飛ぶ！

着地の直前、ブースターノズルを地上へ向けて減速。両足の義足を床に突き刺し、コンクリートを削りとりながら停止した。

「増援……？　戦いの途中で結界を解いていたってわけかい……」

轟々《ごうごう》と渦巻く熱風。爆発の中心地で、灰色の人狼が起き上がる。その体から、黒く焦げた結晶の欠片《かけら》が剝がれ落ちた。

「うれしいねェ……サー・マイクロフト・ホームズに続いて、まだオレに手柄を立てさせてくれるなんて」

「お前が……お父さまを！」

ジョンを降ろし、シャーロットは両義手の刃を抜く。

「おやおやかわいいお嬢さんだこと。食ァべちゃいたアァい……！」

石化した爪をこわばらせ、人狼は三日月形の嘲笑を浮かべた。シャーロットの怒りの目と睨《にら》み合う。

「ギ、キ、キッ……キサマ！」

苦しげなうめき声。一触即発の状態にあったシャーロットと人狼は、ともにそちらを見た。焼け跡の中に、黒く焼け焦げた人型がうずくまっていた。爆発に巻き込まれた結果か、腕と足がひとつずつ欠けている。

マイクロフトではない。それは表面から焦げついた鱗を落とし、半身を起こした。鱗が剝がれた下からは、長い体毛がのぞく。こちらも人狼だ。

「これは……何のマネだ！　我々を、捨てゴマにしたのか!?」

「そうだけど？」

灰色の人狼の答えは短い。焼け焦げた人狼は絶句した。

灰色の人狼は、己の腕に育った鋭い石片を剝ぎとり、振りかぶった。石片は回転しながら飛翔《ひしょう》。負傷した人狼の眼球を破壊し、後頭部から貫通した。

「大勢で手柄を立てても、ご褒美が分散しちまうだろォ。ここまで計算通りさァ……」

シャーロットに向き直り、人狼は舌なめずりをした。

「あいつ、仲間を……！」

ジョンがうめく。

シャーロットは一言も発さず、厳しい表情で成り行きを見守っていた。短く目を閉じ、開く。敵の非道は先刻承知。覚悟はとうに決まっている！

「ごきげんよう、紳士淑女の皆さん。ベイカー・ストリートの異端審問官、シャーロット・ホームズです。マザーヴィクトリアの名のもとに、異端審問を始めます！」

「やってごらんよ、お嬢ちゃァん！」

シャーロットと灰色の人狼、両者は同時に踏み出した！

指呼の距離を即座に詰め寄り、刃と爪を衝突させ、激しく打ち鳴らす！

シャーロットはこの拮抗《きっこう》状態から、ブースター噴射で勢いを得て反転。敵のガードを回り込むように斬りつける！　人狼は石化を集中させた結晶の腕で防御。焼けた大気に砕けた欠片が散り、残り火を反射して赤く輝く！

「シャーロット、来たか！」

一進一退の攻防の最中、突如として男の声が上がった。

「その人狼は、登録識別名《ガーゴイル》！　石化能力を持つ上位個体だ。逃がせばロンドンの平和を脅かすぞ。必ず吊《つ》るせ、シャーロット・ホームズ！」

散乱する瓦礫《がれき》の中で体を起こし、声を絞って叫ぶ初老の男が、他に誰あろう。

「サー・マイクロフト！　無事だったんですね！」

ジョンが駆け寄り、介抱に向かう。数十秒の気絶から目覚めたばかりのマイクロフトは、ひとまず命に別状はないと見えた。

「ジョンか。私のことはいい、娘を……」

「こりゃあいい！　死体を探す手間が省けたよォ！」

シャーロットと打ち合っていた《ガーゴイル》が、目を光らせて振り返る。

シャーロットを蹴りつけ、あまつさえ足場にして跳躍。マイクロフト目がけて一直線に迫る！

シャーロットは体勢を立て直し、義手から機銃を展開。発砲しかけて、ためらった。射線上にはマイクロフトとジョンもいるのだ。狡猾な《ガーゴイル》は勝ち誇る。

「異端審問官のナイトの命、すすらせてもらおうかねェ！」

「できん相談だな、それは」

身を挺《てい》してマイクロフトを庇うべきか、逡巡《しゅんじゅん》しているジョンを手振りで下がらせ、マイクロフトは鎖のついた懐中時計を掲げた。

接近する《ガーゴイル》が、マイクロフトまで二歩の距離で弾かれ、来た道へ跳ね返される。半透明の青い壁。結界の狭域集中展開だ！

同時にこれは、マイクロフトが先の爆発を生き延びた理由でもある。

マイクロフトは声を張り上げ、娘に向けて呼びかけた。

「ためらう必要はない！　撃ちなさい、シャーロット！」

「はい、お父さま！」

《ガーゴイル》は舌打ちして振り返る。マイクロフトは後回しだ。結晶で覆った両腕を掲げ、銃弾の雨を弾きながら、シャーロットのもとへと引き返す。

石化能力による結晶生成の速度は、シャーロットの連射速度にやや劣る。物量で押し負ける前に、《ガーゴイル》はふたたび接近戦に持ち込む必要があった。

両腕から銃弾を放ち続けるシャーロットに至るまで、三メートル、二メートル、一メートル！　《ガーゴイル》は重戦車のごとき歩みで進む。そしてついに、腕の一振りが届く距離へ。シャーロットはあくまで動じず、まっすぐ敵を睨み、銃撃継続！

「気にくわないねェ……その目つき！」

正面からの銃弾の勢いを押し返すため、《ガーゴイル》は片足を引き、前方に加重をかけて一気に押し込まんとする！

引いた踵《かかと》が吹き飛んだ。

思わず背後を振り返る。赤毛の青年に支えられ、杖を構えた老紳士。杖の先からは硝煙が立ちのぼっている。

「マイクロフトオォッ！　このッ、死にぞこないがアァーッ!?」

《ガーゴイル》はバランスを崩し、その場にどうと倒れ伏す。

マイクロフトはライフル弾を仕込んだ杖を引き戻し、先端の煙を吹き消した。

「シャーロット。獣にとどめを刺しなさい」

「やッ……やられてたまるかよオオオッ」

機銃を収納し、手の甲の刃で斬りかかるシャーロットをかわし、《ガーゴイル》は四足をついて逃走した。

工場はすでに爆発で崩落している。通常の結界を張るには、依《よ》り代《しろ》とする建物が必要だ。《ガーゴイル》の逃走を妨げるものはない。異端審問官たちが放つ凶弾を除いては！

結晶で補いかけた右踵が、ふたたび爆《は》ぜた。マイクロフトの精密狙撃！　そして止《や》むことのない、シャーロットの弾幕掃射！　銃弾が《ガーゴイル》の背中を削《そ》ぎ落とす。

しかし獣は、右に跳ね、左に跳ね、進むと見せかけてまた戻り、あらゆる手段で射撃を逸《そ》らした。

見苦しくもすさまじい執念に突き動かされ、《ガーゴイル》はとうとう逃げ去った。

全弾撃ち尽くしたマイクロフトが、敵の背中を指し示す。

「追いなさい、シャーロット。時は奴《やつ》に味方するぞ。さあッ」

「でもお父さま、ひどいけがよ！」

「私は構わん。人を呼んで交換部品を運ばせれば済む話だ。いいから人狼《じんろう》を追え！」

「だめよ！　義手以外もあちこち血が出てるのに。お父さまは機械じゃないわ！」

シャーロットは反抗した。それほどにマイクロフトは重傷だった。

「我々は！　異端審問官だッ」

血と煤《すす》にまみれた、初老の男から発せられたとは思えないほどの声量が、鼓膜を震わせ、シャーロットをすくませた。

マイクロフトは、肩を貸し立ち上がらせようとしていたジョンを拒み、シャーロットを睨みつけた。

「人狼と戦うすべ持たぬ市民に代わり、悪を追いつめ討ち滅ぼす。異端審問官がやらねば誰がやるか！　全知のマザーヴィクトリアが産業革命を起こし二百年といえど、いまだ私たちに代わって人狼を推理し、殺すための機械は発明されていないのだぞ。異端審問官とは！　平和という巨大な機関を駆動させる、最後の歯車だと知れ！」

マイクロフトは火花を噴く足を引きずり、シャーロットの前に立つ。スーツは破れ、ネクタイも千切れて失《う》せた。顔には取り返しがたい年月の爪痕、深い皺《しわ》が刻まれている。しかし背すじは時の威力に屈することなく、天に向かってまっすぐと伸びている。

「お前が言う通り、人間は故障した部品を取り換えればいいというものではない。だからこそお前に託すのだ。私は老いた。人狼は今も人類を脅かしている。誰かが私の代わりを務めねばならん。お前だ。シャーロットがそれを果たすのだ」

義肢の膝関節《しつかんせつ》が火を噴いて、マイクロフトは膝をつく。シャーロットは慌ててかがんだ。

「行け。異端審問官シャーロット・ホームズ」

娘を仰ぐマイクロフトの目は力強い。返すべき言葉は、こうなってはもう、ひとつしかない。

「行ってまいります、お父さま」

視線はためらい、迷いつつも、シャーロットはジョンとともに去った。

シャーロットが完全に背を向け、走り去った直後。マイクロフトは力尽きたようにくずおれた。

虚勢を張るのは限界だった。焦げたコンクリートに体を投げ出し、胸を上下させて息をする。消耗の度合いはそれほどに激しい。戦闘の負傷、そして加齢だ。

近づく足音にマイクロフトはかろうじて顔を上げた。

使い込まれたスラックスをサスペンダーで吊り下げた、労働者風の男。壮年の男性に化けた、燃えるような目をした人狼がいた。

「私を嵌《は》め、《ガーゴイル》の待ち伏せを仕組んだ、黒幕のお出ましか」

マイクロフトの皮肉に、輝く目をした人狼は白い歯を剝《む》いて笑った。

「そりゃないだろう！　《ガーゴイル》に予言の裏をかかれたのは、謝るよ。敵の占い師が手ごわいんだ。でも、いろいろ向こうの情報流してやったんだ。役に立ったろ……」

「黙れシリウス！　お前は私の人生の、たったひとつの醜い汚点だ」

手を差し伸べられてもマイクロフトは応じず、自らの力で膝立ちに起き上がった。

「この十六年間、何をしていた？　どんなつもりでイギリスへ帰って来たのだ。言っておくが、私にはもう人狼の相棒など必要ないぞ。お前がいなくとも、戦闘も推理も私一人で立派に果たしている。だからこそナイトに任じられたのだ。……それともお前は、俺が築いたこの地位を踏みにじり、取り上げるために蘇《よみがえ》ったのか？」

「……なんだよマイキー、傷つくな。この前電話で話した時には、まんざらでもなさそうだったくせに」

「青二才にはまんざらでもなかったお前の軽口も、今となっては不快なだけだ。もう一度きく。なぜ今さら、ライヘンバッハの滝つぼから蘇った。どうして青年の日の美しい思い出のままでいてくれなかったのだ。異端審問官のナイトにまで上り詰めた俺が、また以前のようにお前と組むとでも思ったか？」

人狼は寂しげに笑った。

「変わっちまったな、相棒」

「俺とてお前の帰りを待っていた。だが……十六年は、長すぎた」

短い沈黙のあと、人狼はスーツケースを投げてよこした。落下の拍子に留め具がはずれる。収まっているのは、義肢のひと揃《そろ》いだ。マイクロフトは困惑した。

「これは、私と同じ規格の……だが、とっくに生産は終了しているはずだぞ」

「コーンウォール土産《みやげ》だ。苦労したぜ、どこの博物館も手放したがらなくて。まあ最後の餞別《せんべつ》と思って、素直に受け取れよ。どの道このあと必要になるんだ。人狼の王《アルファ》はそこまで来てる。奴は今度こそ、この国を滅茶苦茶《めちゃくちゃ》にするぞ。それをまさか、壊れた膝を抱えて黙って見過ごすつもりじゃないだろう？」

＊

ロンドンの曇天を光が切り裂く。

十字架状の時計塔ビッグブラザー・ベンが投げかける、サーチライトの凝視だ。

路地裏の闇の中を進んでいた灰色の人狼《ガーゴイル》は、行く手を照らされ悪態をついた。

ビッグ・ベンのサーチライトは、女王マザーヴィクトリアの眼差《まなざ》しそのものだ。ひとたびあの光にさらされたが最後。一瞬にして全身をスキャンされ、外見の特徴はもちろん、照射光に含まれる放射線で体内までも暴きつくされ、強制的にデータベースへ登録されてしまう。

マザーヴィクトリアは、無限の記憶領域を有する自己進化型スーパーコンピュータだ。彼女に情報を吸われ記憶されるということは、魂を切り取られて複製され、永遠に囚《とら》われるのにも等しい。

《ガーゴイル》の毛並みは、生理的な嫌悪に逆立った。サーチライトの注意を引かぬよう、息を殺した。光は前方を照らしたまましいつまでも動こうとしない。

焦りが募る。無理に突破しスキャンを受ければ、即座に警報が発され、血に飢えた異端審問官たちが殺到するだろう。工場で戦ったホームズ親子すら、完全に振り切ったとは限らないというのに。

今は変身でスキャンを欺くこともできない。《ガーゴイル》は負傷し過ぎている。変身能力を止血のための石化に使わざるをえず、人間態を作るために割く余力がない。そもそもビッグ・ベンのスキャンは、いかなる原理か人狼の変身を見破ることがあるのだ。やり過ごすに越したことはなかった。

「早く……早くしておくれよ！　もうすぐなんだろォ……!?」

何度も背後を振り返りながら、《ガーゴイル》は天に祈った。彼女は神を信じない。信じているのは己自身。そして――。

広大なロンドンのどこかで、遠雷のような爆発音が響く。

それが始まりだった。

まず目に見える変化として、《ガーゴイル》の正面に留《とど》まっていた女王の凝視が、ふいに移動し、ロンドンの空へと向けられた。

この隙を逃すはずもない。《ガーゴイル》は狂ったように笑い、裏通りを走り抜けた。

「来た！　来た来た来た、キタアァッ！　感謝します！　我が主、尊きお方よ！」

ベイカー・ストリートの大通りへとまろび出る。光が人狼を迎えた。

ロンドンの空を行き来する、おびただしい数の飛行船。それらが次々、炎を噴いて墜落していく。そのうちいくつかは、明らかな意図をもって、燃えながらビッグ・ベンへと向かっていた。

ビッグ・ベンは無抵抗ではない。サーチライトを収束させた光線で、暴走船を撃墜していく。時計塔を守る迎撃機構だ。

街を行く人々は空の戦いに気をとられ、地上の一匹の人狼など顧みはしなかった。《ガーゴイル》は両腕を広げ、空に向かって哄笑《こうしよう》する。

「ようこそおいで召しました！　イギリスを統べるべき真の大君《おおきみ》！　百群の長！　天より下りて深きを治める、夜の衣まといし者よ！」

市街のあちこちで、火の手と、獣たちの遠吠《とおぼ》えが上がった。遠吠えは響き合い、混ざり合いながら、ひとつの音の束となる。感涙にむせぶ《ガーゴイル》の絶叫も、そこに加わった。

「我らが王ッ！　人狼の王は、帰還したアア！」


テムズ川はロンドンの街を東西に流れ、北海へと注ぐ、水上の交通路だ。

普段から多くの船舶が行きかうこの川を、今、一隻の船がゆっくりと遡行していた。

両岸には観光名所が軒を連ねる。監獄として知られたロンドン塔。水上のベルファスト記念艦。巨大な跳ね橋タワー・ブリッジ。

そして童謡に歌われる、ロンドン橋。

「ロンドン橋、落ちる。落ちる。落ちる……」

少年は一人、船の甲板に立ち、歌を口ずさんでいた。

金色の巻き毛と青い目が輝くような、十歳ばかりの少年だった。

仕立ての良いこども用のスーツを身に着け、両手は後ろ手に組む。

エナメルの靴は鏡のように輝き、乏しい陽光をよく反射した。

その靴で踏みしめる甲板は、一面真っ黒な液体で覆われていた。

同じ液体は、船が通過したあとの水面にもにじんだ。もとより不衛生なテムズ川の汚泥と混ざり、黒い水は夜の闇のように水中へ広がり、すべてを黒く染め上げていく。

これほどの巨大船は、ロンドンにまで入り込めるはずがなかった。すでに途中いくつも、この船では通過できない高さの橋がかかっていたはずだった。

――ロンドン橋は、その手前にかかるタワー・ブリッジとしばしば間違えられる。そちらの方が巨大だからだ。

実際のロンドン橋は、そう大きくはない。これほどの巨大なタンカーが通過できるほどには。

「ロンドン橋、落ちる――マイ・フェア・レディ」

タンカーは一切の減速を行わず、ロンドン橋に突っ込んだ。

二千年の歴史持つ橋は、あっけなく崩れ落ちた。

崩落する橋に、ロンドンの人々はあまり注意を払わなかった。彼らは空の騒ぎに夢中だった。爆弾を積んだ飛行船による自爆テロが、ロンドンの公共機関を次々と襲い、破壊していた。

燃え盛るロンドンを眺めて、甲板の少年――人狼《じんろう》の王は、上品に微笑《ほほえ》んだ。

「やはりロンドンの景色は素敵ですね」

タンカーは進む。ロンドンの中枢、地上に突き立てられた十字架、ビッグブラザー・ベンを目指して。

「ああ、もうすぐ君に会えます。百年の間、元気にしていましたか？　僕のかわいい――ヴィクトリア」

燃え盛るロンドンを囮《おとり》に、人狼の王はイギリスへの帰還を果たした。

ジョンを抱え、大気を切り裂いて、シャーロットは飛行する。

「あれは……」

速度に耐え、ジョンがあえぐようにつぶやく。シャーロットも同じものに気がつき、青い目を見張った。

ロンドンが燃えている。

空を飛び交う飛行船が、ひとつまたひとつと燃え上がり、市街へ墜落していく。ビッグ・ベンのサーチライトは各地の異変をせわしなく見回し、天と地をじぐざぐに行き来した。

「一度着地するわ！」

シャーロットは減速し、大通りに面した建物に降り立った。

ジョンとともに屋上の縁へ駆け寄る。周囲のビルより一段高いそこからは、ロンドンの惨状が一望できた。

あちこちで事故が起きている。出動した救急車両のサイレンが重なり、不協和音を奏でていた。避難に急ぐ人の群れ。だが、一体どこへ逃げようというのか。燃え上がる飛行船はランダムに、平等に人々の頭上へ落下していく。

現実離れした光景を前に、シャーロットは立ち尽くし、青ざめた。

「どうしよう、ジョン……私も、何かしなくちゃ。私たちの街が、壊れちゃう……！」

「シャーロット！　君は異端審問官だ」

シャーロットの震える肩を、ジョンは摑《つか》んだ。

「僕たちは救急の専門家じゃない。事故現場に行っても役に立てるとは限らないよ。だけど《ガーゴイル》を吊《つ》るせば、確実に誰かの命を救うことになる。あいつは傷を癒すために、人間を捕食しようとするはずだ。まずは《ガーゴイル》を倒さなきゃ！」

「……わかったわ」

シャーロットはうなずく。体はいまだ震えていたが、顔色が少しもどってきた。

「くよくよ悩むのは、とりあえず人狼をぶっ飛ばしてからにする……！」

「それでこそシャーロットだよ！」

シャーロットはふたたびジョンを抱え、屋上を飛び降りた。ブースターに点火する。

荒々しくも頼もしい加速度が、二人を押し上げ、動かした！

＊

ロンドンの陽《ひ》は没しつつあった。

厚い雲の向こう、西の空わずかに夕陽がにじむ。その残照もこの場所からは、巨大複合時計塔ビッグブラザー・ベンにさえぎられ、満足に眺めることはできない。

ウェストミンスター地区、テムズ川河岸。

対岸のウォータールー、ランベス地区へとつながるウェストミンスター橋の上で、鳥を模したペストマスクの男は佇《たたず》んでいた。

周囲には、同じマスクをつけた弟子たちが控えている。足元には人狼の死体が数多《あまた》。数を頼りに押し寄せる敵を、ペストマスクの審問官たちは機械的に処理した。人狼たちは生きた人間をくわえ、あるいは杭《くい》にくくりつけ盾としていたが、攻撃をためらう理由にはならなかった。審問中に発生する、市民のやむをえない犠牲は容認されている。マザーヴィクトリアの名のもとに。

討ち取った敵の首級が百を数えたころ――つい先ほどのことだ――人狼たちの攻勢が、ぴたりと止《や》んだ。

師弟五人の審問官たちは、不気味に沈黙する敵に包囲されたまま、橋の上で待機状態を維持する。ウェストミンスターはロンドンの政治的中枢だ。増援はすぐに現れるだろう。

それが敵にせよ、味方にせよ。

陽が傾き、闇を増したテムズ川の下流から、重く軋《きし》む鉄の音が響いてきた。

「来たか」

老人はつぶやいた。老いしなびた声にもかかわらず、老人は丈高く、弟子たちの誰よりも上背に秀でる。身を包む外套《がいとう》には、教会の歯車十字の紋章。そしてナイトの位にあることを示す盾の紋章が並ぶ。

騎士は見た。時代錯誤な幽霊船の出現を。

甲板を覆う黒い水。あふれ出して、船体を汚している。汚濁はなおも広がり、テムズ川の流れまで黒く染め上げていた。

タンカーの甲板に湿った靴音が響く。舳先《へさき》に現れたのは少年だった。

「あぁ、わざわざすみません。ヴィクトリアが騎士を迎えによこしてくれたのですね」

甲高いこどもの声に似合わぬ、慇懃《いんぎん》な口調。世慣れた調子が、少年の外見とまるで噛《か》み合わない。

スーツを着た少年は天使の微笑みを浮かべ、名乗った。

「はじめまして。僕は人狼の王です」

いささかの減速もせず、タンカーは近づいてくる。老人は名乗りを返した。

「ようこそ我が領域へ。ウェストミンスター・エリアの統括審問官、サー・ロバート・アーヴァインだ。マザーヴィクトリアの名のもとに、異端審問を開始する」

「ご丁寧にありがとうございます、サー・ロバート」

人狼の王はにっこり笑った。

直後、タンカーは橋に直撃した。

老騎士アーヴァインは跳躍し、人狼の王が待つタンカーの上へと飛び移る！　弟子たちは師とは別方向へ疾走、橋を包囲する人狼たちに襲いかかった！

タンカーはウェストミンスター橋を破壊したことで、ようやく水上に停止した。

黒い水で満たされた甲板に立つのは二者のみ。両岸の戦闘の激しさからは、切り離された静けさが漂う。対峙《たいじ》する騎士と王を、ビッグ・ベンに止まる鳥群が音もなく見守っていた。

「人狼の王《アルファ》。百年前、我が女王マザーヴィクトリアの威光にひれ伏し、ヨーロッパへと敗走したお前が、今さら何をしに参った。今年は女王の即位二百年を記念する、節目の年。お前のごとき魑魅《ちみ》魍魎《もうりよう》が姿を現すには、あまりにも畏れ多い」

「ええ。なのでお祝いを伝えに来ました。ヴィクトリアはどこですか？　できれば直接祝福してあげたいのですが」

「それには及ばぬ。貴様の断末魔にその首を添えて、私から女王へ報告つかまつろう」

「なるほど。サー・ロバートは忠誠心の厚い、すばらしい騎士なのですね」

手を後ろに組んだまま、人狼の王は指を鳴らした。

タンカーの後方から、素早く躍り出る複数の影。黒い汚水を踏み散らし、先を争い王の足元へと滑り込む。

「ですが、僕の騎士たちもすばらしい。彼らは人狼騎士団《ナイツオブライカン》。僕が叙任し、恩寵《おんちょう》を施した、真のイギリス王に仕える者たちです」

二十体あまりの人狼たちは、汚水で満たされた甲板に恭しく膝をつき、かしこまっている。

人狼は通常、群れを作らない。その常識を破り、イギリス全土の人狼を糾合、ロンドンへの進撃を企てた人狼が、かつて存在した。

首謀者に対し、当時の教会が与えた名は《アルファ》。種族の頂点に立つ、序列一位人狼《アルファ》。

百年前の教会が多大な犠牲と引き換えに追放し、しかしついに討ち滅ぼせなかった最強の人狼──人狼の王は、ここに帰還した。

甲板上にただ一人、味方もなく立ちはだかるアーヴァインは、マスクの下、陰気な声で告げる。

「ここはウェストミンスター。私の領域だ」

空が騒ぐ。ビッグ・ベンの外壁に止まっていた鳥たちが、一斉に飛び立った。

だが、奇妙なことに鳴き声が聞こえない。羽ばたきの音は金属質だった。

人狼たちはいぶかしみ、頭上を仰いだ。

空が、落ちてきた。

それは群れを成して降下する、三千体のからくり鳥だった。

それらは機械でできていた。時計仕掛けの心臓を小さな鋼のボディに包み、銀翼をはばたかせる。頭部には鳥のくちばしを模したペストマスク。からくり鳥の創造主、夜警騎士《ナイトオブナイト》サー・ロバート・アーヴァインと同じ意匠。

「科学は日夜進歩している。現代の異端審問官が、百年前の審問官と同じかどうか、その身をもって確かめるといい」

アーヴァインが身構える。異常なまでに曲がった背骨の下で、何かが蠢《うごめ》いた。

「楽しいパーティになりそうですね。自由に動いて構いませんよ、僕の騎士たち」

命令一下、人狼騎士たちが動き出した。ある者は体毛を風に変換し、空のからくり鳥への備えとする。別の人狼は毛皮を沸騰させ、徐々に膨張……巨大化していく！

「僕もそろそろ、プレゼントを準備しましょう」

金髪巻き毛の少年、人狼の王の背中から、極太の五本の柱が突き出した。

柱はうねり、動き出す。それは黒い毛に覆われていた。それこそが王の尾だった。五本のうごめく尾は、植物が大地に根をおろすように甲板を突き破り、その下の船室に蓄えられた黒い水のプールに先端をひたした。

王の姿が変わる。偽りの少年の姿を脱ぎ捨て、全身に黒い毛が育ち、伸びていく。肉体は隆起する。今や五本の尾を持つ漆黒の大狼《たいろう》と化した王は、さらに肥大し、やがてその体長は三メートルにまで達した。体表面には暗闇に光る溶岩流のような、赤いラインが輝いていた。

巨大な獣は、タンカーに突き刺した尾を抜き取った。甲板に強靱《きょうじん》な四肢をつき、ゆっくりと頭上をあおぐ。そのすぐ鼻先で、風の人狼《じんろう》に撃墜されたアーヴァインのからくり鳥が、爆散して歯車をまき散らした。

「さあ、受け取ってください。心を込めた贈り物を。――【遍く照らす恩寵《プロメテウス》】」

人狼の王のあぎとが開く。解き放たれたのは、遠吠《とおぼ》えではなかった。

ずず。

ずぞぞぞぞ。ぞぞ。

ぞぞぞぞぞぞぞぞぞぞぞぞぞぞぞ、ぞ、ぞぞぞ。

天に吠《ほ》える黒い獣は、音ではなく、霧を吐いた。体毛と同じ、真っ黒な霧を。

黒い霧は風に煽《あお》られ、貧困街がある方向、東へ向かって流れていく。だがその流れは緩慢だった。

変化はまず、川の両岸で始まった。

「……あっ」

「あっあっあっ」

「あああああ！」

川岸に集結する人狼たちが担ぐ杭に磔《はりつけ》された人間が、霧を吸って苦しみ出す。

「貴様。何をした」

体毛を鉄に変換した人狼と格闘しながら、アーヴァインが王に問う。少年の姿にもどった人狼の王は、小さく首を傾け微笑《ほほえ》んだ。

「サー・ロバート、知っていますか？　人狼はどこから生まれてくるのか」

アーヴァインは無数のからくり鳥を操り、周囲に旋回させている。からくり鳥が人狼に衝突するたび、小鳥は内から悲鳴じみた警告音を発し、起爆した。この恐るべき爆弾鳥たちは、上空に雲を成してひしめいている。

しかし、王を守護する人狼の騎士たちの守りは固い。アーヴァインの前に立ちはだかる鉄の人狼は、硬化させた獣毛を変形させ身にまとう。異端審問官の騎士は攻めあぐねた。

「あああああ」

「ああ」

「あああああああああああああ」

両岸から響く人々の悲鳴は、いよいよすさまじい。

そしてついに、最初の一人が変異した。

「ああ！　あああああ！　ああアアアアッ！　アッ――」

くくりつけられた柱の上で、男は血を吐き、その首はがくりと垂れた。

沈黙――。そして。

ぶわり、と。男のシルエットが変化した。

かっと目を見開き、悪魔に憑《つ》かれたように痙攣《けいれん》する。こわばらせた爪が鋭くなった。ざわざわと音を立て、腕から、顔から、体中あますところなく黒い毛が生え伸びる。

人間がオオカミに変わっていく。獣の膂力《りょりょく》を得た四肢は縛《いまし》めの縄を引きちぎり、大地へと降り立った。

黒い毛並みに金色の目。霧を浴びた磔の人々は、次々に咆哮《ほうこう》を上げて、人狼に姿を変えた。

「序列最下位《オメガ》人狼。彼らは生まれたての人狼たちです。どうぞ、彼らと遊んであげてください」

不気味な遠吠えは、風下の方向、東の空からも響いていた。連なる咆哮、押し迫る気配。果たして霧は何キロ先まで届き、そこにはどれほど多くの人がひしめいているのか。西暦二〇三七年、ロンドンは世界最大のメガロシティとなった。黒い霧を吸って人狼化し、これよりウェストミンスターへ押し寄せてくる敵の数とは……！

「残念です。やはり異端審問官は人狼になりませんね」

異常な事態に気をとられつつも、鉄の人狼と渡り合っていたアーヴァインは、耳元のささやきにぎょっとした。

振り向きざまの手刀が空を切る。少年姿の人狼の王は、少し離れたところで、くすくすと笑っている。

「彼らとも友人になれればよかったのですが、仕方ありません。クローディアス。もう本気を出して構いませんよ」

「御意」

アーヴァインと戦っていた、鉄の人狼が応じた。

次の瞬間、アーヴァインの体は吹き飛んだ。

人狼騎士クローディアスの、鋼の装甲の隙間から赤い光が漏れている。その光は、大狼の姿をとった人狼の王に刻まれていた、あのラインと同じものだ。王の手により直接に恩寵を授けられた証《あかし》、人狼の騎士たる力の象徴に他ならない。

「サー・ロバート!?　大丈夫ですか！」

「すまんアーヴァイン、担当地区の対応で出遅れた！　加勢する！」

黒い霧は晴れた。

タンカーの外へ弾《はじ》き出されたアーヴァインと入れ替わりに、新手の異端審問官たちが駆けのぼってくる。歯車十字と、盾の紋章。ナイトに叙せられた異端審問官たちは、赤いラインを輝かせる人狼の騎士たちと激突する！

さらに船の下方からは、がちゃがちゃと金属音を響かせて、何か巨大な質量が船体を這《は》いのぼろうとしていた。様子をのぞいた人狼騎士の一体が、高く空中に撥《は》ね上げられる。

出現したのは、まさに怪物。無数の刃の脚を備えた、機械の長虫であった。

これこそがアーヴァインの真の姿。蛇腹状に収納していた機械肢を展開した、戦闘形態！

自らの体に神をも恐れぬ改造を施した騎士は、節足の刃で人狼を切り裂きながら、甲板上を暴走し始めた。

「うふふ……」

人狼の王は自ら動かず、繰り広げられる激戦を打ち眺め、謎めいた微笑を深めるのみ。

その時だった。戦いの隙間を縫って、ひとつの影が王の御前に迫ったのは。

「おや。あなたは」

王は身構えない。ただきょとんとした顔で闖入《ちんにゆう》者《しや》を眺めている。影は噛《か》みつくように口を開いた。

「おお、おお……ッ。我らが主、尊きお方ァ……！　ついに、ついにお目通りかないました。わたくしめに、どうかお慈悲をォ……お哀れみをォ！」

歎願者《たんがんしや》は灰色の毛並みを持つ人狼だった。王の前に身を投げ出し、黒い水であふれた床に額《ぬか》ずいて同情を乞う。

その行為が、一体の人狼騎士の目を咎《とが》めた。

体毛を鉄に変換し、鎧《よろい》を形成して身にまとうクローディアスだ。クローディアスは戦っていた異端審問官を蹴り飛ばし、その反動でひと飛びに王のもとへ舞い戻った。着地点は、灰色の人狼の後頭部だ。

「お助けください、お救いくださいィ……ギャッ」

頭蓋骨が軋《きし》む音がした。鋼鉄の鉤爪《かぎづめ》の下、灰色の人狼は暴れもがく。

「ア……アギッ!?　やッ、やめッ、砕け……！」

「こらこらクローディアス。いけませんよ、弱いものいじめは」

クローディアスは恭しくその場に膝をついた。――灰色の人狼を踏みつけたまま。

「そうそう、君はいい子ですね。さすがは僕の騎士です」

「死、死ッ、死ィイイ!?　たす、助け」

「ええ。いいですよ」

王は手振りでクローディアスを下がらせた。

「傷ついているようですね。ここへ来るまでに異端審問官と戦ったのですか？」

「わッ、私は、あなたにお仕えする騎士志願者《スクワイア》にして、異端審問官より《ガーゴイル》と呼ばれ恐れられる者にございます！　この傷は、あなた様のために戦い負った名誉の負傷！　どうかこの傷に免じて、私めをナイトへとお引き立ていただきたく――」

「王。新手です」

早口でまくしたてる《ガーゴイル》をクローディアスが遮った。

視線の先、からくり鳥が旋回する空に、人影が浮かぶ。足下に炎を噴いて浮遊する、ゴシックドレスの少女の姿！

「あッ、あいつ、こんなとこまで追ってきやがったのかい!?」

上空の少女は、急降下！《ガーゴイル》目がけて迫り来る！

高高度からのえぐるような軌道の突進は、鈍い音を響かせて受け止められた。水面に広がる波紋、撥ね上がる黒い水しぶき！阻んだのは鎧の人狼クローディアスだ。手甲に包まれた両腕で、襲撃者の手首を摑《つか》んでいる。鋼鉄の義手が音を立てて軋む！

「ベイカー・ストリートの異端審問官、シャーロット・ホームズです！邪魔しないで。《ガーゴイル》は、私が吊《つ》るすわ！」

シャーロットと摑みあうクローディアスの鎧の継ぎ目から、一段と強く赤い光が輝いた。

シャーロットは弾き飛ばされ、空中でのブースター噴射で体勢を立て直した。そして同時に機銃を展開、敵に目がけて連射する！

流れ弾が体をかすめ、《ガーゴイル》は悲鳴を上げた。

「かわいそうに。こんなにも怯《おび》えてしまって」

身を低くして頭を庇《かば》う《ガーゴイル》のとなり、人狼の王は、手を後ろに組んだ姿勢のまま平然と立っている。至近距離を銃弾がかすめ、《ガーゴイル》に当たって右目を奪ったが、王の微笑みは変わらない。

「騎士になることが望みでしたね？」

「アアアッ、アアーッ!? 目が！ 目、目ェーッ！」

「恩寵《おんちょう》が欲しいのですね？」

王の問いに、《ガーゴイル》は床を転げまわりながら、狂ったようにうなずいた。命の終わりがいよいよ近い。体の末端が灰になって崩れ始めている。《ガーゴイル》はわめいた。

「早く！ なんでもいいから早く、力をよこしやがれ！ 死ぬ、死んじまうよ！ もったいぶってんじゃねえ、早く力をよこせええェーッ！」

半狂乱で摑みかかる《ガーゴイル》に、王はにっこり笑いかけた。

「ええ。もちろんです」

「『伏せ《ダウン》』」

王は命じ、それはその通りになった。

《ガーゴイル》の体が、見えない腕で叩《たた》き伏せられたように、床に押しつけられている。身動きが一切できない。《ガーゴイル》は恐怖した。凍りついた顔の目の前に、慈愛の笑みを張りつかせた少年が迫る。その指が人狼の顎に触れる。

人狼《じんろう》の王は、おもむろに《ガーゴイル》の唇を奪った。

突き出した形状のオオカミの口吻《こうふん》を、下から指を添えて持ち上げる。王はまつ毛を伏せて、印を捺《お》すように長く唇を触れさせた。

《ガーゴイル》の体が雷に打たれたように痙攣した。逃げ場を求めてもがいたが、いつの間にか王の背中から這い出た五本の太い尾が、まるで巨大な腕のように《ガーゴイル》を摑み、逃がさない。

王が長い接吻《せっぷん》を終え、体を引いた。その直後。

《ガーゴイル》は目と口と鼻と耳から、おびただしい量の黒い水を噴き出し、のたうちまわった。

「命名します。これよりあなたは、人狼の騎士マクベス。悲劇の毒婦の名にふさわしい、優れた働きを期待していますよ」

王は唇に糸を引く黒い水を拭いとり、笑っている。

一連の異常な儀式に、戦闘中のシャーロットは思わず一瞬、意識を奪われた。

「どこを見ている」

声と同時に鉤爪が振るわれた。赤いラインが走ったクローディアスの爪は、その先端を鉄の廃材で延長されている。シャーロットはかろうじてかわしたが、巻き込まれた金髪の一房を引きちぎられた。

シャーロットが反撃に出ようとした、その瞬間。クローディアスを覆う鎧の隙間が開き、中から銃口がせり出した。ロングバレルのライフル――否、それよりもさらに時代が古いマスケット銃だ。

放たれた散弾を、シャーロットは両腕を閉じて防御しつつ、ブースター点火で回避。対するクローディアスは、マスケットのリロードは行わず、そのまま装甲の隙間から足元に脱落させ、使い捨てた。

クローディアスは大きく腕を振りかぶった。腕装甲の継ぎ目から太い鎖が垂れ落ちる。クローディアスはその鎖を、鞭《むち》のように打ち振るった！

鎖を叩きつけられ、シャーロットの体は甲板の上を転がった。黒い水の飛沫《しぶき》を散らし、シャーロットはすぐに起き上がり、クローディアスを睨《にら》みつける。

「ぜんっっぜん、痛くないわ！」

やせ我慢だ。目の端には涙が浮かんでいる。

クローディアスは答えず、鎧の隙間からさらなる武装を展開しようとした。

「そのガキはオレに譲りなァ……」

クローディアスの前に、別の影が割り込んだ。

灰色の毛皮、傷ついた肉体。《ガーゴイル》。しかしその体は、以前より一回り大きくなっている。

クローディアスは無言で新たな騎士を睨みつけた。しかしもはや、そこにいるのは格下の人狼ではない。

「よしなよ、侍従長。オレは力と地位をいただいた。オレの名はマクベス。あんたと同じ、騎士のマクベスさア……！」

《ガーゴイル》は——新たな人狼騎士マクベスは、三日月形の笑みを浮かべた。

人狼の王はにこにこと笑いながら状況を見守っている。クローディアスは数秒の沈黙のあと、恭しく礼をして身を引いた。

シャーロットはマクベスと対峙《たいじ》する。マクベスの体には石化能力の結晶が育ち、全身を覆いつつある。しかしその質感が、より鋭く、硬質に変化していた。水に濡《ぬ》れたような輝きは、古代人が武装した黒曜石を思わせる。

黒く輝く石の鎧を身に着け、マクベスは突進する！……速い！　目算を誤ったシャーロットは迎撃から回避に転じようとして、それすらも間に合わず、弾き飛ばされた。

車に正面衝突されたような破壊力。刺々《とげとげ》しいフォルムの鎧が、シャーロットの肌を傷つける！

「まだまだ終わりじゃないよォ！」

振りかぶる腕には、黒曜石の爪！　姿勢制御中のシャーロットに、容赦ない一撃を叩きつける！　ドレスの切れ端を散らせて、シャーロットは危うく着地した。そして、負傷箇所に違和感を見出《みいだ》す。

「何、これ……」

マクベスの攻撃を受け止めた箇所が、義肢と生身とを問わず、傷口に黒い石片をこびりつかせている。シャーロットは鋭い痛みに顔をゆがめた。石片は徐々に成長し、義肢の動きを妨げ、生身の傷口を裂き広げていく。

シャーロットは涙をこらえ、石片をむしり捨てた。

三日月のほくそ笑みを浮かべ、ふたたび迫るマクベス！　上段から振り下ろす爪の一撃！　転倒を誘う下段の蹴り！

防御に成功し攻撃を受け止めても、接触面から石化は浸食し、シャーロットの体に結晶を形成する。一合のごとに動きが鈍る。シャーロットは徐々に追い詰められていく！

マクベスの体は恩寵によって強化されている。

背中には特に厚く黒曜石が積み上がり、そこにもはや攻撃は通用しそうもない。シャーロットは結晶の薄い関節部への攻撃を狙ったが、マクベスも当然それを見越していた。あえてさらした隙にシャーロットが食いつくや、強力なカウンターを叩き込む。狡猾《こうかつ》な敵のペースで戦いが進んでいく。

「おやおやァ、痛くもかゆくもなくなっちまったねェ？　お嬢ちゃやアアん！」

シャーロットは歯を食いしばり、両腕の機銃を展開。発砲しながらじりじりと後退する。

銃弾は役に立たなかった。黒曜石の鎧に守られたマクベスは、防御の姿勢をとることすらなく、平然とシャーロットへ近づいていく。

そしてついに、マクベスはシャーロットの前に立った。

「どうやらここまでのようだねェ」ふとマクベスは、怪訝《けげん》そうに周囲を見回した。「そういえば、一緒にいた小僧の方はどうしたァ？」

「……」

シャーロットが何か答えた。聞き取れない。この期に及んでシャーロットの銃声がうるさかった。マクベスは顔をしかめる。

「あン？　なんだって？」

「……だわ」

聞こえない。マクベスはさらに顔を突き出した。

「私たちの勝ちだわ。——そうでしょ、ジョン？」

次の瞬間、マクベスの体は横殴りに吹き飛んでいた。

シャーロットは動いていない。マクベスを打ち倒したのは、巨大な質量、クレーンで吊るされたコンテナだった！

＊

黒い霧がロンドンの人々を人狼に変えた時、ジョンとシャーロットは上空を飛行していた。

《ガーゴイル》追跡の果てに、ウェストミンスターまでやってきていた二人は、空中で言葉を失った。幸い霧は二人の高さまでは届かず、風に吹かれて東へと流れていったが、今に自分も人狼に変わってしまうのではないか——生じた不安は簡単には打ち消せなかった。

「シャーロット、あそこに《ガーゴイル》がいるよ。他の審問官も戦ってる。君も戦いに加わるべきだ」

「だけどジョン、あそこは危ないわ。ジョンは……」

ジョンはうなずき、勇気づけるように笑ってみせた。

「うん、分かってるよ。僕が行っても足手まといになる。だから考えがあるんだ。こっそり僕をタンカーの陰に降ろしてくれないかな？」

「わかったわ」

二人はもはや多くを語らない。シャーロットは指示通りにジョンを船上に降ろし、それが敵の目を引く前に急上昇、そして降下した。奇襲をかけ、そのことによってジョンから敵の目をそらすためにも。

激戦の裏で、ジョンはタンカーの甲板に築かれたクレーンに登った。操作室に入り、座席を確かめる。電源は通じている！

ジョンはクレーンを操作し、吊《つ》り下げられたコンテナを人狼の背へと叩きつけた！

砕け散る結晶の鎧《よろい》！　吹き飛ばされながら、マクベスは見た。シャーロットの助手の赤毛の青年！

「あのガキッ、そんなモンの動かし方なんざ、どこで覚えたアアッ!?」

「アルバイトの経験が活きたよ！　ドックランズ仕込みの安全的確なクレーン操作だよ！

もちろん免許取得済みだよ！」

操縦席から身を乗り出し、ジョンが叫ぶ！　結晶の鎧を叩き割られ、無防備となったマクベスのもとへ詰め寄るシャーロット！　滑り出す手の甲の刃！

「私とジョン、コンビの勝利よ！　《ガーゴイル》、お父さまの仇《かたき》！　覚悟ッ！」

「ち、畜生ォ！　さっきの銃の無駄撃ちは、クレーンを動かす音を誤魔化してやがったなァ!?　こんな……こんなくだらない小細工でェ……！」

「小細工じゃないわ！　ジョンの作戦よ！」

シャーロットが斬りかかり、マクベスは身をよじって逃亡！　かわしきれず、肩口を深く切り裂かれる。耳をつんざく絶叫。攻撃は通用している！

「そこまでだ」

オーバーラップ文庫&ノベルス
NEWS
一生養ってあげるから!
第8回WEB小説大賞
銀賞
幼馴染たちが人気アイドルになった1
~甘々な彼女たちは俺に貢いでくれている~
著:くろねこどらごん　イラスト:ものと
キモオタモブ傭兵は、
身の程を弁える1
著:土竜　イラスト:ハム
「モブ」に徹したいのに、なんでみんな僕に構うんだ!?
第8回WEB小説大賞
銀賞
2307 B/N

冷たい声が頭上より響く。

シャーロットとマクベスの間、わずかの距離に着地したのは、鉄の人狼クローディアスだった。その腕には――クレーンから引きずり出された、ジョンの襟首を摑《つか》まえている！

岩のマクベスにとどめを刺そうと踏み込みかけていたシャーロットが立ち止まる。人質。敵の意図は明らかだ。

「クローディアスゥ！　そのガキがクレーン動かすの、気がついてて見逃しやがったなァ!?」

「多くの……」

「あァ!?」

マクベスの抗議に答えるクローディアスの声は、低くくぐもっている。

「多くの戦士たちの命が失われた」

摑みかかろうとするマクベスは、流れ落ちたものを見て、ぎょっとした。

涙だった。

「幾星霜……この時を夢見ていた。多くの人狼が命を散らせた、その犠牲に報いるため……故郷奪回の悲願を果たすため。この歩みは、決して止まらない」

静かな熱狂をはらんだクローディアスの口調に、マクベスが気圧《けお》され、放心している数秒の間。吊るしあげられたジョンは、もがきながらシャーロットと目を合わせ、叫んだ。

「シャーロット、戦って！」

「……あン？」

「わかったわ、ジョン！　そいつがジョンに何かする前に、私がそいつをやっつければいいのね！」

「はァーアァ!?」

迷わずクローディアスへ斬りかかるシャーロット！　ついでとばかりに踏みつけられるマクベス！　クローディアスもジョンを放り捨て、マクベスを足蹴にしながらシャーロットに応戦！

クローディアスの鋼鉄化した毛は硬く、並みの刃物は受けつけない。それどころかシャーロットの刃を摑み返し、止めてしまった。

マクベスはその隙に足元から抜け出し、体勢を立て直していた。

「だったら人質は、オレが有効に使わせてもらおうかねェ……おっと、妙な気を起こすんじゃないよ」

「《ガーゴイル》……！　くそっ」

ジョンが取り出そうとしたものを、マクベスは乱暴に奪い取る。それはジョンが普段から持ち歩いている、護身用のナイフだった。

「おやおや怖いねェ……まだァ！　何か！　持ってるんだろう!?　出しなァ！」

ジョンの首を摑み、右へ、左へ、振り回す！

クローディアスに阻まれ、シャーロットの叫びもむなしい。

「ジョンッ――」

振り回されたジョンの頭は、間もなくがくりと垂れ落ちた。

「なんだァ、もう眠っちまったのかい？　気絶されちゃ、いたぶり甲斐《がい》がないじゃないか」

マクベスは爪の先にジョンをぶら下げて、ゆすぶり、もてあそぶ。

シャーロットはクローディアスを倒せない。マクベスの凶行を止める手立てがない。

他の異端審問官は人狼《じんろう》との戦いにかかりきりだ。そもそも異端審問官にとって、市民の保護は努力義務に過ぎない。

首をめぐらせ探しても、シャーロットを助けてくれる者は、誰もいない。

シャーロットは叫んだ。何の策もなく、ただ全力で突進した。

あっけなくクローディアスに叩《たた》きのめされた。

「人狼も異端審問官も、すべての犠牲は糧となる。お前の武装は回収する」

意識が遠のく。それでもあがこうと伸ばした手を、クローディアスが踏みつけた。

マクベスが大口を開け、ジョンを飲み込もうとしているのが見えた。

その時である。

「ギッ……キイィ……!?」

何者かに横殴りに襲われ、マクベスがたたらを踏んだ。

乱入者はマクベスの腕からジョンを奪い取り、ゆっくりと身をもたげた。燃えるような、真っ赤な毛並みの人狼だった。

「何者だ」

クローディアスは警戒する。シャーロットへの意識が一時うすれた。

未知の赤い人狼は一言も発さず、ジョンの体をぐいと掴むと、甲板を蹴って逃げ出した。

「待って！」

シャーロットはブースターに点火し、赤い人狼を追って飛び出す。

クローディアスはシャーロットを追撃しようとして、やめた。人狼騎士の視線は北東の空へ向かう。

低く垂れこめる雲と、そこに反射する火災の炎。赤黒く不吉な空に、小さなビルほどもある巨大な影が浮遊していた。

拡声器が、合成音の名乗りを増幅させる。

「ごきげんよう。シティ・オブ・ロンドンの統括審問官、レディ・スカーレット・アランだ」

そのシルエットは、東洋の多腕の神を連想させた。だが、実際にそれらは腕ではない。

ガトリング砲。ミサイルポッド。火炎放射器。グレネードランチャー。試作型レールガン。過剰なまでの重火器を装備した、たった一人の異端審問官だ。

大量の武装を保持しながら姿勢を維持するため、下肢は長大なスカートアーマーに接続されている。そこから噴出されるブースターの炎が、彼女を空中に留《とど》まらせていた。この大出力ブースターを動かすため、背中には柱のような燃料タンクを複数背負う。そのうちのひとつが役目を終えて切り離され、ただそれだけで落下地点の人狼を押しつぶした。

「マザーヴィクトリアの名のもとに、異端審問を開始する」

レディ・スカーレット・アランは、多腕の一部、二連装ガトリング砲四門を選択し、無造作に薙《な》ぎ払った。火線が伸び、その先の人狼たちが吹き飛んだ。排出された薬莢《やっきょう》が、スカーレットの背後へ滝のように落ちていく。

人狼の王によって生み出されたにわか人狼、オメガたちはなすすべなく、逃げ惑うしかない。その混乱は上空のスカーレットによって計算されたものである。次弾照準。人狼たちが逃げ込み、密集する場所を目がけて、空爆じみたグレネードの猛火が襲った。

「そこまでだ」

飛翔《ひしょう》する何かが、空中のスカーレットに接近した。騒々しい風切り音。スカーレットはスカートアーマーからの緊急噴射で攻撃をかわし、すれ違いざまに相手を見た。

人狼が、空を飛んでいる。

両肩からヘリの回転翼を生やし、腕に船の錨《いかり》を装備した人狼の騎士は、スカーレットの回避先へ鎖を投擲《とうてき》する。その数、八つ。鉄の人狼クローディアスから伸びる鎖は、空中で蛇のようにうねり、スカーレットへと迫った。スカーレットの多腕を構成する火炎放射器が巻き取られ、暴走して炎を噴く。

スカーレットはすでに火炎放射器を自切して離脱している。

「鉄への変身……だけでなく、さらに接触した金属と融合する力、か」

両肩のローターで飛行するクローディアスは、スカーレットから奪ったばかりの武装を検分していた。火炎放射器は鋼鉄の装甲と癒着し、一体化している。

「まるで異端審問官の天敵だな。……だが、まぁ」

空中のスカーレットは肩部に懸架していた予備武装を起動し、すべての武器の安全装置を解除した。

「近づかせなければ、同じことか」

ロンドンの空に偽りの昼が訪れる。スカーレットの決戦武装、フルドレスが火を噴いた。だが、迎え撃つクローディアスもまたナイト。異端審問官と人狼、二人の騎士の戦いが、幕を開ける。

ジョンを抱えた赤い人狼が正面を横切った時、人狼の王は妨げなかった。腹心の部下と異端審問官の長老が戦い始めた時ですら、王は興味を示さなかった。

「王。ビッグ・ベンへの道を確保しました」

報告する声に振り返る。人狼騎士の一人が、異端審問官のナイトの首を手に額《ぬか》ずいていた。

「そうですか。では移動しましょう。やはり地上からでは僕の【遍く照らす恩寵《プロメテウス》】も効果が薄いようですね。期待したほど大勢は人狼化できなかったようです」

王は巨大なビッグブラザー・ベンを見上げ、微笑《ほほえ》んだ。

「ロンドン全域に恩寵《おんちょう》を行きわたらせるには、やはりロンドンで最も高い場所へ登らなくては」

騎士を伴い、王は歩き出す。王の道をはばむ者はいない。

人狼の王を狙い、多くの異端審問官が襲いかかったが、そのたびに人狼の騎士たちが盾となり、殺し、あるいは殺された。戦果も損害も、王は気に留めない。決して道を急がず、しかし歩みを止めることもしなかった。

人狼の王は微笑みの仮面の下、ずっと己自身の世界に閉じこもっている。

「余興は充分。宴《うたげ》の席は温まりました。……それで一体、君はいつになったら現れてくれるのですか？」

その名を呼ぶ瞬間、王の口から笑みが消えた。

「ヴィクトリア、さあ。もう一度、ともに――」

＊

ジョンを抱えた人狼は、崩落した橋脚の残骸を渡って岸へと逃げていく。

シャーロットはブースターの性能の限り、速度を上げて追跡した。ランベス側の岸へつくと同時に、道路を削って着地する。

四方から金色のまなこが向けられる。そこには多くのオメガ人狼が待ち構えていた。

シャーロットは構わず撃った。赤い人狼は巧みに銃撃をかわし、右に左に、体を振ってかわす。銃弾は射線上に入ったオメガに当たる。そのように誘導されているのだ。

「待って！」

まるで背中に目があるかのような動きで、またも銃撃をかわされ、巻き込まれたオメガの敵意を引く。

「待ちなさい！」

シャーロットの進路にオメガ人狼たちが殺到した。

しょせんはなり立ての人狼たち。異端審問官の敵ではない。シャーロットはありったけの仕込み武装を展開し、群がるオメガを殲滅《せんめつ》しようとして、思い出した。

黒い霧を吸い込み、人狼に変わっていく人々。この人狼たちも、もしかしたら――。

迷いが動きを遅らせた。オメガの爪がシャーロットをかすめ、空に血の線を描く。足元から四足をついて別のオメガが追撃した。義足に嚙《か》みつかれ、振りほどくために時間を奪われる。

そうしている間にも、さらなる敵が。その次の敵が。

「待って……いかないで」

遠ざかる背中に、シャーロットは手を伸ばす。

視界はすぐに、折り重なるオメガたちに塞がれた。

ジョンを抱え逃げていた赤い人狼が、ふいに止まり、振り返る。

オメガの群れが爆《は》ぜるように吹き飛び、全開の加速でシャーロットが飛び出してきた。

「私からその人を、とらないでッ！」

シャーロットは赤い人狼に飛びかかる。人狼はまたしても、予期したような動きでかわしたが――速さでシャーロットが上回った。

右の義手で肩を摑《つか》んだ。人狼は体勢を崩し、シャーロットは突撃の勢いを余らせ、両者は一塊となって転がった。

衝撃……暗転。

シャーロットは暗闇の中で目覚めた。水中でもがくように、瓦礫《がれき》を払いのける。

そこは薄暗いホールだった。

まだもうもうと砂埃《すなぼこり》が舞っている。気絶していたのは一瞬らしい。

ホールには美術品が展示されていた。シャーロットには価値が分からない、現代美術の絵画が壁に掛けられ、ライトアップされている。ひと気はなかった。

「ジョン……どこ」

シャーロットがつぶやくのと同時に、別の瓦礫の山が崩れた。

シャーロットは振り返る。手首の刃を抜き放ち、素早く踏み込みの姿勢をとりながら
――ためらった。

スポットライトの下、瓦礫まみれの人狼は上体を丸め、包むようにジョンを抱きしめている。

それは同族から獲物を横取りした、腹をすかせた人狼などではありえなかった。

赤毛の人狼は傷だらけだ。その一方で、目に見える限りジョンには傷ひとつない。

労《いた》わるようなやさしい手つき。燃える赤い毛並み。ジョンの赤毛と同じ色。

「うそよ」

シャーロットの中で、ひとつの推理が組みあがろうとしていた。

赤い人狼は、ジョンをそっと足元に横たえ、口を開いた。

「さすがに気づいているようだな」

「結局……こうなるの……？」

「ジョンを守るために仕方がなかったとはいえ、たしかに露骨にやりすぎた」

シャーロットは首を振った。そうして目を閉じることで、目の前の現実を閉め出そうとするように。

人狼《じんろう》の足音は移動している。照明のあたる場所から、暗闇へ。そしてまた明かりのもとへ。

声は言った。

「そうだ。ウィグモアの偽牧師が言った通り、アシュリー・ワトソンは人狼だ」

シャーロットは目を開いた。もうこれ以上、目を背けても意味がないから。

暗闇から現れたのは、ハロウィンの魔女の仮装をした少女、アシュリーだった。

アシュリーの頭には、魔女の帽子を押しのけて、獣の耳が生えていた。腕も肘の辺りまでが、髪と同じ赤い獣毛で包まれている。半人狼と呼ばれる、ヒトと人狼の中間の形態だ。

「わたしも、わたし自身を守らなければいけない。シャーロット・ホームズ。秘密を知ったおまえには、消えてもらう」

尊大な口調が、今だけは板についている。アシュリーはもう、普段ほど舌足らずではない。

アシュリーはふたたび歩み出す。照明の下を離れ、暗闇をくぐり、等間隔に配置された

次の明かりへ。その姿はもう、もとの完全な人狼形態に変わっていた。

「私を、だましてたの？　友達だって、言ったのに……」

愕然《がくぜん》とたずねるシャーロットに、人狼は答えなかった。

赤い人狼はおもむろに片腕を突き出した。その手には、白く濁った水晶玉が握りしめられている。

対するシャーロットも、もはや覚悟は決まっていた。

「私は異端審問官で……人狼は、異端審問官の敵だから。私は、あなたと戦わなくちゃいけない。──マザーヴィクトリアの、名のもとに！」

シャーロットは絞り出すように言った。

「異端審問を始めます！」

床を蹴り、飛び出すシャーロット！

迎え撃つ人狼は、水晶玉持つ左手を引き、右手を前へ突き出した構え。自由になるのは右手のみ。優位はシャーロットの側にある。しかし人狼は、ブースターの急加速で接近したシャーロットの初撃を、やはり予知していたとしか思えない動きでかわす！

青い目は驚き、見開かれる。だがシャーロットの攻撃は続いている。初撃の勢いを利用した回し蹴り。人狼は身をかがめこれもかわす。

シャーロットの体は回転を終え、一周した右手がふたたびの斬撃！　その軌道上にはすで、人狼の右手が置かれている。腕を掴まれ封じられそうになる寸前、シャーロットはスカートのブースターを吹かし、前進した。半機械化された体の重さを頼った、体当たりだ！

人狼はシャーロットの背中に片手を突き、体当たりを飛び越える！ 着地し、即座に振り返った。水晶を握る手の裏拳！ シャーロットの腰を横薙《よこな》ぎにする！ シャーロットは思わず片膝をついた。そうして低くなった顔面へと、叩《たた》き込まれる人狼の膝蹴り！

衝突の重低音。シャーロットは顔を肘で庇《かば》い、無傷だ。防御の腕で振り払う。手の甲からは仕込み刃が展開されている！

人狼はこれを回避。立ち上がり、連続で斬りつける自在の太刀筋も、かわすかわすかわす！ 途中ブースター点火で変則的に加速した攻撃すら、当たらない！ 人狼アシュリーが未来を見通していることは、もはや明らかだ。

だが、それが何だというのか。シャーロットは心折れはしない。相手が未来を見通すなら、見えていようと関係のない、回避不能の速度に加速するまで！

現在シャーロットの攻撃は回転運動を多用している。竜巻じみた回転から飛び出す、拳、刃、銃撃を、未来を占う人狼はことごとく回避！ 難攻不落！ しかしシャーロットは焦らず、悩まず、奇策に走らず、ただ速度を増した。何の変哲もない一撃。しかしそれゆえの、過去最速の一撃。

水晶握る人狼は、それすら見越し、体をひねってかわそうとした。できなかった。

動作の途中で、人狼の口から血の塊がこぼれた。回避は不完全に終わった。腹部に突進が突き刺さる。弾《はじ》き飛ばされ、壁に当たり、床に倒れて、また血を吐いた。

ひゅうひゅうと、すきま風のような息をする。

「どうして……？」

立ち止まり、シャーロットは問う。

傾いた照明の下、人狼の変身が解けていく。赤い剛毛はほどけ、服と帽子の繊維に変わる。その正体はやはり、あの病身の少女だ。

「占いで未来が見えるなら……私に負けるのがわかったはずなのに。見えていたって、避《よ》けられたって、最後まで体力が持つはずないのに！　どうして私と戦おうとしたの？……あなたが私に勝てるわけないじゃない！」

仰向《あおむ》けのアシュリーは話そうとして、またしても血を吐いた。占いの負荷が体を蝕《むしば》んでいる。咳《せき》をしながら、アシュリーは答えた。

「わたしが戦う理由は、ほんとうは二つあった。自分を守るためと、もうひとつは、ジョンを守るためだ」

「意味がわからないわ……」

「昨日の夜、わたしが占いをすると、おまえがジョンを殺す未来が見えた。なんど占いなおしても、結果は変わらなかった。だからわたしはおまえを、ジョンから引き離したかった」

「私がジョンを殺すなんて……そんなこと、するわけない！」

「そうだな」アシュリーは笑った。「わたしも今、確信した。人狼であることが明らかなわたしのことも殺せないおまえが、人狼の兄というだけでジョンを殺すはずがない」

「馬鹿にしないで！」

シャーロットは叫び、刃を備えた腕を振り上げた。だが、振り下ろせない。

アシュリーは間違いなく人狼だ。そしてシャーロットは、人狼を吊《つ》るす異端審問官だ。手柄をあげ、ナイトになることを目指している。人狼を吊るすことをためらう理由は何もない。それなのに、できなかった。

「馬鹿にしてはいない。わたしは占いよりも、シャーロット、おまえを信じる」

シャーロットの腕が震える。震えるだけで、動かない。横たわるアシュリーは無抵抗で、ただその腕の動きを、じっと見つめている。

「私は……シャーロット・ホームズ。ベイカー・ストリートの異端審問官。審問官の仕事は人狼を吊るすことで、私はナイトを目指してて、たくさん手柄を立てなきゃいけなくて……だから、だから……！」

シャーロットの腕は、動かない。

「待って。シャーロット」

シャーロットは振り返った。

ジョンだ。気絶から回復し、立ち上がっている。シャーロットの目は、輝きかけて、暗くなる。

「頭脳労働は僕の仕事だよ。推理なら、僕に任せて」

「でも……もう推理はいいの。アシュリーは人狼だった。あとはもう、吊るすしかない……」

「たしかに僕の妹は人狼だった。だけど、僕が推理するのはアシュリーのことじゃない」

ジョンの言葉の意味が分からず、シャーロットは瞬きをした。まつ毛の先から雫《しずく》が落ちる。

ジョンは腕を上げ、指さした。

シャーロットを。

「君だよ。どうしてシャーロットが人狼を吊るさなきゃいけないのかを考えたい。ずっと不思議だったんだ。始めのころ、君がなぜあんなに推理しないことにこだわっていたのか。その違和感は、シャーロットのことを知って、君がほんとうはやさしい女の子だって分かってきてから、ますます大きくなった。その謎の答え合わせを、してみようと思う」

シャーロットは混乱した。それはアシュリーも同じだ。未来を読めるといっても万能ではない。少なくとも、この未来をアシュリーは占っていない。

二人の視線を受けて、ジョンは困ったようなはにかみを浮かべた。

「僕の推理、聞いてくれるかな。今回は推理というより、プロファイリングの真似事《まねごと》みたいで、僕もちょっと恥ずかしいんだけど……」

「……私は構わないわ。ジョン、話して」

シャーロットがうなずいた。意外にも落ち着いた、静かな声だった。

「ありがとう。シャーロットなら、きっとそう言ってくれると思ってたよ。……そうだな、まずそのわけから話すね。これまでも何度か言ってきたことだけど、シャーロット、君は自分で思っているほど、乱暴でも馬鹿でもないよ」

「……でも私、初めて会った時にいきなりジョンを殺そうとしたわ。推理で人狼を当てる自信がなかったから、いっそ全員順番に殺していけば、人狼に何もさせずに一番早く正解にたどり着けると思って……」

「そう、そのことなんだけどね――」

「それに私、義手の力加減を間違えて、よく食器を壊しちゃうし」

「いや、それくらいは別に――」

「ジョンとアシュリーを連れて飛んだ時は、飛ばしすぎてクタクタにさせちゃうし！」

「たしかにあれは地獄であった」

アシュリーが神妙にうなずいた。

「壁とか天井を爆破して登場するのが大好きだし！」

「あれ好きだからやってたの!?　……って、そうじゃなくて！　いったん僕の話を聞いてってば！」

ジョンは苦笑いをしている。

真剣な話をしていたのに、うっかりするとペースを持っていかれてしまう。

どうしてこんなにも、この女の子といっしょにいると、楽しい話になってしまうのだろう。

「話をもどすよ。シャーロットが推理しないで容疑者を皆殺しにしようとした理由、ほんとは他にあるんじゃない？」

シャーロットは首をかしげた。

「他の理由……？　ないわ、そんなの。あれはお父さまを早く引退させてあげるために、すぐにお手柄がほしくて思いついたやり方で……」

「そのお父さまのせいなんじゃないかな」

「……ジョン、なんてこと言うの!?　お父さまに失礼だわ！」

言葉に反して、シャーロットの表情は怒りというより、戸惑いが勝っていた。

その反応でジョンは確信を深める。

「やっぱり。君はお父さんのことが――サー・マイクロフトのことが大好きなんだね」

「当然よ！　お父さまはやさしくて、強くて、すごく優秀な審問官で、私の目標で……」

「ねぇアシュリー」

シャーロットの言葉を遮り、ジョンは妹を振り返った。

「アシュリーは父さんのこと、好き？　あ、もちろん僕たちの父さんだよ」

たずねるジョンは平然としていて、普段と何も変わらない。

――妹が人狼《じんろう》だったというのに、なんとも思っていないのだろうか。

スカートから垂れ落ちたしっぽが、思考に合わせて左右に振れる。意図の見えないこの質問について、アシュリーは数秒考えたのち、答えた。

「ふつうに嫌いだが」

「ええ、どうして!?　親子なのに？」

驚いたのはシャーロットだった。アシュリーは真顔だ。

「父はわたしのことが好きすぎてキモい。ちゃん付けで呼ばれるのが特にキモい。ぶわって鳥肌が立つ。あとくさい。人狼になってから鼻が利きすぎて加齢臭が耐えがたい。ゆえに洗濯物は別々にあらっている。一度子離れするとよいと思う。さもなくば死ぬがよい」

「やめてアシュリー！　流れ弾でジョンまで苦しんでるわ！」

「兄もだんだん父に似てきたので注意されたし」

「え……えっと！　本題にもどるよ！　僕の心が折れる前に！」

ジョンは呼吸を整え、また語り始めた。

「この通り、世間の女の子って、ある程度の年齢になると親とは――特に父親とは仲が悪くなるものだよ。みんながみんなそうじゃないけど、僕の感覚上、そう言ってもいいと思うんだ。あっ、念のため付け加えておくけど、うちの父さんそこまで変態じゃないからね！　常識の範疇《はんちゅう》での親バカだからね！」

「断固異議を申し立てたいが、いい加減本題に進んでほしいのでそのまま話せ、兄」

「それでシャーロットの場合はね。これまでずっとお屋敷の中で暮らしてたって、言ってたでしょ？　だから少し、世間とずれてるところがあると思うんだ」

「お父さまと仲がいいなんて、おかしいっていうの？」

「それはちょっと違うかな。正確には、シャーロットが自分で思っているほど、ほんとは仲良し親子じゃないんじゃないかって、思ったんだ」

「……え？」

「僕にはシャーロットが、サー・マイクロフトに言われた通りに振る舞おうとして、無理をしているように見える。覚えてるかな。サー・マイクロフトとシティの聖堂に行って、レディ・スカーレットにお説教されてきたあの日。途中でお父さんが帰って、僕たちだけでパトロールしたよね。デパートの屋上の遊園地に行ったり、ゲームセンターで遊んだり……あの時のシャーロット、お父さんといる時よりも、ずっと楽しそうだったよ」

シャーロットにとって、その指摘は衝撃的だった。

シャーロットは反論したかった。だが、鏡を見ていない時の自分の顔など、分かるはずがない。

ジョンの証明は続く。

「それから初めての審問の時、シャーロットがやたら銃をはずしてたのは覚えてる？　あの時シャーロットは、武装の照準が調整できてないせいだと思ってたみたいだけど、その後の戦闘ではしっかり弾は狙ったところに当たってたよね。よく思い出してほしいんだけど、シャーロットが銃をはずしてたのは、人狼が確定していなくて、あてずっぽうで人を撃っていた時だけなんだ」

「それが……どうしたっていうの？」

「あれ以降の異端審問でシャーロットが戦うところを僕は見てきたけど、シャーロットの射撃は正確だよ。銃をはずすのは、当てられないからじゃなくて、当てたくないからだ。シャーロット、君は本当は、誰かに止めてほしかったんじゃない？」

シャーロットが唾を飲む。

まだジョンが言おうとしていることが理解できず、続く言葉を待っている。行儀よく、辛抱強く。――本当のシャーロットは、こんなにいい子なのだ。

「シャーロットが推理しないで人狼を吊るそうとしたことと、その時になかなか銃弾が当たらなかったこと。お父さんがいる時よりいない時の方が生き生きして見えること。これは全部、つながってると思う。結論を言うよ、シャーロット。君はそもそも、異端審問官になんてなりたくなかったんだ」

シャーロットの反応はない。

「君の推理放棄は、サー・マイクロフトに対するボイコットだ。君は異端審問をまともに行わないことで、お父さんに抗議しようとした。シャーロットを審問官にすることはお父さんの悲願だ。君はやさしいから、それを裏切れない。でも、人を殺したり難しい推理をする自信もなかった。だから君は、お父さんの方からもういいよって、異端審問官なんてやめちゃっていいって言ってもらえる状況を作ろうとしたんだ」

シャーロットの反応はない。

「ずっと違和感があったんだ。僕がシャーロットの代わりに推理をすることになった時、君は反対するどころか賛成してくれた。代わりに人狼を見つけてくれる人が現れて、内心ではほっとしていたはずだよ。でもそれは、決して無責任なんかじゃない。十五歳の女の子が、罪のない人を殺してしまうかもしれない責任を負うなんて、根本的に間違ってるもの。シャーロット、君は審問官になんてなりたくなかったんだよね。その証拠に、ほら。

君はアシュリーを殺さなきゃいけないのに、こんなにも苦しそうだ」

沈黙――、そして。

「思い出したわ、ジョン。私ね、昔はケーキ屋さんになりたかったの」

シャーロットは機械化された腕を上げ、ぼうぜんとそれを眺めた。

「でももうダメだわ……スプーンだって握りつぶしちゃうこんな手で、ケーキなんか作れない。そもそもこどもの頃のこんな夢、忘れてた。……だって一度も、誰にも言えなかったんだもの。お父さまを悲しませるから……」

「いいんだよ、お父さんに迷惑かけたって」

シャーロットは顔を上げた。ジョンは微笑《ほほえ》んでいた。

「だってそれが家族じゃない。話してみようよ、お父さんと。その時は、僕もついてるから」

ジョンを見上げるシャーロットの目に、みるみる涙がたまり、あふれ出た。

「ジョン……私、アシュリーを殺したくない」

そしてそのまま、泣き崩れる。

ジョンはシャーロットを支えながら振り返り、アシュリーを見た。アシュリーは深く動揺していた。

「わたしも……いいのか。わたしは病気で、人狼で、家族のお荷物だ。それでも兄は……

家族だから迷惑かけていいってゆうのか」

「当たり前だよ」

即答だった。アシュリーは唖然《あぜん》と口を開き、すぐむきになって反論を始めた。

「でも！　それは、わたしがほんもののアシュリーだった場合だ。わたしが最初から兄の妹だったと、どうやって証明できる？　人狼は食べた人間の姿と記憶を奪う。私が本物のアシュリーでも、一時間前にアシュリーを食べて見かけを奪った人狼でも、同じ発言ができる」

「それはないと思うよ。だって、効率が悪いから」

ジョンの答えは、あっけない。

「だってさ、ここまでしないよ。僕のこと助けて、シャーロットと戦って、こんな長い話にまで付き合うなんて……アシュリーがアシュリーじゃなかったら、全然する必要ない。僕たちを殺すなり利用するにしても、絶対もっと効率がいい方法がある。アシュリーの潔白は、もうアシュリー自身が証明してるよ。君はほんもののアシュリーで、僕の大切な家族だ。絶対に間違ったりしない。僕は君のお兄さんだもの」

「兄……！」

思わずジョンに駆け寄りそうになって、ジョンにしがみついて泣いているシャーロットの存在を思い出し、やめた。誤魔化すために、アシュリーは魔女帽子のつばを直した。

「僕の推理はこれで終わり。アシュリーは人狼だけど、人に危害を加えたりしないよ。……まさか僕が仕事に出かけてる間に、こっそり人を食べたりなんかしてないよね？　うちの近所で失踪事件なんて聞いたことないし」

アシュリーは首を振って否定した。

「例によって証明はできないが……ただ、人間を食べて力をつければ、占いの負荷を踏み倒せるのではないかと、考えたことはある……。でもそれは、まじめに働いて薬を買ってくれている、ジョンと父への裏切りだ」

「アシュリー……！」

ジョンの顔が明るくなった。アシュリーはさらに踏み込んだ話へ移る。

「教会で約束したな。いつかわたしの秘密を話すと。今、手短につたえておく。わたしは最初から人狼だったわけではない。わたしが人狼になったのは、二年前のペストの時だ」

ジョンの顔がこわばる。忘れようはずもない。

母の命を奪い、アシュリーには生死の境をさまよわせた流行病だ。薬代を稼ぐためジョンが学校をやめ、父を遠方の鉱山へ送り、家族離散の原因ともなった。

「あのとき、わたしは死にかけた。それなのに、ある日急に回復しはじめたのを覚えているか？　その前の晩、眠っているときに、わたしは自分が人狼になったことに気づいた。人狼になれば、生命力がずっとつよくなる。母の水晶玉で未来が見えるようになったのも、それからだ。わたしの占いはでたらめではない」

「それについては謝るよ……さっきの戦い、実は途中から見てたんだ。あんな動き、未来が見えてなきゃできないよね」

占いをアシュリーのままごとだと断じていたジョンとしては、立つ瀬がない。

「占いはほんものだ。わたしは今日、何度も未来をのぞいた。ほとんどはわたしやジョンの近くで起こることを占ったが、ひとつ、気になるものが見えた……ロンドンすべてが、黒い霧に包まれる未来だ。おそらく霧は……ビッグ・ベンからのぼっていたと思う」

「黒い霧って……もしかしてあの、人間を人狼に変える霧……!?」

「わたしは……正直まよった。わたしは家族が無事ならそれでよい。でも、ロンドン全部が霧に包まれるなら、どの道兄も助からない。もし建物の中で霧がやり過ごせたとしても、ロンドン中が人狼だらけになる。それでは逃げ場がない……。ビッグ・ベンから人狼化の霧が広がる未来を、だれかが止めなければならない」

「分かった。僕がやるよ」

ジョンは迷わなかった。

アシュリーも驚かない。そんな気はしていたのだ。妹のために働き、暴走しがちな少女のために奔走する、ジョンはそういう人だから。

「僕なんかに人狼《じんろう》の企《たくら》みが止められるだなんて、うぬぼれてはいないけど……アシュリーの占いを、サー・マイクロフトたち異端審問官に伝えることはできると思う。ウェストミンスターにもどって、信頼できる人を探してみるよ。アシュリーが身を削って調べてくれた占いだもの。絶対に無駄にしない」

時間が惜しい。早速ジョンは出口へ向かおうとして、呼び止められた。シャーロットだ。

「私も行くわ」

「シャーロット、君はもう、戦う理由なんて……」

「わかってる。私は自分の意思で異端審問官になったんじゃないのかもしれない。でもね ジョン、ひとつだけ、さっきのジョンの推理に間違いを見つけたの」

青い目はまっすぐにジョンを見つめている。

「思い出して。地下のゲームセンターで人狼を吊《つ》るしたあと、助けた人たちに感謝されたでしょう。……あのとき生まれて初めて、異端審問官になって良かったかもしれないって、思えたの」

シャーロットはまた洟《はな》をすすり、すぐに顔を上げた。

「これはお父さまに言わされた言葉じゃないわ。ちゃんと私が感じて、考えた、ほんとうの気持ち……だと思う。だから私、ジョンといっしょに行くわ。私だってロンドンを守りたいの。……変かしら？」

ジョンは、すぐには言葉を返せなかった。

まじまじとシャーロットを眺めていると、ぷいと顔をそむけられた。自分で言ったことが、今さらに恥ずかしくなったのだろう。ジョンは表情をやわらげた。

「……すごいよシャーロット。ほんの少しの間に、君はすごく、大人になったね。それこそが仕事のやりがいだよ。君にとってもう、異端審問官は押しつけられた仕事なんかじゃない。君は働くことの本当の意味を見つけたんだ」

シャーロットは困った様子で眉を寄せた。

「……ごめんなさい、ジョン。やっぱりよくわからないわ。私は結局、周りの人ががんばってるから、私もがんばらなきゃって思っただけなの。私には少しだけ力があるから……」

「それで構わないよ。言葉にできることだけが、君の心のすべてっていうわけじゃない。シャーロットがお父さんに反抗したことみたいにね。……行こう、シャーロット。僕たちのやるべきことをやろう」

二人はうなずき合い、建物の出口へと向かう。アシュリーも見送りについてきた。

「二人とも、気をつけて行ってこい。無理はするな。おまえたちが無事な未来までは見えていない」

「うん。気をつけるよ」

ジョンは答える。自宅から兄を見送る、日常と変わらないやり取り。

アシュリーはそのまま、これ以上二人を引き止めずに送り出すべきではあった。だが、どうしても疑問だった。ジョンの態度が、あまりにも平然としていることが。

「兄……ほんとうに、何も気にしてないのか。わたしは人狼で……今までずっと、兄と父をだましていたのに」

頭部の獣の耳が垂れる。

ジョンは腕を伸ばし、アシュリーの頭に手を乗せた。

「騙《だま》されただなんて、思ってないよ。むしろ僕の方こそ、こんな大事なことを相談できないような、頼りないお兄さんでごめんね。アシュリーはきっと、不安だったんだよね。僕に打ち明けたら、もしかすると異端審問官に通報されちゃうんじゃないかって」

「そうじゃない！　そうではないが……」

「心配いらないよ。病気も人狼も、全部アシュリーの個性でしかない。少なくとも僕はそう思う。……それにしても、うわあ、この耳ふさふさだね！　しっぽと耳の生えたアシュリーもかわいいよ！　ぬいぐるみみたいだよ！　天然素材百パーセントの触り心地だよ！」

「急にシスコンモードになるな、ばか兄」

アシュリーは顔をそむけながら、ぴしゃりとジョンの手を払った。ジョンの方も顔が赤い。照れ隠しなのだ。

「もういい。さっさとゆけ」

「うん、そうする。アシュリーは今度こそここで待っててね。もうついてきちゃダメだよ」

「……約束はできない。兄は頼りないからな」

アシュリーはもう一度だけ、上目遣いにジョンを見た。

「だが、善処する。だから早く帰ってこい、兄」

「うん。それじゃあ、行ってきます！」

＊

テムズ川西岸。ウェストミンスター。

崩れた橋を背後に、異端審問官と人狼の戦いは続いていた。だがその戦況は、刻々と変化している。

両陣営どちらにも、圧倒的な力を持つ騎士の姿は少ない。無数の雑兵オメガ人狼たちを、少数の異端審問官が踏みとどまり、かろうじて押しとどめている。異端審問官たちの動きは積極的ではなく、逃げ腰ですらあった。

だがそれは、必ずしも劣勢を意味しない。

「潮時だな」

この場に残った最後のナイト、サー・エイブラハム・シェパードは四方に放ったワイヤーを巻き取って回収し、踵《きびす》を返した。

騎士の周りで、感電した四体の人狼が炭クズとなって崩れ落ちた。

騎士シェパードは西へ、天を衝《つ》くビッグ・ベンへと歩み去る。人狼の王は人狼騎士たちを連れ、すでにビッグ・ベンへと向かった。橋の周辺に残っているのは、足止め役のオメガ人狼と、称号を持たない下位の審問官ばかりだ。異端審問官のナイトたちは、すでに大部分が王を追って時計塔へ向かった。

「クズどもの相手は任せていいな、ホプキンス。俺はもう少し上等なクズを狩る」

飛びかかって来た人狼の頭を警棒で叩《たた》きつぶし、シェパードは言った。声をかけられた黒髪の少女審問官、イーラン・ホプキンスは叫び返す。

「はい！　サー・エイブラハムもご武運を！」

立ち去るシェパードに背中から襲いかかろうとするオメガを遮り、掌底を叩き込む！

カチッ！

軽快なクリック音のあと、武装のグローブは起爆。オメガ人狼の腹部を吹き飛ばす！

イーラン自身は黒いレインコートを翻し、すでに爆風の余波をかわしている。流麗に着地し、構えたまま半円を描くように周囲を睨《にら》みつけ、残心を怠らない。

「どこからでもかかって来るといいでしょう。私はウォードウォー・ストリートの異端審問官、イーラン・ホプキンス。人狼ごときが束になろうと、決して遅れはとりません」

「おやおや、ずいぶん勇ましいねェ。体よく捨て駒にされた外人のくせに」

「……今、なんと？」

包囲の一角、嘲りの声がした方向に、イーランは構えた。

オメガたちの群れを割って、刺々《とげとげ》しいシルエットの人狼が現れる。おそらくは騎士級。まだ残っていたか。

「だってそうじゃないか。お前のような黄色い肌の娘が、古臭い教会の中で受け入れられていたなんて、到底オレには信じられないよ。ま、そりゃあ奴《やつ》らも表立って差別はしなかっただろうけどさ。聖職者ってのはうわべの偽善が大好きだものねェ」

「キリストの敵が何を囁《ささや》こうと、聞く耳は持ちません」

「そうは言うがねェ、その反応。図星ってとこじゃないか。さっき逃げていった男も、きっと今頃せいせいしてるだろうね。貧乏クジ押しつけるついでに、厄介者が始末できたんだからさァ」

黒曜石をまとう人狼騎士は、摑《つか》んでいた異端審問官の遺体を投げ捨てて、イーランの前に立ちはだかった。装甲の隙間から、三日月形の嘲笑がのぞく。

「ここにもう、あんた以外の異端審問官はいないよ。あんた一人を残して、みイんな逃げちまった。……それでも戦ってみるかい？　この数の人狼と」

「私はもとより、そのつもりですッ！」

イーランはもはや問答せず、叫びとともに駆けだした。飛び蹴りを繰り出す直前、人狼騎士マクベスはオメガの群れへと後退した。イーランの飛び蹴りは別の人狼に命中する。

「卑怯《ひきょうもの》者っ！」

カチッ！

戦闘ブーツの膝装甲が爆《は》ぜ、オメガを爆殺！　反動で跳躍し、イーランは別のオメガへ蹴りかかる。マクベスの指示で一斉に襲いかかるオメガを次々蹴りつけ、殴り飛ばし、踊るように敵を一蹴！

カカカッカカチッ――カチカチカチカチチチッ！

連鎖する光爆。オメガたちを吹き飛ばし、包囲に風穴を開ける。鎧袖一触《がいしゅういっしょく》！

「そうとも。オレは卑怯者さァ」

大技の直後、隙をさらしたイーランの背後からささやく声。

「だってその方が、ずウっと楽に殺せるからねェ」

黒曜石の爪がイーランの背中を引き裂いた。かわすことあたわず、イーランはつんのめりながら路面を滑り、反転。マクベスの追撃に備える。

その対応は正しい。すぐさま第二、第三の爪がイーランを襲った。武装のグローブに包まれた手で、イーランは払うように爪をいなしていく。この人狼の攻撃をまともに受けることは危険だ。背中の裂傷からはすでに石化が乗り移り、黒曜石の結晶が傷口に根を下ろしつつある。

即座に戦闘不能に至るほどの傷ではない。イーランは歯を食いしばり、背中の痛みに耐える。しかしその集中力は、確実に削られている！

「ザコども、かかりなァ！」

残余のオメガがふたたびイーランへ襲いかかる！　正面には依然としてマクベス。背中には無視できぬ負傷。増援の見込みなし！　退却のすべもなし！

「一人で死になァ、外国人！」

イーランが絶望的な抵抗を試みようとした、その時！

包囲のオメガ、その一角が弾《はじ》け飛ぶ！　何らかの物体が着弾。砕けた路面の中心で、小柄な影が立ち上がった。

マクベスはうめき、イーランは目を疑った。

「し、しつこ過ぎるゥ……」

「シャーロット・ホームズ!?　それに助手のジョン・ワトソン……」

砂煙が晴れていく。

そこにはゴシックドレスの少女審問官、シャーロットが仁王立ちしていた。

「まさか……助けに来て、くれたのですか……？」

返事の代わりにくしゃみが響いた。ジョンに鼻水を拭かれて気を取り直し、シャーロットは指をびしりとイーランへ突きつける。

「イーラン・ホプキンス！　あなたまた、お手柄を独り占めしようとしてるわね！」

「は……はぁぁ!?」

「だってそうでしょ？　こんなに人狼《じんろう》がたくさんいるのに、あなた一人で戦ってるなんておかしいわ。ずるい！」

「いや、これは単に、味方に置いていかれただけで、私は……私一人では、こんな数……」

イーランは思わずうつむく。マクベスに吹き込まれた疑念が、今になって響いていた。

本当に、自分は煙たがられていたのかもしれない。

周囲に認めてもらうため、模範的であろうと努力した。しかしそうするほどに、かえって口うるさい女と思われ、距離を置かれていくことも感じていたのだ。

アジア人の見た目をしたイーランが、いかにイギリス人以上にイギリス人らしく振る舞おうとしても、教会は——この国は、イーランを受け入れてくれないのではないか。

だとすれば、殉教者の心持ちで戦う今のイーランは、あまりにも報われない。

「そんなはずないわ」

うなだれるイーランが聞いたのは、シャーロットが鼻を鳴らす音だった。

「あんなに強いイーランが、この程度の数の人狼に負けるはずないもの。私を騙して独り占めしようとしたって、そうはいかないんだから！　ここにいる敵は、半分私がもらうから！」

そう言い放って、戦い始めた。

わけが分からなかった。

シャーロットは根本的に勘違いをしている。彼女はイーランの悩みも、境遇も、実力も、何ひとつ正しく理解していない。過大評価だ。

それなのにシャーロットの勘違いを、まるでイーランを認めてくれているように感じてしまうなんて……わけが分からない。

「イーラン！　僕たちも手伝わせてもらうよ。サー・マイクロフトに伝えなくちゃいけないことがあるんだけど、電波障害が起きてるみたいで端末が通じないんだ。さっさとこいつらをやっつけて、一緒にビッグ・ベンへ行こう！」

戦闘に巻き込まれないよう身をかがめ、声をかけてきたのは助手の青年ジョンだ。ジョンはイーランに笑いかける。

「それとさっきは、僕なんかの名前まで覚えててくれてありがとうね、イーラン」

「……当然のことですから」

嗚咽《おえつ》をこらえた返事は、まるで機嫌が悪いかのように響いた。

不本意だ。言い直したい。だが眼前に迫るオメガの攻撃が、それを許さなかった。少数だがジョンを狙う人狼もいる。イーランは覚悟を決めて戦いに挑む！

人狼を蹴り、起爆の反動で次の敵へジャンプ！　その敵を足場にさらに次の敵へ！　コンボをつなげ、殲滅《せんめつ》速度を増していく！

「何度も何度も……何度もナンドもナンドもッ、ナァァンンドもオレの前に現れやがってェ！　シャーロット・ホームズウゥァ！」

「出たわね《ガーゴイル》。あなたの相手は私よ！　他の黒いのより、あなたの方がお手柄だわ！」

「勝って当然みたいにほざいてんじゃァねぇぇぇぇェッッ！　オレのッ、名前はッ！　マクベスだァァッ！」

マクベスはシャーロットへ向かっていった。イーランはオメガを蹴散らしながら考える。早く応援に行かなくては。人狼騎士マクベスは強敵だ。

だが、イーランは戦いながら目を剝《む》いた。見つめる先には、マクベスと戦うシャーロットの姿。しかしその戦い方は、以前の違法カジノ戦の比ではない。

シャーロットがマクベスを圧倒している。

黒曜石に包まれた爪の一撃を、最小限のブースター噴射でかわし、即座にカウンター。

鉄の脚で装甲を蹴り砕き、反動ですでに別方向へ飛び離れている。シャーロットは空中で体勢を転換し、再突入の構え。マクベスの反撃がようやく空を切る。二手遅い。

飛び戻ったシャーロットの鉄拳が、兜《かぶと》状の装甲で守られたマクベスの頭部を揺らす。大振りの破片がこぼれ落ち、マクベスは苦悶《くもん》の声を上げた。

「……ちょこまかとうるさい蠅《はえ》だねェ！　効かないんだよォ、恩寵《おんちょう》を受けたオレには！」

マクベスは地を踏みしめ、全身に力を込めた。体に溶岩流のような赤いラインが浮かび、体表の結晶が煌《きら》めき出す！　マクベスの両肩から、太い柱状の黒曜石が二本、生え伸びた。肩の柱を中心に、結晶装甲は全身へ広がっていく。

「これでもう、銃弾も刃物も効きやしない。それでもオレを殺せるかいィ、ホームズウゥ……!?」

「ならその鎧《よろい》、私が砕きます」

最後のオメガに放ったとどめの蹴りの反動で、イーランは宙へ飛び、頭上からマクベスに襲いかかった。落下しながらの回転かかと落とし！　マクベスは両腕を交差させて受ける。しかし！

カチッ！

爆炎に呑《の》まれ、脱落する両腕の結晶装甲！　刺々しい装甲は、見た目ほど強固ではない。他者を恐れ、拒絶する、マクベスの恐怖と猜疑心《さいぎしん》の象徴に過ぎないのだ！

「馬鹿な……あの数のオメガを、あんな短時間でェ……!?」

「後輩にいいところを見せたくて、私も張り切りましたから」

イーランの体には無数の裂傷がある。格下のオメガ相手に、慎重に戦えば負わずに済んだ傷だ。だがイーランは時を優先した。シャーロットと共闘し、マクベスを葬るために!

「やっぱり! 一人で倒せないなんて嘘《うそ》じゃない!」

「もうそういうことで構わないので、ここからは協力しましょう、シャーロット。私が敵の装甲を剝がします。再生される前に、あなたがとどめを刺してください」

シャーロットは訝《いぶか》しげだ。イーランから寄せられている一方的な信頼など、知るよしもない。口をへの字に曲げている。

だがシャーロットは、ちらりと一度ジョンを振り返ると、眉のしわを解いてマクベスに構え直した。ジョンはどうやら、うなずいたようだった。

「わかったわ。いっしょに戦いましょ、イーラン」

「いいのですか? 私から言っておいて何ですが、てっきりもっと反対されるかと……」

シャーロットから人狼の疑いをかけられ、あわや異端審問官どうしでの戦いに陥りかけたことは、記憶に新しい。

「私は推理、しないから」

シャーロットは堂々と言い切った。

推理をしない。先日と同じ言葉ではある。

しかしイーランは、そこに何か新しい、前向きなニュアンスを感じた。

何かがあったのだ。この少女を成長させる体験が。

「間抜けな娘どもめ。お前らがぺちゃくちゃしゃべっている間にィ、腕の恩寵は再生したぞ……！」

堅牢《けんろう》な装甲を取り戻したマクベスが、ふたたび黒い結晶に包まれた腕を見せびらかす。

その行為のむなしさを知らぬまま。

まずイーランが抜け出した。足元を起爆し、爆風に乗って加速した踏み込みは、巨体化で鈍重になったマクベスにとらえきれるはずもない。股の下を滑り抜け背後に回ったイーランは、両手のひらを交互に押しつける。

カチチッ。

そこへさらに、えぐるような後ろ回し蹴り！　結晶が砕ける音とともに、鳴り響くクリック音。爆散した黒曜石の破片がきらきらと宙に舞い、マクベスは前へとよろめく！

イーランの装甲剝がしは完了していない。だがシャーロットが指をくわえて眺めている道理はなかった。ブースター噴射でホバリングし、滑るようにマクベスの正面へ。そして右手を、掬《すく》い上げるように打ち込んだ！　鉄拳が石の面頰を砕く！

「クソがッ！　クソがクソが、クソがアアアッ！」

マクベスも無抵抗ではない。黒曜石の逆棘《さかとげ》を生やした腕を広げ、腰をひねって回転。周囲一円を薙《な》ぎ払った！

イーランは跳び下がってこれをかわし、着地点を蹴り返して即座に舞い戻る。

マクベスを挟んで対角線上で戦うシャーロットも、イーランに一拍遅れてこの動きに倣った。そう、模倣したのだ。先ほどから、シャーロットの動きには既視感がある。他ならぬイーランの動きに似た、格闘戦の立ち回りだった。

イーランの視線がシャーロットと重なる。シャーロットはイーランを観察し、学ぼうとしている。より強くなるために！

イーランは腰を落とし、マクベスの腹部に掌底打ちを決める。腰の入った重い一撃！

シャーロットは腰を落とし、マクベスの背中に掌底打ちを決める。腰の入った重い一撃！

イーランは掌打の反動で身をひるがえし、反転。後ろ回し蹴りを叩《たた》き込む！

シャーロットは掌打の反動で身をひるがえし、反転。後ろ回し蹴りを叩き込む！

地に下ろした両足を踏ん張り、イーランは跳躍する。武装ブーツの靴底が起爆して、路面を粉砕。イーランにさらなる推進力を与える！

跳び上がったイーランは、マクベスの眼前で胸を逸《そ》らし、後方宙返りを打った。沈みゆく上半身に、下肢が追随する。そのつま先はマクベスの顎をとらえている。イーランの脚

は加速し、蹴り上げた！　サマーソルトキック！

マクベスの体は、にわかに宙に浮いた。それほどの破壊力を秘めた技だった。

シャーロットは驚き、しばし動きを止めた。それはまだ、シャーロットにはとうてい再現不可能な絶技だった。

「シャーロット！　今ですッ、とどめを！」

イーランの呼びかけで我に返る。

二人の審問官に前後から挟まれ、矢継ぎ早の連撃を叩き込まれたマクベスは、装甲を半壊させている。高い音を立て、シャーロットの手首から仕込み刃が飛び出した。右義手を腰だめに構え、スカートの端が高温で赤熱する！　必殺の飛翔《ひしょう》突撃の前兆！

「オメガども！　使い捨てのザコたち！　何をしてる!?　早くオレを助けろオオッ！」

陥没した装甲の下、マクベスはわめいた。

人狼の王が放った霧は風に流され、はるか風下から続々と追加のオメガ人狼が供給されている。待ちわびた増援の群れは、今まさにマクベスに加勢せんと疾走していた。

その時だった。気の抜けたような発砲音の後、空に光の球が浮かんだ。

それは赤い光を放ちながら、ゆっくりと地上へ落ちてくる。集結しかけたオメガたちは注意をひかれ、頭上を見上げ足を止める。赤毛の青年の思惑通りに。

「タンカーの残骸から持ち出した、非常用のフレアガンだよ！　バイトの講習で受けた災害救助の知識が活《い》きたよ！」

遠くからジョンが叫ぶ。ジョンが生み出したこの一瞬は決定的だった。マクベスは体に重い衝撃を感じた。背中に突き刺さった刃。まだ致命傷に達していない。

「なんだい、畜生」

ブースターの再点火が、最後の一押しをした。

ぱきっ。

「結局最後は、こうなんのかい」

結晶器官が砕けた。マクベスの体は力を失い、うつぶせに倒れる。体の表面に残っていた黒曜石は、崩れ去って灰となっていく。

勝利した二人の少女が、快哉《かいさい》を叫ぶ暇はなかった。

「行こう。シャーロット、イーラン！」

ジョンが駆け寄り、うながした。路肩に停車し、放置された車の向こう。あるいは建物の陰、街路樹のうしろから、無数の金色のまなこが、射るようにこちらを見つめていた。

――とうてい手に負える数ではない。

「ビッグ・ベンまで走って！」

照明弾の光が消える。光を恐れるように物陰に隠れていた獣たちが、解き放たれた。

ジョンとシャーロット、イーランの三人は、時計塔を目指し走った。

ビッグブラザー・ベンは世界最大の人工建築物だ。国会議事堂付きの時計台として作られて二百年。度重なる増改築のすえに、時計台は議事堂を飲み込んでなおも肥大し、企業オフィス、展望台、ショッピングモールをも併設する摩天楼と化している。

ビッグ・ベン一階、商業層はやはり、激しい戦闘の痕跡を残していた。

割れて散らばったガラス片を構わず踏みつけ、薄暗いモールを駆け抜ける。

倒れた棚、ノイズを垂れ流すスピーカー、人狼《じんろう》の死骸、そして時々、異端審問官の死体。

探し人であるマイクロフトやナイトたちの姿は、今のところ見えない。

「エレベーターだわ！」

前方に見えたエレベーターホールへと、ブースター噴射で加速したシャーロットがいち早く滑り込み、ボタンを叩きつけた。だが、反応がない。

「動かないわ！　私、ぶっ壊しちゃった⁉」

「いや、エレベーターが……というか、このフロア全体が、停電している……⁉」

ジョンは頭上を見上げ、異常に気がついた。吹き抜けの高い天井。普段はにぎわうビッグ・ベンのモール層が、暗すぎる。完全に明かりが消えているわけではないため見逃していたが、この光量は中途半端だ。

「非常電源が働いて、一時的に電力が供給されているだけなのかもしれませんね。エレベーターのように電気の消費量が多いものは動かないのでしょう。明かりも徐々に暗くなり、いずれ通常の電源はすべて消えるでしょうが」

イーランだけが奇妙に落ち着き払っていた。振り返った緑の瞳の先には、血に飢えた人狼の大群が映っている。接敵はわずか十数秒後だ。

「行ってください。シャーロット、ジョン・ワトソン。シャーロットの推進力なら、一人分であれば運べるはず。吹き抜けを飛んで、二人で上層を目指してください」

「でも！　イーラン……」

「私は強いのでしょう？」

イーランは振り返らず、オメガの群れを睨《にら》んだまま、背中越しに話した。

「私はここに残ってポイント稼ぎをします。あなたたちはさっさと先へ進んで、ナイトたちに伝えるべきことを伝えるといいでしょう」

背中からうかがえるイーランの覚悟は固い。シャーロットも迷わなかった。

「イーラン、ありがとう！」

ジョンを抱え、ブースターを吹かして飛んでいく。その思い切りの良さが、取り残されたイーランには心地よかった。

「せっかく捨て駒を買ってあげたのです。ナイトに昇進するくらいの手柄を挙げてこなかったら、承知しませんよ、シャーロット」

微笑《ほほえ》みまじりのつぶやきは、鳴り響く鐘の音にかき消された。ビッグ・ベンの大鐘楼は、その内部にまでも響き渡る。

現在時刻グリニッジ標準時午後七時ゼロ分ゼロ秒。決戦の時は——近い。

＊

その場所からは、巨大都市ロンドンの夜景が一望できるはずだった。

ガラス張りの壁はしかし、超常の赤い光に覆われ、外の世界と隔てられていた。景色ばかりか音も、光も、ロンドンがこうむる災いを知らせるものは何ひとつ、ここからはうかがえない。

ビッグ・ベン上層。展望階。巨大な十字架の横木にあたる広いエリアは、照明が落ち、いくつかの非常灯をともすばかり。

薄闇の下、影のように立つのは、年齢も性別もさまざまな五人だった。彼らの胸元には、一様に歯車十字と盾の紋章が描かれている。それは超越者の証《あかし》。五人全員が女王によって選ばれた、騎士の位階にあることを示している。

夜警騎士《ナイトオブナイト》サー・ロバート・アーヴァイン。

薔薇騎士《ナイトオブローズ》サー・クリストファー・テニスン。

追跡騎士《ナイトオブインスペクター》サー・エイブラハム・シェパード。

狩猟騎士《ナイトオブハント》サー・マイクロフト・ホームズ。

「どうやら議論は出尽くしたようだな」

そして、鋼鉄騎士《ナイトオブスティール》レディ・スカーレット・アラン。

異端審問官の長老、百年を生きるスカーレット・アランは、武装の黒い鞭《むち》を手にとった。

「この中に人狼がいるのは、間違いない。そいつを吊《つ》るさない限り、人狼の王《アルファ》が外で好き勝手やっているのを、我々は指をくわえて待つばかりだ。だから、まあ、仕方がない。……これよりローラーを遂行する。反撃は許可しよう。私でも、私以外の誰でもいい。生き残ったら、後は頼むぞ」

「そんな……やるしか、ないんですか!?」

最年少の騎士クリスが悲鳴を上げる。答える声はない。騎士たちは、ただ己の武装を構えるのみ。

マイクロフトもまた、低くうなりつつも、そうして武器を手にした一人だった。

赤い結界で閉ざされた空間に、五人のナイト。人狼はこの中にいる。だが、推理をするための時間は、彼らには残されていなかった。

ナイトたちが各様の武器を構え、思い思いの相手と睨み合った、その時。

入口の扉を破り、ゴシックドレスの少女が飛び込んできた。

「シャーロット!?」

マイクロフトは思わず叫んだ。

「これは……結界？　でも、だったらなんで、僕たち中に入ることが……」

さらにもう一人、赤毛の青年が現れる。ジョンが展望階を包む赤い光を見渡していると、ふいに声がかかった。

「動くな」

ジョンの顔の前に、一本の黒い警棒がかざされている。

いつそこに現れたのか。ジョンの常人の感覚では、まったく察知できなかった。

警官風の装備で身を固めたその異端審問官、サー・エイブラハム・シェパードは、もう一方の手で人差し指を立て、『静かに』のジェスチャーを作る。次にその指で、シャーロットを指さした。

シャーロットの傍《そば》にも異端審問官の騎士がいた。鳥のくちばしを模した不気味なマスクで顔を覆ったサー・ロバート・アーヴァインは、衣の下から伸びる長い機械の肢でシャーロットをまたぎ、頭上から覆いかぶさっている。

「異端審問官か？　人狼か？　引き裂けば分かることだ」

とっさに身をかわそうとしたシャーロットの周囲に複数の機械肢が下りてきて、鳥かごのように包囲した。

問答無用。騎士は弁解する時間も与えてくれない。逃げ場が、ない――。

「サー・ロバート！　シェパード！　それは私の娘のシャーロットと、助手に雇ったジョン・ワトソンだ。敵ではない。武器を収めてもらおう」

滑り込み、機械肢を束で摑《つか》んで止めたのはマイクロフトだった。

「お父さま！」

シャーロットはサー・ロバート・アーヴァインの義肢をかきわけ、父親の胸に飛び込んだ。マイクロフトは空いた左腕で抱き止める。

「よく無事でたどり着いた。さすが私の娘だ、シャーロット」

シャーロットの顔が一瞬輝き、引き締まった。

「聞いて、お父さま。私たち、大事なことを伝えるためにここまで来たの。敵の狙いがわかったわ。ビッグ・ベンの頂上にのぼって、人間を人狼に変えちゃう霧をロンドン中にばらまくつもりなのよ。こんなところで仲間割れしてる場合じゃない……」

「そうか。重要な情報だ。よく伝えに来た」

マイクロフトは娘の肩に手を置いた。シャーロットの目に希望が灯《とも》り、次の瞬間、裏切られる。

「シャーロット、お前は充分役目を果たした。後は我々がやる。こどもは下がっていなさい」

「待って、お父さま……私！」

「マイクロフトが言う通り、面白い情報だが、届くタイミングが悪かったな」

電子音を発する声帯。作られた美貌を覆う仮面のようなサングラス。全身義体の女騎士スカーレットが、硬質な靴音を立ててやってくる。

ジョンとシャーロットにとって、こちらも面識のある人物だ。シティの聖堂に呼び出され、スカーレットにお説教をされたのはほんの数週間前のことに過ぎない。

「すまんな、シャーロット。私たちはちょうど今から殺し合いを始めるところだ。終わるまでそこで見ていてくれ」

騎士はこともなげに言った。

「ちょ、ちょっと待ってください！　なんでそうなるんですか!?」

声を上げたのは、シャーロットのもとまで駆けてきたジョンだ。

「あなたたち五人、みんな異端審問官で……その上ナイトなんでしょう？　それほどの人たちが、どうして……まさか」

「察しがいいな。我々ナイトの中に人狼が紛れ込み、この部屋に結界を張っている。この赤い結界は、異端審問官のものではない。俗に人狼結界と呼ばれる、外からは入れるが脱出できない、一方通行の結界だ。お前たちが侵入できたのはそのためだな。この中の人狼を吊るさない限り、我々は外へ出られない」

スカーレットの説明を、マイクロフトが引き継いだ。

「お前たちがもたらした情報が、くしくも我々の切迫を強める形となった。これ以上敵の時間稼ぎに付き合えば、人狼の王は目的を果たしてしまう。もはや推理の時間はない。私たちは互いに殺し合い、潜伏した人狼を吊ることで結界を解除する。幸い後から現れたシャーロットはこの容疑からはずれている。生き残ったナイトの指示によく従い、《アルファ》討滅を助けなさい、シャーロット」

「死ぬつもりなの、お父さま!?　そんなのだめよ！　私……」

「そろそろ殺し合おう。私の相手は、そうだな、アーヴァイン。お前にしようか」

シャーロットの悲痛な懇願に、スカーレットは声をかぶせた。

名指しにされたくちばしマスクのアーヴァインは、フクロウがそうするように首を傾ける。

「……参考までに、理由を聞いても？」

「別に。気にするな。お前が人狼なら他より多少説明がつきやすいという、こじつけみたいな理由だ。勝っても負けても、誰が人狼でも、恨みっこなしでいこう」

「なるほど。では私も、お相手はレディ・スカーレットに」

二人のナイトが対面し、構えをとる。……異常な光景だ。

「俺の相手はお前だ、ホームズ」

さらにもう一人、制帽に防刃ベストを身に着けた審問官、シェパードが名乗り出た。入室直後にジョンを止めた男だ。

「いいだろう。だが一応推理を聞こうか、シェパード君。なぜ私が疑わしいと？」

マイクロフトが応じ、杖《つえ》を構える。シェパードは首を振った。

「自分で気がつかないのか、ホームズ。今のお前は、昔のお前とまるで別人だ。人狼《じんろう》と入れ替わっているとしか思えない」

「どういう意味だ」

「昔、お前には相棒がいたな。お前は他人に背を預けるということを知っていた」

「確かに以前、審問に助手を雇っていたことはある。だが」

マイクロフトは顔をしかめ、次に鼻で笑った。

「シャーロットを頼れと言っているのなら、とんだ見当違いだぞ、シェパード。これは娘であり、弟子であり、部下だ。相棒ではない。肩を並べる者ではなく、守るべき者だ。いずれは私に追いつくが、まだ先だ」

「先とは、いつだ。いつ他人と協力する。その独りよがりは――」

「らちが明かんな、始めよう。ところでシェパード、お前、そんなに親切だったかね？私としても、どうもお前が怪しく思えてきたよ」

議論は終わった。マイクロフトは仕込み杖を抜刀、シェパードの警棒は電流を帯びた。

「私は……ぼ、ぼくは戦えませんッ！」

ただ一人、若年のサー・クリストファー・テニスンだけが、戦いの相手を選べない。

「だれもお前を責めやしないさ」

青い外套《がいとう》を掻《か》き抱《いだ》きうずくまるクリスに、スカーレットは一言つぶやき、背を向けた。

空気が張り詰める。血で血を洗う、味方殺しの戦いが始まろうとしている。

そこに銃声が上がった。

ナイトたちによるものではない。――シャーロットだ。天井へ向けて発砲したのだ。

「こんなの間違ってるわ」

視線が集まる。シャーロットは臆さず、逆に騎士たちを睨《にら》み返す。

「推理もしないで仲間同士で殺し合うなんて、絶対におかしい」

「……お前がそれを言うか」

マイクロフトが思わずつぶやいた。シャーロットは口をへの字にした。

「ならばどうする？　シャーロット・ホームズ」

代表してスカーレットが問う。機械化された声帯から発せられる声に熱はなく、感情は読み取れない。

シャーロットはやはり、動じなかった。

「人狼はジョンが推理するわ」

シャーロットは助手の青年を振り返ることすらせず、言い切った。そして四人の騎士たちへ向けて、武装を構える。

「それまで私が時間稼ぎをする。……ううん。それよりあなたたちが殺し合いを始める前に、私が全員ぶっとばして、おとなしくさせちゃえばいいのよ」

沈黙。

「ははは」

広いホールに、合成音の笑い声が反響した。

「はは……は、ははっ。はははははははははははははははははははははははははははは」

サングラスがずれ落ち、床に跳ねる。身をよじっていたスカーレットが、顔を上げる。

表情筋など始めから持たない、人形の無表情を。

「やってみろ」

戦うはずだったアーヴァインに背を向け、スカーレットは瞬時にシャーロットの前へ！

握り固めた鋼の拳を打ち下ろす！　受け止めたのは……マイクロフト!?

「アラン先生！　おやめくださいッ」

「お父さまっ！」

シャーロットを庇《かば》い、義手で攻撃を受けたマイクロフトの体は、背にしたシャーロットごと三メートルも後退した。スカーレットとマイクロフト、彼我の実力差ゆえだ。仮にシャーロットが受けたならば、この程度では済まされなかっただろう。

　スカーレットは振り終えた拳を見つめ、次にマイクロフトを見た。

「マイクロフト。お前も私と戦うのか？　いいぞ。三十年ぶりの稽古をしよう」

「……お戯れを。私はアラン先生とは戦いません。そもそも敵《かな》うはずがない」

　マイクロフトは腕を広げてシャーロットを庇っていたが、振り返り、娘を見下ろした。

　シャーロットは見た。父の瞳の冷たさを。

「私が戦うのは、シャーロット。お前だ。……娘の不始末は、父自らが責任をとる」

　助けてくれたと思った。

　一緒に戦ってくれるのだと期待した。

　だが、違った。シャーロットは失望した。そして、動揺を一瞬で乗り越えた。

「だったらまず、お父さまからぶっ飛ばす！」

「聞き分けなさい、シャーロット！　お前のために言っているのだぞ」

「ちがうわ。お父さまの、自分のためよ！」

　斬りかかるシャーロット！　マイクロフトはまずその速度に驚き、そして娘に攻撃された事実そのものに驚いた。

　だが、マイクロフトはシャーロットの拳を掴み、袖の刃を止めている。

「自分のため、だと……」

驚愕《きょうがく》が怒りに変わる。シャーロットの拳が、マイクロフトの義肢に込められた力で軋《きし》む。

「私が、己の見栄《みえ》や利益のために、お前に命令しているとでも言うのか」

シャーロットは振りほどこうとした。できなかった。それどころかマイクロフトは逆に腕を持ち上げ、シャーロットを体ごと吊《つ》り上げた。

「この私が、そんなことのためにお前を育ててきたとでも思っているのか!」

シャーロットはブースターに点火し、ようやくマイクロフトを振り切った。振りほどいた義手は、指の形に歪《ゆが》んでいる。それほどの力量差。格が、違う。

それでもシャーロットは臆さなかった。

手首のダガーを展開した、シャーロットの素早い刺突! 一刺し、二刺しと連続する。

マイクロフトはこれを俊敏なフットワークだけでかわした。

これこそが義肢を取り換え、全盛期に近づいたマイクロフト本来の力だ。しかしマイクロフトに、取り戻した力への喜びはない。

「目先の犠牲を惜しむその行動が、ロンドン全体を危険にさらしていることがなぜ分からん! 我々は異端審問官であり、女王より認められたナイトだ。いざという時、犠牲になる覚悟はできている。その覚悟を愚弄するか!」

「うそよ! だって――」

シャーロットは最後まで言い切れなかった。

マイクロフトが踏み込んだ。その一瞬、シャーロットには父が消えたように見えた。

「だが、お前が犠牲になることは許さん」

それは足払いだった。瞬時にはそうされたと気がつけぬほど、速く、やさしいひと掬《すく》い。

シャーロットは顔面から床に落下した。

「シャーロット、お前は弱い。レディ・スカーレットやサー・ロバートに歯向かえば命を落とすだろう。そうなる前にこの父がお前を無力化する」

シャーロットは立ち上がり、鼻血をぬぐった。不屈の青い目で父を睨み、鉄拳を構える！

マイクロフトが仕掛けた。ボクシングスタイルの電撃的な踏み込み！　流れるようにワン・ツー。義手で受けたシャーロットからの反撃を、上体を前にかがめたダッキングでくぐり抜け、その姿勢から前進した。鋼鉄の右ストレートとともに！

腹部に突き刺さりかけたこの拳を、シャーロットは高く掲げた右膝で防御！　イーランの蹴り技を彷彿《ほうふつ》とさせる行動だ。義肢の硬度はこの攻撃に耐えうる。だが、体を支える片足を上げてしまったことは明らかな悪手だった。シャーロットは踏ん張りきれず、吹き飛ばされた。

マイクロフトは追撃に歩く。前方には割れたタイルの粉塵《ふんじん》が立ち込める。それを切り裂いて、ブースターで加速したシャーロットの飛び蹴りが襲ってきた。

マイクロフトは眉をひそめ、体を傾け、回避する。

「淑女のたしなみではないな。蹴り技など、はしたない」

「そんなことないわ！　イーランは、かっこよかった！」

「お前が見習うべきは、この私だ！」

マイクロフトは前進した。シャーロットは両袖から機銃を展開！　銃弾がマイクロフトを襲うが、狭域結界が盾となってこれを防いだ。武装の懐中時計によるものだ。

「ここまでだ、シャーロット」

距離を詰め切ったマイクロフトはシャーロットの腕をねじり、捕まえる。

「自己犠牲はマザーヴィクトリアが体現する英国国教会の根本理念だ。私はこれからナイト同士の戦いに敗れ、死ぬのかもしれん。それは構わん。だが、私がそうして死を恐れずに戦えるのは、シャーロット、お前が生きているからだ」

シャーロットは暴れるが、父を振りほどけない。潤んだ青い目でマイクロフトを睨みつけ、叫んだ。

「そんなの、私のせいでお父さまが死ぬのと同じじゃない！　私は、お父さまが安心して死ぬために生まれてきたの!?」

「屁理屈《へりくつ》を言うのはやめなさい！」

「屁理屈なんかじゃないわ！　いい子にしてお父さまが死んじゃうくらいなら、私は悪い子でいい。悪い子になって、私がお父さまを守る！」

「いい加減にしろ、シャーロット！　それができんから、私は――」

怒鳴りつけるマイクロフトを、青年の声が遮った。

「皆さん！　犯人が分かりました。人狼の王は、この中にいます」

驚愕し、マイクロフトは言葉を失う。

ただ一人この状況を予想していたシャーロットは、得意げに鼻の穴を広げ、我がことのように胸を張った。

＊

あの時、展望階へと踏み込んだのは、六人のナイト全員がほぼ同時だった。

ホールに入ったその瞬間、こどもの姿をした人狼の王は割れた窓の前に立ち、微笑《ほほえ》みをたたえてこちらを振り返っていた。

両脇に控えていた人狼騎士が、主を守るため襲いかかってきた。レディ・スカーレット・アランとサー・ロバート・アーヴァインがそれを殺した。不運なサー・バーナード・ガウリーは王へ向かった。そこに王のまじないが降りそそいだ。

「【征服する勝利の翼《サモトラキア》】」

影から生み出された首のない鳥の群れは、ガウリーの肉を貪り尽くし、広がり、瞬時に視界を埋め尽くした。

展望階はまったき闇に包まれた。そして闇が明けると、そこにもう人狼《じんろう》の王の姿はなく、四方は不気味な赤い光に包まれていた。——結界だ。だが、異端審問官が展開したものではない。それは古代の呪術。人狼が狩りのため張り巡らせたという、入ることはできるが出ることのできない、一方通行の仕掛け罠《わな》だった。

有史以前の人狼は、結界によって自らとともに人間を閉じ込めて殺し、外部から助けに訪れる者があればこれも捕らえ、さらに喰《く》らったという。だがその古代結界は、人類が科学を発展させ武装するようになったことで機能しなくなった。銃を持ち狩人《かりゅうど》となった人間は、人狼にとってもはや無力な獲物ではなくなったのだ……。

百年を生きるスカーレットの講釈も、サー・マイクロフト・ホームズの音響探査からも、人狼を特定する決定的な情報は得られなかった。確実なことはひとつ。生き残った五人のナイト、この中に結界を張った人狼がいる。その者を吊るすまで、異端審問官たちが王を追うことはできない。

その後の議論は不毛だった。まずは制限時間の確認——五人の中に潜む人狼が、王本人かどうかで意見が割れた。

展望階に乗り込んだあの一瞬、王の護衛は皆殺した。だが、高位の人狼が物体にも擬態しうることは周知の事実だ。王のまじないが目くらましをした隙に伏兵がいずれかのナイトを殺し、成り代わって結界を張った。そうだとすれば王は今、壁の穴からビッグ・ベンの外壁をよじ登り、悠々と頂上を目指していることだろう。猶予はない。異端審問官たちは味方を殺してでも結界を破り、王を追うべきである。

この意見に異を唱えたのが、外壁伝いに移動することなど不可能だとするシェパードの説だった。ビッグ・ベン外壁には、強力な迎撃装置が備わっている。普段はスキャン光としてロンドンを監視し、有事の際には収束して熱線と化す光。先ほどの飛行船による自爆テロを寄せつけなかった、女王の凝視だ。

死の光は領空を侵したものを無差別に撃墜する。塔外部からよじ登ろうとしたところで、焼き殺されるだけだ。

しかしこの対抗意見は、ビッグ・ベンを含むウェストミンスター・エリアを統括する審問官、アーヴァインによって退けられた。

現在ビッグ・ベンは、人狼の王の登頂を阻止するべく電源を停止させている。エレベーターをむざむざ敵に利用させないためナイトたちがとった、苦肉の措置だ。しかしその結果、外壁に備わる迎撃装置も停止してしまった。王を阻むものは、何もない。

楽観論は消え、ナイトたちがいよいよ味方同士で殺し合おうとした、その時だった。

シャーロットたちが現れたのは。

「以上がこれまでの経緯です。ジョン・ワトソンさん」

ようやくそこまで話し終えたナイトの少年クリスは、不安げな目で赤毛の青年ジョンを見上げた。サー・クリストファー・テニスンは線の細い、頼りなげな少年だ。ナイトの地位にもかかわらず、異端審問官ですらないジョンに対しても、どこか遠慮している。

「……あの、どうでしょう？　人狼、分かりましたか」

目を閉じ、腕を組んで考えるジョンに、クリスは恐る恐る声をかけた。

ナイトたちの同士討ちを止めるためシャーロットが反抗し、父親のマイクロフトと戦い始めてすぐ、クリスは真っ先にジョンを頼った。ジョンのことは聞いている。一般市民でありながら、シャーロットに代わって推理を行い、人狼を暴いているという。

彼ならば、この状況を解決してくれるかもしれない。

そう期待してしまうことが無責任であると、クリスも理解はしていた。汗ばむ手は無意識に肩へ、そこに縫いつけられた青薔薇《ばら》の紋章へと伸びる。クリスが生まれたテニスン家の家紋だ。

この紋章がクリスを人狼との戦いへ駆り立ててきた。誇りにして呪縛。歳《とし》も近く、ナイトの父親を持つシャーロットには共感を覚えていた。今日出会うより、ずっと以前から。突然現れシャーロットの助手となったジョンには、ほんの少し嫉妬もした。そしてそれ以上に、ジョンを持つシャーロットをうらやましいと思った。

「もし……もう少し、考える時間が必要なら……私も戦います。サー・マイクロフトたちとは戦いたくないけど……でも」

クリスは息を整えた。それだけで思考が切り替わり、少年は精悍《せいかん》な戦士の顔つきへ変わる。

「そうすれば、私たちを助けてくれるんですよね」

鞘《さや》を払い、踏み込みの姿勢をとる。シャーロットが危うい。駆けだそうとした少年騎士を、ジョンが呼び止めた。

「ちょっと待って、サー・クリストファー。最後にもうひとつだけ確認させてほしいんだ。――君たちが展望階に来てから、三十分以上経《た》った？」

「え、っと……？　はい。最低でもそれくらいは経ったと思いますけど……」

「分かった。ありがとう」

ジョンはクリスを残し、歩き出した。クリスは目を剝《む》いた。

「まさか、もう分かったんですか。……人狼が!?」

「皆さん！」

答える代わりに、ジョンは声を張り上げた。

「犯人が分かりました。人狼の王は、この中にいます」

視線が集まる。驚愕《きょうがく》と半信半疑の目。しかしただ一人、シャーロットだけが驚かず、得意げにしていた。

「馬鹿な！　私を含め、経験豊富な五人のナイトが見つけられなかったのだぞ？」

　マイクロフトが否定するのも無理はない。ジョンはうなずき、同意を示す。

「たしかに僕も、純粋な推理力でみなさんに勝っているなんて思いません。ですが僕には今回、皆さんが知らない、特別な情報がありました。そのおかげなんです」

「回りくどい言い方はやめて、結論を言ってくれないか。我々には時間がない」

　急《せ》かしたのは警官風の騎士、シェパードだ。ジョンはそちらを見て、もったいつけるようにゆっくり、首を振った。

「いいえ、サー・エイブラハム。時間は、あるんです。僕はこう言いました。人狼の王はこの中にいると。王は今、外壁をよじ登って頂上を目指してなんかいません。僕たちに先を急ぐ理由はない。当然、味方同士で殺し合う必要も、ありません」

　言い終えて、沈黙。ジョンは注意深くナイトたちの様子をうかがった。

　サー・エイブラハム・シェパードの表情は不信を示したままだ。

「もし、はったりをかけて人狼をあぶりだすつもりなら……」

「いえ、ご心配なく。ちゃんと目星はついてます。ただちょっと、最終確認というか……実はその、サー・エイブラハムも少しだけ怪しいかなって思ってたんです。ここに来る途中、審問官のイーラン・ホプキンスから聞いたんですが、サー・エイブラハムは直前までイーランと一緒に地上で戦っていたらしいので、そんな短時間で展望階まで来られるかなぁと」

シェパードは身構えかけた。だが皆の視線がシェパードに集まるより早く、ジョンは言った。

「でも、ナイトの実力を考えれば、不可能とまでは言えません。それにもう、他にもっと怪しい人も見つかりましたから。――サー・ロバート・アーヴァイン。あなた、偽物ですよね」

その直後、シャーロットの銃口がアーヴァインへと向いた。

ジョンは素早くそれを制した。

「シャーロット、まだ撃たないで！　さっきも言ったけど、僕たちには時間があるんだ。むしろ焦らなきゃいけないのは、あいつの方だよ」

「わかったわ」

シャーロットはそう答えつつも、袖の銃口は下ろさない。

渦中の人物、アーヴァインは防御の姿勢もとらず、ただ首を傾けている。ヒトならざる、フクロウの仕草のように。アーヴァインは低くこもった声でたずねた。

「根拠は？」

「あなたが嘘《うそ》をついたから。でもその嘘は、ここにいたナイトたちには、見抜くための材料がなかった。遅れてきた僕たちだから、気がつくことができた」

アーヴァインは無言。鳥のクチバシを真似《まね》たペストマスクも、まったくの無表情。

ジョンは気圧《けお》されることなく続けた。

「サー・クリストファーから教えてもらいました。ビッグ・ベンは停電中で、だから外壁の迎撃装置も停止してる——あなたがそう言っていたって」

寡黙なアーヴァインに代わって、シェパードが答えた。

「ありがとうございます、サー・ロバートはこの地域の統括審問官だ。当然、ビッグ・ベンの構造にも詳しい」

これは助け船だ。

「ありがとうございます、サー・エイブラハム。ではサー・ロバートに質問です。ビッグ・ベンの鐘って、きっと電動で鳴らしてますよね？」

分かり切った、不可解な質問だ。改築を重ねた超高層時計塔の頂上部から、ウェストミンスター中に響き渡る巨大な鐘が、まさか人力で鳴らされるはずはない。

「しかり」

アーヴァインは短く認めた。それによって何が変わるとも思われなかった。

だが、それで充分だった。

「あっ……あ、あっ、あぁーっ！　わかった！　私にもわかったわ！　時計塔の七時の鐘の音！　あれが鳴ったっていうことは、外の電源は生きてるのよ！」

シャーロットが挙手をして跳ね回る。その顔は発見の喜びに輝いている！

「その通り！　ビッグ・ベン内部と外壁は、別々の電源で動いています。僕とシャーロットは、ここへ来る途中で七時の鐘を聞いたことで、それを知っている。だけどその音は、景色や音を遮断する結界の中にいたナイトの皆さんには聞こえなかった」

推理を披露するジョンの向かいで、マイクロフトは懐中時計をあらためていた。

「そうか。我々が閉じ込められたのは、七時およそ五分前。鐘の音が鳴る前だった。だがそのころにはすでに、ビッグ・ベン内部の電源は落ちていた……！　このことから、ビッグ・ベン内外の電源は連動しておらず、迎撃装置が動き続けていることは確実。人狼の王は外壁を登っていない。人狼の王は、ここにいる！」

マイクロフトの結論に、ジョンがうなずく。

「はい。そういうことになります。でも人狼は、意味のない嘘はつきません。嘘をつくのは、そうすることで得をするからです。得とはもちろん、人狼の王が最上階に向かって進んでいると思い込ませ、焦ったナイトたちを同士討ちに誘うこと。つまり、人狼は――お前だ！」

ジョンは腕を上げ、アーヴァインに指を突きつけた。

もはや議論は不要だった。すべての者が武器を構え、すべての視線がアーヴァインへと注がれた。

アーヴァインのフクロウのように傾いた仮面から、こぽりと泡が弾《はじ》ける音がした。

「ふふ」

仮面ののぞき穴から、涙が落ちた。黒い涙が。

「うふふふふふふふふふふ」

黒い水は仮面の端から、呼吸孔から、やがては外套《がいとう》の下からも勢いよくあふれ出し、床に水たまりを作った。脱ぎ捨てられた仮面が、水たまりの中へと落ちる。

「残念。ばれてしまいましたか」

スーツを着た、金髪巻き毛の少年が現れた。その背には五本の黒い尾。そして頭上に、暗く赤熱する円環が浮かび上がる。

「でも、とても楽しいゲームでしたね」

人狼《じんろう》の王はにこりと笑った。無防備な王を、左右から二人のナイトが襲う。レディ・スカーレット・アラン。サー・エイブラハム・シェパード！

「せっかくのパーティです。もっと大勢で楽しみましょう」

王は背中に組んだ手で指を鳴らす。壁面を覆っていた赤い結界が消えた。ガラスを破り、おびただしい数の人狼がなだれ込んできた。

ナイトたちを押し流す、黒いオメガ人狼の群れ！　一体一体は貧弱でも、波を打って押し寄せられてはなすすべがない！

「それにしてもジョン、君は興味深いですね。異端審問官ですらないにもかかわらず、僕の正体を見破った」

王は周囲の混乱を一瞥《いちべつ》することもなく、まっすぐジョンだけを見つめている。

展望階に流入するオメガ人狼の隙間を縫って、シャーロットの銃弾が王を襲った。

「【隔離する迷宮《ラビュリントス》】」

王の周囲に半透明の赤い紗幕《しゃまく》が展開する。結界だ。シャーロットの銀の銃弾と、シェパードが射出したテーザーワイヤーは弾かれた。それだけではない。

「【燔祭《イピゲネイア》】」

王の頭上の円環から、四方へ向けて黒い炎が伸びる。人狼結界の性質は一方通行。炎は紗幕をすり抜け、審問官たちを一方的に攻撃した。

黒衣の天使。黒い後光。まるで宗教画をネガに反転したかのごとき、神話的光景。

王は歩む。黒い炎で焼かれ、獣たちが駆ける道を。そしてジョンの目前に至った。

「ジョン。僕とお友達になりましょう」

「ジョン！　さがってッ」

二体のオメガにしがみつかれながらも、シャーロットがブースター飛行で迫ってくる。

王は振り返らない。振り返るまでもない。シャーロットの突撃は、横合いから飛び出したオメガ人狼たちの濁流に遮られ、飲み込まれた。

だが！

「行ってください、シャーロットさん！」

シャーロットに組みつくオメガの体が、胴体で寸断され、ずり落ちた。青い残光を引く太刀筋。サー・クリストファー・テニスン！

「目の前で市民を殺されれば、異端審問官の名折れだぞ！　必ず守れ、シャーロット！」

人狼を引きはがし、殴り飛ばす鉄拳！　サー・マイクロフト・ホームズ！

援護を受けたシャーロットは、走り出そうとしてしかし、それをやめた。

シャーロットの様子がおかしい。武装の外套が生み出す青い残像を従えて、少年騎士クリスが滑り込み、シャーロットの代わりに前方の敵を薙《な》ぎ払う。

「シャーロットさん!?　まさかさっきの、サー・マイクロフトとの戦いのダメージが……？」

「ちがう……ちがうわ。そうじゃなくて、この人狼たちは……！」

オメガはつい先ほど、黒い霧の力で人狼に変えられた元人間だ。

シャーロットとて、人狼として多くの罪を重ねてきた《ガーゴイル》を討つことにためらいはなかった。だが彼らは、罪なき元人間たちは……。

「人狼の多くは元人間ですよ、シャーロットさん」

立ち尽くすシャーロットに迫るオメガの首が、三体まとめて切断された。剣の軌跡には青い光が残留する。軌跡は最終的に少年騎士の腰で途切れていた。

剣を鞘《さや》に納めたクリスは、シャーロットを庇《かば》って立ち、振り返らずに言った。

「審問官の士気を保つため、教会は公表していませんが、人間が人狼に変化するということは事実です。二年前、表向きにはペストとして扱われたロンドン・パンデミックも、実際は人狼が戦力を増やすため浄水施設を占拠して発生させたバイオテロでした。幸いあの時は、早い段階で敵の野望をくじくことができましたが……あんな悲劇を、もう二度と繰り返しちゃいけないんです！　戦ってください、シャーロットさん。彼らは敵です。敵になってしまったんです！」

ナイトの首を獲《と》らんと襲い来るオメガたちを、クリスは剣光一閃《いっせん》、斬り捨てていく。剣筋に迷いはない。身にまとうは一族伝来の青外套。その肩に縫いつけられた青薔薇《ばら》の重みが、少年を動かしていた。

「ほう。サー・クリストファー、君は若いのに、二年前のできごとをよく知っていますね」

次の敵に備えようと、構え直したクリスの前に現れたのは、人狼の王だった。

「え……」

「あの時は水道水に僕の血を溶かし、平和裏に全ロンドン市民を人狼に変える計画でしたが、失敗してしまいました。あれ以来水道施設はすっかり警備が厳しくなってしまったので、仕方がなく今回は乱暴な方法をとっているのですよ。僕も心が痛みます」

クリスは剣を鞘走らせ、人狼の王を斬り捨てようとした。攻性の結界を付与された刀身は、青い光を滴らせ、いかなる物をも切断するはずであった。

「【変身物語《メタモルフォーセス》】」

五本の黒い尾が王自身に巻きつき、その姿を覆い隠す。それはまるで巨大な手に握りつぶされるかのような、荒々しい防御だった。クリスの剣は滑るように尾に沈み込むが、切断するには刀身の長さが足りない。手ごたえは泥を斬ったようにやわで、名剣の切れ味が何の役にも立たなかった。

つぼみ状に閉じた尾が開く。黒く太い腕が這《は》い出して、クリスを掴《つか》んだ。クリスは恐怖した。黄金に輝く太古の目が、少年騎士を直視していた。

「クリス、下がりなさい！」

シャーロットの銃弾が王を撃ち、マイクロフトの拳が王をよろめかせた。変身途中とは違い、今度こそ実体がある。

「さすが、ヴィクトリアの騎士は勇ましいですね。人狼になってもらえないのが残念です」

五本の尾を持つ人狼は、マイクロフトの足を掴んで逆さにし、投げ捨てた。シャーロットの銃撃は無視し、青い花弁の燐光《りんこう》を撒《ま》いて斬りかかるクリスを、尾で薙ぎ払った。

いよいよ次はシャーロットだ。両手首の刃を抜き放ち、接近戦に身構えるシャーロットの横から、声が上がる。

「お前がやったのか」

「ジョン!?　危ないわ、さがってて！」

「二年前、お前が母さんと、アシュリーを！」

人狼の王の興味がジョンへと移る。怒りに燃える若い命を見て、怪物は喜びの感情を示した。それは処女地を前にした、征服者の笑みだった。

「サー・クリストファーの話がほんとうなら……お前が二年前、ロンドンに病気をばらまいたんだな!?　そのせいで僕の家族は、僕たちの人生は狂ったんだぞ！」

「それは素晴らしい。やはりジョン、君とは運命のつながりを感じます。ご家族が僕の恩《おん》寵《ちょう》を受け取ったというのなら、君にもぜひお贈りしたい」

「僕はお前を！　許さない！」

ジョンを庇おうと飛び出したシャーロットを、王は赤いラインの浮いた腕で無造作に払いのける。シャーロットは軽々と吹き飛び、天井に当たって跳ね返った。

直後、シャーロットは空中でブースターを起動。空の弾倉と予備タンクを排出しながら、王を目がけて突撃した。

「ジョンに！　手を！　出さないでッ！」

人狼の王は巨体を丸め、ジョンの上に覆いかぶさる。強引に黒い血を流し込み、恩寵を植えつける直前。弾丸のように飛び来たシャーロットの刃が深く、王の背中に突き刺さった。

素晴らしい一撃だった。これまでシャーロットが繰り出した、どの技よりも速く、鋭かった。――それが仇《あだ》となった。

「ああ、いけません。そんな乱暴なことをしては。見てください」

王は起き上がり、床にうずくまるジョンを示した。ジョンの口から叫び声が上がる。その体は、王を貫通した傷からあふれた黒い血を浴び、火傷《やけど》を負ったように煙を噴き上げている。

――シャーロットはジョンを殺す。

アシュリーの予言が、成就しようとしていた。

「ジョン!?」

「あなたの不用意な攻撃のせいで、ジョンに恩寵を与えすぎてしまいました。これでは死んでしまいます。かわいそうに。どうしてこんなひどいことをするのですか?」

「ふざけないでッ!」

ジョンから王を遠ざけるため、シャーロットは刃を振るう。毛皮を裂き、刃は骨まで達したはずだが、王はうめき声ひとつ漏らさなかった。

「ですが安心してください。ジョンは僕が救います。我が恩寵によって」

巨大な人狼は、両腕でジョンを抱き上げた。

黒く太い腕の中、ジョンは王の毛を摑んで暴れ、声を枯らせて吠《ほ》えた。黒い水は衣服や皮膚の上から浸透し、あるいは蒸発して気管から体内へ侵入した。ジョンの悲鳴はしだいに獣じみていく。シャーロットは何度も王を斬りつけたが、王は痛みを感じず、傷口は時間とともに再生した。すべては無意味だった。

王の体を攻撃していたシャーロットが、横ざまに吹き飛ばされる。腹部を圧迫する巨大な質量。鉤《かぎ》型の鉄塊。シャーロットは目を疑った。船の錨《いかり》だ。

多数のオメガを巻き込んで、シャーロットは壁に叩《たた》きつけられた。

「王。昇降機の用意が整いました」

展望階に光が灯《とも》る。王は眩《まぶ》しそうに目を細めた。

王の周囲に人狼騎士たちが現れ、額《ぬか》ずいている。人狼たちの手によりフロアの電源は復旧した。これにより、ビッグ・ベン最上階へ通じるエレベーターも動き出す。

「ご苦労さまでした、クローディアス。僕はジョンとともに行きます。後のことは任せましたよ」

「……ブリテンに正しき統治者のあらんことを。宮廷の栄え、とこしえに続かんことを」

努めて抑えた低い声で、鉄をまとう人狼騎士はつぶやいた。人狼の王は異端審問官たちを振り返る。

「このクローディアスはいわば群れの序列二位《ベータ》です。みなさんのお相手を務めるのに失礼はないでしょう。どうか最後まで、パーティを楽しんでいってくださいね」

王はそう言い残すと、腕にジョンを抱えたまま、エレベーターへと去っていった。

「ジョンッ！」

追いかけようと飛び出したシャーロットを、クローディアスが阻む。

「我々は、百年待った」

人狼《じんろう》の王の背中が、ジョンが遠ざかっていく。クローディアスの脇をすり抜けようと踏み込んだ瞬間、叩き落とされた。

「ジョン！　待って……待って！」

エレベーターの扉が閉じた。ジョンの姿は見えなくなった。

＊

全身が鐘になったように脈を打つ。

自分自身の体温で火傷をしそうだった。

空気が足りず、顎を上げ必死に酸素をとりこもうとした。頭痛がひどい。思わず頭に触れると、指先が滑った。血だ。頭頂部から出血している。皮膚がねじれ、新たな器官が形成されようとしていた。獣の耳だ。

「恩寵が顕《あらわ》れはじめましたね、ジョン」

穏やかな少年の声がささやく。

「どうでしょう。何か懐かしい感覚がするのではありませんか」

ジョンはかろうじて顔を上げた。こちらをのぞき込む王の姿は、ひどくぼやけている。先ほどの人狼の姿ではもはやなく、また金髪巻き毛の少年にもどったようだ。そして窮屈な箱のような室内、かすかに感じる浮遊感。ここは上昇中のエレベーターの中か。

ジョンは何か口をきこうとしたが、できなかった。喉が腫れ、声らしきものはとても出せない。

「頂上まで時間があります。ジョンを退屈させてはいけませんね。少しお話をしましょう。世界の秘密を教えてあげますよ」

王の声はやさしく、穏やかだった。こどもが眠る前、本を読み聞かせる人のように。

「かつて世界には、多くの、とても多くの人狼が暮らしていました。他者への変身や、すぐれた身体能力、魔術による結界の敷設、核を用いた星の記憶への接続……。人狼は人間の暮らしに溶け込み、戦士や指導者として、その力を役立ててきたのです。驚きましたか。もともと人狼と人間は、争ってなどいなかったのですよ。僕自身もまた、イギリス発展のため力を尽くす人狼の一人でした」

かごは上昇し、ガラス張りの一面からロンドンの夜景がうかがえるようになった。王は燃え盛るロンドンを眺め、空虚な微笑《ほほえ》みを浮かべる。

「イギリス王家の来歴は複雑です。現在のヴィクトリア朝以前にも、いくつかの王家が存在しました。さかのぼればこの僕にも、王位を主張する正統な権利があるのですよ。……そういえば、まだきちんと自己紹介をしていませんでしたね。異端審問官が呼ぶ《アルファ》という名は、オオカミの群れでリーダーを指すアルファオオカミに由来します。ですがほんとうはもっと人間らしい、すてきな名前も持っているのですよ」

人狼の王は振り返り、胸に手を当て会釈した。

「僕の名はアルバート。ザクセン＝コーブルク＝ゴータ公子アルバートと申します。本来の歴史では、ヴィクトリアの夫となるはずだった男です」

「嘘《うそ》をつくな」

熱にあえぎながら、ジョンがつぶやいた。

人狼の王は目を丸くする。

「おや、ジョン。もう話せるようになったのですか。君は強い子ですね」

「お前が……そんなありきたりな名前をした、ただの貴族のはずがない……！　これまで見てきたお前の力は、もっとおぞましい、異常なものだった。僕はお前が人狼かどうかさえ疑っている……！　正体を見せろ。お前は……悪魔なのか？」

「悪魔、ですか。そんな言い方はひどいですよ、ジョン。さすがの僕も怒ります」

人狼の王は微笑んでいる。

「僕はキリストの誕生以前にこのイギリスへ渡ってきました。聖書はなかなか面白い読み物ですが、流行の物語の登場人物と同じにされては、傷つきます。僕には僕の個性があるのですから」

ジョンはただ、絶句した。

話のスケールが違いすぎる。

もし本当なら、こいつ一体、何千年……何万年生きているんだ？

「僕は若い人が好きです。ジョン、君はどうやら、すばらしい才能を秘めているようですよ。気がついていますか。拒絶反応がすでにほとんど治まっています。どうでしょう、もう立ち上がれるのでは」

王は腰をかがめ、手を差し伸べた。

その手はとらず、ジョンは壁を背に、慎重に立ち上がった。息苦しい。だが先ほどよりはずっと楽だ。ぼやけた目の焦点を合わせて、ジョンは王を睨《にら》もうとした。王は拍手をした。

「すばらしい。君の体は見事、恩寵がもたらす試練に打ち勝ちました」

ジョンは王の言葉を聞いていない。手を握り、開く。それを何度か繰り返し、体が動くことを確かめた。次にジョンは、確固とした敵意をこめて睨みつけた。王は愛らしい仕草で首をかしげた。

ジョンはその顔に、殴りかかる！

「運動ですか？　付き合いますよ」

拳は五本の尾で受け止められた。構わなかった。ジョンは逆の手で殴りかかった。またしても別の尾に巻き取られ、ジョンの拳は止められる。だが、その拳が発火した。燃えるような赤い獣毛が、実際に炎となって燃え盛っている！

ジョンは自らに起きた変化に驚いた。こんなの、まるで――。

「ああ、ジョン。君はほんとうにすばらしい、人狼です」

「なんだっていい。母さんとアシュリーの仇《かたき》の、お前を倒せるなら！　たとえお前から与えられた力でも！」

「その意気です。君の才能を、もっと試してみましょう」

力任せの体当たり！　やはり通じず、ジョンは反動で距離を取り直して、再度殴りかかる。発火する拳は、拳速を増している。一打のごとに、新たな力が湧き上がってくる！

両腕は赤い毛に包まれ、頭頂部には耳。腰からは尾が垂れる。その姿は半人半獣、半人狼と呼ばれる、中途半端な形態だ。しかし、それで充分だった。

新たな器官は五感を拡張し、ジョンの世界を七色に彩った。見える。今までは見えていなかった、音、におい、気配が。かつて母が言っていた、五感を解放し、世界の予兆を読み取るという感覚を、今、この瞬間に、理解した。

ジョンは拳を打ち込んだ。それは初めて五本の尾の守りを超えて、王に届こうとしていた。

「『伏せ《ダウン》』」

王はまじないを唱え、それはその通りになった。

筋肉が意思を裏切り、萎縮する。ジョンは床に這《は》いつくばり、驚愕《きょうがく》した。

「オメガに堕《お》ちることなく、しかもこれほどの短時間で【変身物語《メタモルフォーセス》】の秘儀に達した例は初めてです。ジョン、やはり君はすばらしい。ぜひ僕の騎士になってください。新しい名前は、さて、アーサー王伝説からとるか、シェイクスピアか、トールキンか……いずれにせよ、炎にまつわる名が良いですね。何か希望はありますか、ジョン？」

暴れ、もがこうとしたが、無駄だった。【狼王令《エコー》】は深くジョンを縛り、抵抗を許さない。ひとたび人狼となった者に、このまじないを破るすべはない。

だが、ジョンは絶望しなかった。目の前の王を臆せず睨む。その背後、窓ガラスの向こうの夜を見つめている。

人狼の王がジョンの目の輝きを怪しみ、振り返ろうとした、その瞬間。

大音響とともに壁が砕けた。ガラス片の星屑《ほしくず》をちりばめたゴシックドレス。一見しなやかな手足は鋼鉄より成る。背中には大輪の噴射炎の瞬き。繰り出す蹴り足は、流星のごとし！

背後から急襲された王は、狭い足場でたたらを踏み、体を壁にしたたかぶつけた。防御にかざした五本の尾は、深く鋭く、切り裂かれていた。

かご全体を激しく揺らして着地し、少女は顎を上げる。そして今、高らかに宣言した。

「ベイカー・ストリートの異端審問官、シャーロット・ホームズです。マザーヴィクトリアの名のもとに、異端審問を始めます！」

＊

時はさかのぼる！

展望階のフロアを満たす人狼。分断され、連携もままならないナイトたち。

ジョンは王とともに消えた。シャーロットはブースターに点火し、破れたガラスをくぐって夜の空へ飛び立とうとした。

「やめなさい。自殺行為だ！」

浮き上がりかけた体が引き戻される。足首を掴《つか》む鉄の義手。マイクロフトだ。

シャーロットは乱暴に床に投げ落とされ、オメガを下敷きに立ち上がる。父を睨み、刃を構えた。

「邪魔しないでって、言ってるのに！」

「娘の無謀を邪魔するのは、親の務めだ！　状況を見ろ。今戦力を分散させては全滅するぞ。ここはまず連携し、フロアを制圧……」

「そんなことしてたら、人狼の王を止められないわ！　時間稼ぎに付き合うなんて、敵の思う壺《つぼ》じゃない」

　思いがけず的を射た反論に、マイクロフトはたじろいだ。だがそれも一瞬のこと。

「お前はただ、ジョンを追いかけたいだけだろう!?」

「そうよ！　ジョンを助けて、人狼の王もやっつけて、もどって来てお父さまたちも助けるわ！」

「できんことを無理と言うのだ！」

「やらないから無理になるのよ！」

　あくまで父をかわし、外へと飛び出そうとするシャーロットの前に、マイクロフトは回り込む。二人の間に刃が煌《きら》めき、巻き込まれたオメガ人狼が派手に吹き飛んだ。

　諍《いさか》いながらも本分を果たし、多くの人狼を倒すホームズ親子は、人狼騎士の注目を引いた。嵐を呼ぶプロスペロー。大いなるガウェイン。二騎士は顔を見合わせてうなずき、親子を目がけて襲いかかった。

シャーロットの袖の刃と、仕込み杖《づえ》から抜刀したマイクロフトがつばぜり合いを演じる、その背後。人狼《じんろう》騎士プロスペローは生み出した風に乗ってマイクロフトの背中へ迫り、ガウェインは筋力を倍加した腕でシャーロットに摑みかかる。

「邪魔を！」

「しないでッ！」

親子が位置を入れ替えた。

マイクロフトの拳がガウェインを殴り飛ばし、それにより解放されたシャーロットが、ブースター突撃でプロスペローの加速を上回り、袖の刃で斬り捨てる！　着地した二体の騎士は即座に立て直そうとするが、そこへグレネードの流れ弾が命中した。鋼鉄騎士スカーレットと、彼女の武装を吸収した人狼騎士クローディアスの戦いの余波だ。

シャーロットは着地し、父からの追撃に備えて素早く振り返った。

「これほどまでに、父が憎いか」

火花が散る。杖の仕込み剣と義手の格納刃。刃を挟んで親子は向き合っていた。

「お前のためをと思い授けた技術を使って、他ならぬ私を拒絶するのか。なんという皮肉だ。私はわざわざ骨折って、私の敵となるものを育ててきたのだな」

マイクロフトの表情は目まぐるしく変化する。嘲笑から怒りへ。疑念が失望へ。そして今、すがりつくような懇願に変わる。

「シャーロット。娘よ。お前が生まれてからの私は、お前にすべてを捧《ささ》げてきたつもりだ。時間、金、愛情。そのすべてを。……教えてくれ。どうすればお前の心は帰ってくる？　私は何を間違えた。これ以上、いったい何を捧げればいい」

「自由よ、お父さま」

シャーロットは目を伏せて言った。

マイクロフトは身を乗り出す。刃を押し込む力が強くなる。

「そんなものなど、始めから与えていた！　誓って私は何ひとつ、これまでお前に強制したことはない！」

「ちがうの。私、ほんとうは異端審問官になんかなりたくなかった。でも、審問官になりたいって言えばお父さまが喜んでくれるから……ずっと、うそをついてたの」

「馬鹿な。ありえん。お前はいつも言っていたではないか。私のようになるのが夢だと……」

マイクロフトの半笑いは、半笑いのまま消えた。思い当たる節があったのだ。

父親と同じ夢を持った、素直な、驚くほど手がかからない娘。

だがそれが、大人の顔色をうかがっていただけだとしたら。気難しい父親に愛されるため、シャーロットはマイクロフトの意思を汲《く》むよう成長せざるをえなかったのではないか。異端審問官になりたい。手足を切り落として義肢に付け替え、強くなりたい。父親と同じナイトになりたい。つまりそれらは、すべて。

「言わされた夢だというのか。私を喜ばせるために……」

愕然《がくぜん》とつぶやく。シャーロットはうなずいた。

「私もずっと気がついてなかった。でも、ジョンが当てて、教えてくれたの」

「だからジョンを追うのか。だがそれでは、結局お前は従属的なままではないか。何も変わらない……」

「ぜんぜんちがうわ、お父さま」

シャーロットはまっすぐ見つめた。父と子の、同じ青い瞳が向かい合う。

「私にできないことをジョンがして、ジョンにできないことを私がするの。私がジョンについていくわけじゃない。補い合うのよ。私たち、コンビだもの」

刃の押し合いに加わる力は弱まっている。遠い目。マイクロフトは体を引いた。

「分からなくはない」

放電に似た音。親子に襲いかかったオメガが、マイクロフトの結界に弾《はじ》かれる。結界は二人を包み、この戦場に束《つか》の間《ま》の緩衝地帯を作っていた。

「私にも、無二の親友がいた。力を合わせれば、なんでもできると信じていた。だが……私は奴《やつ》に劣っていた。私がナイトになれたのも、友の力があったからだ。しょせん奴と私は、対等な相棒ではなかったのだよ。……それがずっと負い目だった」

構えていたシャーロットの両腕が、徐々に下がる。初めて聞く話だ。動揺し、父を見る目は見開かれる。

マイクロフトは顔を上げた。その顔は苦痛に歪《ゆが》んでいる。

「シャーロット、もう一度きく。ジョンを追うつもりか？　彼はもう、人狼になっている。庇《かば》えば審問官としてのキャリアに致命的な傷がつくぞ」

「お父さま。私は行くわ」

「……私の友は、人狼だった。私はお前の行く末を知っている。私と同じ過ちの道だ！」

身を切るような告白。父らしからぬ、悲痛な叫び。シャーロットは驚いていた。だが、もはや揺るがなかった。

「私は行くわ」

「私とてお前を信じたい！　私は失敗した。だがお前は上手《うま》くやれるかもしれん。そう信じたい……だが信じるとは、思考を放棄するということではないか？　耳触りの良い言い訳だ。私は大人だ。すでに人生を知ってしまったのだ。結末の知れた破滅の道に、お前を送り込むことはできん」

「私は。行くわ」

「ならん！　もはや父親として頼みはせんぞ。これはお前の上長として、ナイトとしての命令だ。サー・マイクロフト・ホームズが命じる。ここに留《とど》まれ、シャーロット！」

マイクロフトは声を張り上げる。同時に狭域結界が持続時間の限界を迎え、消滅。四方のオメガが一斉になだれ込んできた。

熱と光。風。放射状に吹き飛ぶ人狼たち。マイクロフトは髪を押さえ、かろうじて踏みとどまる。

攻め寄せるオメガを、シャーロットはスカートブースターの噴射、ただそれだけで押し返した。宙に浮かぶ体。背後には割れ窓。無限の夜。そして燃え盛るロンドン。シャーロットは決意の表情を浮かべている。

「だったら簡単だわ。私は今日、ナイトになる」

シャーロットが生み出した熱風は展望階を駆け抜け、はからずもそこで戦うその他の者すべての注視を集めることとなった。

「私はこれから、人狼の王を吊《つ》るすわ」

シャーロットの宣言を耳にした人狼騎士たちが、不穏な殺意をみなぎらせた。

「ナイトになったらお父さまと同格だから、命令を聞く必要なんか、ない」

虚空にブースターの炎で尾を描き、シャーロットが背中を見せる。加速の前兆。マイクロフトは手を伸ばした。

シャーロットは振り返らなかった。

「シャーロット、待ちなさい――」

「行かせてやれよ、マイキー」

その手を摑み、引き止める者がいた。サー・エイブラハム・シェパード。マイクロフトは振り払おうとした。

「放せッ。馴《な》れ馴《な》れしいぞシェパード。貴様は……」

マイクロフトは硬直した。振り返った先、シェパードの姿が変わっていく。シェパードが警官時代から愛用する制帽と防弾ベストが、青い炎と化して宙に溶けた。代わりに現れたのは、たくましい労働者風の男。気取ったようでいながら、どこか気恥ずかしそうな笑い。

「シリウス。お前だったのか」

マイクロフトの顔を熱風が撫《な》でた。シャーロットの姿はもう室内にはない。届かない距離へ、夜風の吹く闇の中へと、その身を躍らせ、飛び去った。

＊

父と仲間たちを置き去りに、シャーロットは夜闇に身を任せた。

強く風が吹いている。――高い。展望階は十字架状の超超高層建築物ビッグブラザー・ベンの横木部分にあたる。

メガロポリス・ロンドンの眺望。街の明かりは、多重テロの被害で間引かれてなお眩《まばゆ》い。

落下が始まる。シャーロットはブースターに点火し、重力を振り切る。ビッグ・ベンの外壁が光った。一定の高度を超えた物体を無差別に攻撃する、ビッグ・ベンの迎撃機構だ。シャーロットは大きく身をひねった。直前までの位置を光の束が通過する。それは収束されたサーチライトだ。命中すれば焼き切られる。

塔の上部が光った。光の数はひとつ、ふたつ、みっつ。収束光がシャーロットの傍《そば》を通過する。文字通り、光の速さで。見てからの回避はできない。しかも光はシャーロットの動きを計算した偏差射撃を行っている。演算により、いわば未来を見る。原理はマザーヴィクトリアの予言と同じだ。

シャーロットの対策は——何も考えないことだった。

でたらめな軌道で、右へ、左へ！　時に減速し、脇へ逸《そ》れ、気まぐれな飛行で高度を稼ぐ。迎撃システムはこのランダムな動きに対応できない！

それでも何度か、収束光はシャーロットの身近をかすめた。でたらめなつもりの動きにも、癖はある。システムはその法則性を見抜きつつある。だが、シャーロットが目的に達する方が早かった。壁面を垂直移動する光。ガラス張りのシャフトを昇っていくエレベーターは、すでに目の前に。シャーロットはためらわず、突っ込んだ！

「ベイカー・ストリートの異端審問官、シャーロット・ホームズです。マザーヴィクトリアの名のもとに、異端審問を始めます！」

ガラスを蹴破った足で人狼の王をも吹き飛ばし、シャーロットは狭いかご内に足を擦って着地した。殺しきれない衝撃で、エレベーターが激しく揺れた。靴底から煙を吹いて、シャーロットは人狼の王を睨《ね》めあげる。

蹴り足を五本の尾で受けた王は、巻き毛の少年の姿から、速やかに巨軀《きょく》の黒狼《こくろう》に変貌した。変身が完了した瞬間、シャーロットの刃が王に突きこまれた。

「いけませんよ、シャーロット。こんなに散らかしてしまって。ジョンがまたケガをしたらどうするのですか」

刃は王に届かなかった。黒い尾がシャーロットの義手に巻きつき、表面に刻まれた赤いラインの輝きを強めている。鋼鉄の義肢が、軋《きし》んだ。

「シャーロットを放せ！　この……ッ」

「『おすわり《シットダウン》』です、ジョン」

赤い炎の尾を引いて殴りかかったジョンを、まじないが叩《たた》き伏せた。シャーロットの突入でガラス片が撒《ま》かれた床に押しつけられ、肌が傷つき出血する。その痛みに構わず、ジョンは叫んだ。

「シャーロット！」

シャーロットはブースターの点火でジョンに応えた。巻きつく尾は振りほどけなくとも、推進力を得た体は刃を強引に押し込んだ。

王は密着する少女を引き裂こうと、爪を備えた腕を振り上げた。その瞬間、足首に熱を感じ、視線を落とす。まじないの硬直に抗《あらが》い、かろうじて腕だけを伸ばしたジョンが、這《は》いつくばりながら王を摑《つか》んでいた。その腕は炎の毛皮に包まれ、燃えている！

「シャーロットは……僕が、援護する！」

黒狼の姿の王は黄金の目を細め、慈しむような声を発した。

「ジョン。君は健気《けなげ》ですねえ。ですが忘れているのではありませんか。君はもう人狼《じんろう》になったのですよ。シャーロットとは二度と――」

「そういうの、いいから！」

激しい音を立てて、シャーロットはブースターの出力を一段階上げた。王の胸に突きつけた刃が、さらに深く突き刺さる！

「さっきもうやったもの！」

同じ問答はすでに、アシュリーで経験済みだ！

そしてついに、刃が貫通！　シャーロットは腕ごと刃を突きこんで、人狼の王をエレベーターの壁に縫い留めた。

「君は本当に、乱暴な女の子ですねえ」

人狼の王は負傷を顧みず、他人事《ひとごと》のように苦笑した。

「そういえば、あなたの名前はシャーロット・ホームズというのでしたね。そして助手のジョン・ワトソン。この組み合わせは……うふふ、おもしろい。誰かの作為を感じますねえ。この世界に、あの探偵小説は存在しないはずですが」

シャーロットは構わず、腕をねじって王の傷を裂き広げた。王は反撃しない。ジョンを巻き込むからだ。

「わけのわからないことを言って、私を混乱させようとしても、無駄よ！　私は推理、しないから！」

ジョンはうずくまったまま、拳を握り締めた。

「すごいよシャーロット！　攻撃が効いてる……あいつの傷が再生しない！　でも……」

その理由が分からない。

先刻受けた【狼王令《エコー》】の残響で、ジョンの体は萎え、いまだ戦える状態にない。だからこそ観察に集中する。再生能力を破らない限り、人狼の王は倒せない。

「ここは少し窮屈ですね。外の空気を吸いに行きましょう」

長い長いエレベーターの上昇が止まった。扉が開き、夜風が吹き込む。

人狼の王の目的の地、ロンドンのすべてを見下ろす場所。屋上のヘリポートだ。

王は背中から倒れこむように外へと逃れた。夜の闇に触れた途端、黒い毛皮に刻まれた傷が、縫い合わせたかのように閉じていく。

「お前……まさか」

「気がつきましたね。さすがです、ジョン。人狼の変身能力の本質は、自然そのものへの回帰です。マクベスは岩に。クローディアスは鉄に。そして僕は、夜を司《つかさど》るのです」

ヘリポートの中央まで歩いた黒狼が、振り返る。完全な、無傷の体で。

「どうでしょう。夜を殺せますか？　闇をこの地上から完全に取り除くことは、可能でしょうか。一緒に試してみましょう」

時刻はおそらく、午後八時にもなるまい。夜明けにはほど遠く、空はロンドンの厚い雲にさえぎられ、月明かりすら届かない。ビッグ・ベン屋上のヘリポートには、若干の赤色灯がともっているほか、光源はない。

先ほどまでは、照明に照らされた狭いエレベーターの中にいたから、王に傷を負わせることができていた。

あれが最後のチャンスだったのだ。

「関係ないわ！」

スカートから噴射炎を散らし、シャーロットが飛び出す！

「殺されたって死なないなら、死ぬまで殺す！　それだけよ！」

「そんな、無謀な……いや！」

そうではない。ジョンは思い直した。

シャーロットの無謀を、ジョンが無謀でなくすのだ。シャーロットが時を稼いでいるこの隙に、行動しなければ。ジョンは両手で腿《もも》を張り、立ち上がった。動く。時間とともに、人狼の王がかけた拘束のまじないは弱まっている！

「パーティを盛り上げるために、ギャラリーが必要ですね。――【群狼《サテュリコン》】」

人狼の王は飛び来るシャーロットに向けて、新たなまじないを発動した。無明の闇から、影のオオカミがにじみ出る。獣たちは空中を移動するシャーロット目がけて、喰《く》らいつこうと飛び跳ねた。降下して王に斬りかかろうとしていたシャーロットは、攻撃を中断し再飛翔《ひしょう》！　眼下を見下ろせば、早くもヘリポートは影のオオカミたちに埋め尽くされ、着地する隙間もなくなっている。

「一匹残らず、やっつける！」

シャーロットは空中で両腕の機銃を展開。足場に満ちるオオカミたちを、銀の銃弾で薙《な》ぎ払った！

「言ったはずですよ、シャーロット。夜は殺せないと」

弾丸が触れた瞬間、オオカミは煙のように消滅するが、それと同じだけ容易に、暗闇から新たな影のオオカミが出現した。キリがない。だが、シャーロットは攻撃をやめなかった。

ジョンを信じているからだ。

赤い光が群れの頭上を横切った。それはややゆっくりと飛来し、目を細める人狼の王の正面で、弾《はじ》けた。

ヘリポートが真っ赤に照らされる。信号拳銃《フレアガン》の光によって。

光に焼かれ、影のオオカミたちが蒸発していく。王は腕と尾で身を庇《かば》いながら、飛翔した光の源を目でたどった。赤く塗られたフレアガンを構えたジョンと、目が合った。

「やっぱり通用する……！　橋の近くの戦いで、目くらましのつもりで使ったフレアガンが、想像以上に人狼たちに効いていた。お前の力で生み出されたものは、強い光が弱点なんだ。きっとお前自身も……！」

「その通りです。よく分かりましたね、ジョン。偉いですよ」

人狼の王は、急降下で斬りかかるシャーロットの攻撃に耐える。腕に受けた傷が塞がらない。発光を続けるフレアガンの弾が、王の再生を妨げている！

「ですがジョン、『待て《ステイ》』です。僕も君と遊びたいのですが、順番は守りましょうね」

ジョンの体が凍りつく。またしても【狼王令《エコー》】だ。だが、距離が遠いためか、先ほど受けたほどの拘束力はない。ジョンは叫んだ。

「シャーロット！　今だよッ」

「わかったわ！」

王の眼前で戦っていたシャーロットは、足場を蹴って真上へと上昇した。高度を稼ぐと即座に折り返し、降下。そしてなお加速する。ブースターと落下速度を乗算した、刃の一撃！

「おお……ッ」

王はわなないた。

顎から腹にかけて、縦一文字に刻まれた裂傷から、黒い血がほとばしる。

「闇を……もっと暗闇が必要です。心休まる夜……思索の友。穏やかな眠りをもたらす闇を。開け――【喰い沼《レルネ》】」

王の足元に垂れ落ちた黒い血が泡立ち、ヘリポートの床一面に広がっていく。水面は振動し、水底から不気味な歌声らしきものを響かせた。

王の傷が塞がっていく。先ほどよりも緩慢だが、着実に。足元に広がる重油のような沼が、暗闇を担保している。

大技の反動に耐え、うずくまっていたシャーロットを、五本の尾が薙ぎ払った。撥《は》ね飛ばされたシャーロットは、屋上の縁で逆噴射をかけ、踏みとどまる。

激しく水を撥ね上げる四足の足音。人狼の王の追撃だ！　前足には溶岩流じみたラインが輝き、赤い光は爪の先端に収束している。赤熱する爪が振るわれる、その直前！

「僕が相手だ、人狼の王！」

発煙筒を握ったジョンが、半人狼の脚力で滑り込んだ！　こちらはヘリポートの備品だ。

赤く火を噴く発煙筒をかざされて、王は顔を覆って後ずさり、唸《うな》り声《ごえ》を上げる。

「すばらしい知恵と勇気です、ジョン。ですが人狼である以上、君は――」

「シャーロット、ありったけ撃ちまくって！」

「うん！」

シャーロットの機銃掃射！　光を恐れ顔を覆う人狼の王には、満足な回避もできない。

発煙筒の激しい光も、回復の効率を削《そ》いでいた。

まずはジョンを止めなくては。そう判断した王は、しかし。

「『待て《ステイ》』。おや……『伏せ《ダウン》』」

ジョンは微動だにせず、まっすぐ発煙筒をかざし続けている。そして絶え間ないシャーロットの銃撃！

「なるほど。銃声で僕の声を打ち消し、【狼王令《エコー》】に対策を……」

「シャーロット、あいつのうしろに回り込んで！」

「わかったわ！」

シャーロットはジョンが振り返り、口を開こうとした瞬間に合わせ、銃撃を中断。ジョンの指示を聞き届けると、射撃を再開しつつ移動を始めた。

二人は対角線上に、人狼の王を挟み込む位置に立つ。シャーロットからは王の体越しに、ジョンの姿がよく見える。ジョンが口を開き、新しい指示を出そうとすれば、すぐに銃撃を止められる。

「困りましたね。厄介な連携です。とても困りました」

王の声は銃声にかき消され、誰の耳にも届いていない。続く言葉の、不吉な響きも。

「僕は手加減が苦手なのに」

王の口が開いた。大狼《たいろう》の顎は耳まで裂ける。月光のように白い牙と、歯茎の赤い肉のほかには、まったくの闇。冥界に続くかのような大口が、ジョンに迫る。

「――ジョンッ!?」

シャーロットが思わず叫ぶ。

ジョンは答えた。

「大丈夫！」

咬《か》み合わされる牙に、発煙筒を奪われはした。だが、ジョンは素早く体を引いていた。すでにもう、シャーロットに守られているだけの非力な助手ではない。ジョンには彼女と肩を並べ、戦うための力がある！

ジョンは噛《か》みつきで閉じた王の顎を……腕で抱えて挟み込む！　これで王の口は閉じ、まじないを唱えることは物理的に不可能！

「シャーロット！　今だ、畳みかけよう！」

「うん、わかった！」

二つ返事で指示に従う。ジョンの指示に、疑問を抱かない。シャーロットは推理をしない。躊躇《ちゅうちょ》をしない。敵に対応する時間を与えない。信頼が速度につながる。シャーロットはジョンの作戦を、最速で実現する！

ジョンに口をふさがれた王は、背後から尾を斬りつけられるのを感じた。両腕を広げ、プロペラ状に回転するシャーロットの連続斬り。王の尾が根本から千切れかける。

五本の尾は互いに巻きつき、硬く縒《よ》り合わさって補強、一本の太綱のごとくとなる。王はひとかたまりの尾を背後に叩《たた》きつけた。ヘリポートの床が陥没する。敵を仕留めた手ごたえは——ない。

その時すでに、シャーロットは飛翔して尾を飛び越え、王のうなじへ迫っていた。両手の刃は交差している。そしてハサミを閉じるように、王の首筋目がけ断頭の一撃を繰り出した。

王はもがき、逃れようとした。

できなかった。

犬に口輪をはめるように、ジョンは王の顎先を抱え込んでいる。両腕は燃える赤毛に包まれて、触れる王を焼き苛《さいな》む。王はこれを振りほどけない。ジョンの炎が王を弱らせている。この時王はようやく悟った。ジョンの能力が、自分を滅ぼすために存在するのだと。

シャーロットが振り抜く刃が、王の首を切断した。

「【影宿す彫像《ガラテア》】」

まじないは足元の沼から響いた。

黒い水しぶきを上げて、七つの影が水底から這《は》い出した。黒い毛並み、五本の尾、枝分かれする赤いライン。七体すべてが共通の特徴を持つ、人狼《じんろう》の王そのものの姿！

「さて、問題です。本物の僕はどれでしょう？」

ジョンとシャーロットの顔に、一瞬絶望の影がよぎった。救ったのは、隣り合う互いの存在だ。

「シャーロット、推理なんかしなくていい！」

ジョンが叫び！

「わかってるわ。全員吊《つ》るせば同じだもん！」

シャーロットが応じる！

背中で手を組み佇《たたず》む一体を残し、六体の分身体が殺到した。

先頭の一体に、シャーロットがブースター飛行からの急降下飛び膝蹴りを命中させる。

影で織られたまやかしは霧散した。

「実のところ僕自身は、ロンドンに人狼の国を建設することに、あまりこだわりはないのですよ。それはあくまでクローディアスたちの夢ですから。僕はただ、こうしてヴィクトリアが嫌がることをすれば、もう一度彼女が現れてくれるのではないかと思ったのですが」

二体目の分身を、ジョンは燃える拳で殴りつけた。炎が燃え移り、王の影は苦悶《くもん》！　戦い慣れていないジョンは危うく転びかけたが、かろうじて踏みとどまり、シャーロットへ向けて叫んだ。

「頭を！」

シャーロットは銃声で応答する。頭部を銀の弾丸で貫かれ、影は消滅！

「初めてヴィクトリアと出会った時、彼女はまだ十歳の少女でした。しかしほんとうは、出会いはまだ数年先になるはずだったのですよ。しかしあの頃のヴィクトリアは、運命を変えてしまうほどのお転婆でしてねえ。僕が泊まっていた宮廷の部屋に、窓から入りこんできてしまったのです」

三体目をシャーロットが転ばせ、ジョンが頭を摑《つか》んで焼き尽くす。腕の赤毛は燃え盛り、一振りするごとに王の影たちを後ずさりさせた。

「一目ぼれでした。予言の力で数年後に結婚する相手とは知っていましたが、運命とは関わりなく、僕は彼女を愛してしまった。僕たちは密会を重ねました。彼女に請われるまま、未来を占ってあげたものです。未来を知って輝く彼女の瞳が好きでした。しかしヴィクトリアにとって、僕の価値は占いの道具以上のものではなかったようです」

残る三体の分身が、一斉に襲いかかった。

「占いによって未来の技術を手に入れたヴィクトリアは産業革命を起こし、やがて僕たち人狼を迫害するようになったのです」

燃え上がり、切り裂かれて、分身体が次々と消滅する。王は目を細め、ジョンとシャーロットを迎えた。

「やはり分身程度では相手になりませんか。君たちはほんとうに良いコンビですねえ。しかしその友情は、果たしていつまで続くのでしょう。──『伏せ《ダウン》』」

ジョンはもはや声すら上げなかった。ジョンが王目がけて指さすと、シャーロットは発砲し、銃声でまじないを相殺した。

王もこれを予期していた。【狼王令《エコー》】と同時に動かしていた尾をジョンの体に巻きつけ、乱暴に手繰り寄せる。王はシャーロットに対する盾に掲げたジョンの体を、労《いた》わるように撫《な》でた。

「見てください、シャーロット。ジョンの耳。尻尾。鋭い爪。唇からはみ出す牙。かわいらしいですね。彼は人狼なのです。一方あなたは異端審問官。ヴィクトリアによって改造され、抗体を打たれ、人狼化することは決してありません。あなたたちはまったく別の生き物なのですよ」

「放せ王ッ。さもないと……焼き尽くしてやるぞ！」

ジョンの両腕は燃えている。尾の拘束を内から炙《あぶ》り、炎は延焼して王本体にも燃え移ろうとしていた。

「ありがとう、ジョン。心配してくれるのですね。しかし今は、僕のことなどどうでもよろしい。僕は君たちが心配です。君たちの友情には、悲劇的な結末が待っています。マザーヴィクトリアはかつて僕の恋人であり、僕を利用し——捨てました」

「私はそんなことしないわ！　絶対に！」

シャーロットはジョンを救うため、ブースターで王の周囲を旋回飛行し、手足や尾を次々斬りつける！

「懐かしい。昔ヴィクトリアも同じことを約束してくれましたよ」

王はジョンを摑んだままの尾を振り回し、シャーロットを叩き落とした。

「しかし誓いは破られた」

シャーロットは黒い沼の上を滑りながら身を起こし、また飛び立った。王の背後へ回り込む、鋭角な軌道！

「【征服する勝利の翼《サモトラキア》】」

黒い沼の底から、首のない鳥の群れが飛び立った。怪鳥群はシャーロットの進路を遮り、上空で旋回。隊列を組み、ひとつの巨大な生物のように襲いかかる！

「ロンドン全域の人間を人狼化させる【遍く照らす恩寵《プロメテウス》】発動の準備は整いました。しかしここまでやっても、ヴィクトリアは僕を止めに来てはくれないのですねえ」

王はため息をつく。

シャーロットは鳥群が遠ざけ、ジョンは尾を使って拘束。屋上と下階をつなぐエレベーターは、シャーロットの突入で故障した。異端審問官の増援が現れることは当分ない。王にとって、すべての障害は取り除かれている。

「仕方がありません。ヴィクトリアの居場所は、全イギリス国民を人狼に変えてから、みんなで探すことにしましょう」

「ふざけるな」

体のバランスが崩れ、王は前方へつんのめった。

振り返り、見た。五本の尾が焼き切られ、沼の上に散らばっていた。

「お前は二年前も、自分勝手な目的のために呪いをばらまいた。亡くなったり後遺症を負った人は、僕の家族だけじゃないんだぞ!?　そんなことをもう一度繰り返そうっていうのか！」

「ええ、そうですよ。すべての人間が人狼になれば、もう人狼と人間が争う必要はありません。多くの命が救われることになります」

「その命の中に、僕の家族は入っていないッ！」

「気持ちは分かりますが、ジョン、わがままを言ってはいけませんよ。より多くの命を救うためなのですから」

人狼の王の声は、諭すようにやさしい。それが発する言葉は、常にどこかずれている。

対話を諦め、ジョンは王に殴りかかった。王はジョンの拳を手のひらで受け止める。肉が焼けるにおいが立ちのぼった。王は微笑《ほほえ》みを絶やさない。

王に摑まれた右腕が振りほどけない。ジョンは逆の手を振り上げた。拳は炎の尾を引く。王はその拳をも摑《つか》み止め、巨大なオオカミの顔を突き出し、ささやきかけた。

「落ち着いてください、ジョン。どうか考えることをあきらめないで。希望はあるはずです。僕たちはきっと分かりあえる」

「お前は！　狂ってるんだ！」

「そうですね。たしかに僕は長く生き過ぎました。よく人からずれていると言われます。しかしだとしても、僕が従事する使命までねじ曲がった狂気でしょうか？　何者からも脅かされることのない人狼の故郷を作りたいという、クローディアスたちの願いすらも？」

「それは……」

ジョンの抵抗が、一瞬弱まる。王はそこに付け込んだ。

「ジョン。君は思慮深く、やさしい子です」

心のこもった賞賛の言葉。ジョンは腹部をわし摑《づか》みにされた。その時。

「どっ――」

周囲を鳥かごのように覆っていた【征服する勝利の翼《サモトラキア》】の鳥群が、鋭く縦に切り開かれた。

「かああああああんッ！」

着地の瞬間、衝撃波が周囲を吹き払った。首のない鳥たちは散り散りに吹き飛ばされ、あるいは弾《はじ》けて黒い水に還《かえ》る。

ジョンを摑んでいた王の腕は、落下とブースター加速を乗算したシャーロットの刃に断たれて落下！　空中に放り出されたジョンの体を、シャーロットは両腕で受け止めた。

青い瞳がジョンをのぞきこんだ。少女の唇は、不満を示すへの字口だ。

「だめよジョン、あんなやつの話聞いちゃ！　人狼はみんな嘘《うそ》つきなのよ」

「あのー。僕も一応、人狼なんだけど……」

「ジョンはいいの。ジョンだもん！」

シャーロットは単純明快だ。その目には一片の疑いもない。人狼と戦い、人狼であるジョンを信じることの矛盾など、矛盾だと思ってもいない。

ジョンは思わず吹き出した。目をしばたたき、涙をにじませて笑う。

「シャーロットの言う通りだよ！　もっともらしいこと言われて、つい真に受けて、考えこんじゃって……馬鹿みたいだ。僕ももう、覚悟は決まってたはずなのに。——人狼の王、お前について推理はしない！　倒すべき敵は分かってる。ロンドンを脅かし、たくさんの人を不幸にしようとしている怪物。過去の因縁の源。すべての陰謀の仕掛け人！　人狼の王！　お前は今、ここで吊るす！」

　ジョンはまっすぐ、人狼の王を指さす。それはシャーロットへの指示でもある。銃撃！　尾と右腕を失った王は、この攻撃を残る左腕で防御するしかない。ジョンは駆けこむ。燃え盛る拳。炎の軌跡を描いて。

「ああ、ジョン。いけません。それは思考停止です」

　ジョンの拳を腹部に受け、燃え移る炎に焼かれながら、王は悲しげに語りかけた。

「思慮深い君には、シャーロットの無計画な行動が勇敢に見えるのかもしれません。しかし——」

「たしかに僕は助手で、推理をするのが役割だ」

　王の言葉を遮り、ジョンは言葉をかぶせる。

「人狼を探し、敵の倒し方を考えて、シャーロットをサポートする。でもそんなやり方が、いつでも正しいわけじゃない。慎重に考えすぎて、身動きがとれなくなることだってある。だからこそ……シャーロット！」

　ジョンの呼びかけに応え、銃撃を中断したシャーロットが飛来する！　両腕に刃を展開！

「私が道を切り開くの！」

　シャーロットは人狼《じんろう》の王の傍らを通過する。遅れて音が到達。さらに遅れて、王の毛皮に二条《ふたすじ》の深い傷が開く！

シャーロットははるか彼方《かなた》で宙を蹴るように急旋回し、ふたたび王へと突撃しようとしている。

王は背後から折り返すシャーロットに備え、振り返ろうとした。

できなかった。

ジョンが燃える腕で王を掴み、それをさせなかった。

耳元を轟音《ごうおん》がかすめた。その時にはもう、王の左腕は付け根から切り離され、宙を舞う。

シャーロットは飛沫《しぶき》を散らしてジョンのとなりに着地した。

「【帰還する恩寵《エピメテウス》】」

空の首無し鳥の残党が、一斉に羽ばたくのをやめた。足元の黒い沼が収縮し、王の体に吸い上げられていく。鳥たちは溶け崩れながら舞い降りて、王の傷口へ飛び込んだ。それらは傷を埋め合わせ、欠けた腕と尾さえも形作ってみせる。

「あいつ、まだ再生するの!?」

「外に出していた力を呼び戻しただけだ！　それだけ余裕がなくなったってことだよ。決着をつけよう、シャーロット！」

「うん！」

二人は手と手をつなぎ、高く夜空を駆け上がっていく。高高度から落下して、一撃で決着をつけるつもりなのだろう。小さくなっていくブースターの噴射炎を見上げながら、王は一人つぶやいた。

「どうして僕たちは、あんな風になれなかったのでしょうねえ、ヴィクトリア」

人狼の王は床に四肢をつき、巨体をこわばらせた。皮下で骨と筋肉が移動し、臼を引くような異音を立てる。

「今君の名を呼べば、僕の声は届くのでしょうか。――【律動刻む《ピュグマリオン》】【有為転変《アイアイエ》】【星を識る《アンティキテラ》】【命贖う盃《ヒュギエイア》】【狙い過たぬ必中の眼《ピロクテテス》】」

後ろ足を折って座り、まっすぐに天を仰ぐ。首を伸ばしたその姿は、遠吠《とおぼ》えを上げるオオカミそのもの。

それはいわば、上空へ舞い上がったジョンとシャーロットを迎え撃つ砲台だった。王の顎が開き、夜の大気を吸収する。暗闇は力だ。魔術のもととなる夜を肺いっぱいに溜《た》めこんで、王の体は膨張していく。

頭上に消えた噴射炎がふたたび視界に現れた時、王は最大のまじないを放った。

「【月に吠える《テオマキア》】」

ロンドンの空を、黒い雷がさかのぼった。

ジョンに黒い閃光《せんこう》を見切ることができたのは、論理的な理由からではなかった。

赤毛が逆立ち、押しつぶされそうなほどの不安が膨れ上がった。ジョンは密着するシャーロットの腰に触れ、指でなぞって回避を指示した。言葉で説明する暇はなかった。シャーロットはジョンを疑わず、即座にブースターを噴射した。直前の位置を黒閃が貫いた。

その黒い光の正体が何なのか、ジョンには分からない。それは太く、柱のようで、天へ向かって無限に伸びていく。雷鳴のような激しい音はなく、伴う音は長く伸びた遠吠えだった。

勝ち誇る雄叫《おたけ》びではなく、むしろむせび泣くような声。わけもなく冬の森の情景が思い浮かぶ。ジョンのものではない切なさが、ジョンの胸にこみ上げた。それの名は望郷といった。脳ではなく、血と魂に刻まれた記憶だった。

はるか下方のロンドンで、別の遠吠えが上がり、次々と唱和に加わった。街をさまようオメガ人狼たちが、人狼の王に共鳴している。ジョンの口からも、むせび泣きの声がほとばしろうとした。

ジョンを背後から抱きしめて飛ぶシャーロットが、腹に回す腕に力を加えた。

ジョンは踏みとどまった。二人の間に言葉はない。風がすべての声を吹き流してしまう。今は落下の最中だ。そしてなお、シャーロットはブースターを吹かし、落下速度を増している。

一度は点のように小さくなったビッグ・ベンが、ふたたび近づいている。砕けたヘリポートの上に、人狼の王はいる。

黒い雷が動いた。空の二人を撃ち落とそうと、放電を枝分かれさせながら傾き、追随する。遅い。シャーロットは螺旋《らせん》を描き、これをかわす。その軌道はジョンに指示されたものではない。シャーロット自身の直感。ビッグ・ベンの迎撃装置にも読み勝った、あの気まぐれだ。

雷が、ふつりと止《や》んだ。それは次の攻撃のための一瞬の準備動作だった。ジョンとシャーロットが空中で左右に分かれる。二人の中間点を、黒い収束光が刺し貫いた。ビッグ・ベンの迎撃装置と同じだ。狂おしいほどに。

偶然の一致ではない。なぜならそれは、マザーヴィクトリアが科学で置き換え、再現したまじないだからだ。予言も、結界も、雷さえも、女王はこの人狼から写し取った。機械と化す以前の女王がこの人狼に抱いた感情とは、親愛、憧れ、嫉妬、それともただの複製原本。いずれのものであっただろう。

ジョンは思いを馳《は》せ、無意識に推理しながらも、答えを出すには至らなかった。人狼の王はすでに目前にいる。シャーロットとともに、この敵を討たなければならない。

ジョンは落下の最中にため込んだ、腕の炎を解き放った。燃える拳の、渾身《こんしん》最大の一振り。しかしジョンは戦闘に慣れていない。会心の一撃は空を切った。

だが、それで充分だった。

王の体が燃え上がる。炎は触れずとも王に乗り移り、瞬く間に全身へ燃え広がった。王自らが光源と化し、足元を照らす。闇は払われた。再生のよりどころとなる影は、もうどこにもない。

仕事は果たした。ジョンはヘリポートに叩《たた》きつけられながら、見届ける。シャーロットがとどめの一撃を放つのを。

両手の刃は倍の長さに伸張され、剣と呼ぶにふさわしい刃渡りに達していた。両腕を交差させ、二つの刃をハサミのように重ねた姿は、鋼鉄の処刑人。シャーロットは両腕を……切り開く！

風圧が屋上を洗い、折れた刃の先端が二つ、飛んで行く。

燃え上がる王の体が、十字に裂けた。その傷は深く、刃渡り以上の長さに広がっている。黒い鮮血がほとばしった。それを浴びてなお、王を焼く炎は弱まらない。傷口が、再生しない！

「なんと愛らしいこどもたちなのでしょう」

燃え盛る王は自らの上下の顎に指をかけ、口を裂き広げた。

そこに最後の闇があった。

「さあ。もっともっと、僕と遊びましょう。【変身物語《メタモルフォーセス》】第二歌――」

「いいやッ！」

「終わりよ！」

ジョンが立ち上がり、シャーロットは刃を失った拳を振りかぶる。

天高く開いた王の口から、何かが這《は》い出そうとしていた。紅《あか》い百の眼を持つそれはしかし、衝撃を受け、滑り落ちた。頭上から押し込むシャーロットの鉄拳！　そうして忌まわしい何かが落下した腹部へと打ち込まれる、ジョンの熱拳！

シャーロットは打撃の反動で後方に宙返りを打ち、ジョンのとなりへと着地。互いに顔を見合わせ、うなずき合って拳を握る！　二人は拳を、打ち込んだ！

王の体が浮き上がる。王は足場につま先を食い込ませ、踏みとどまろうとした。この若者たちの姿を、もっと近くで見ていたかった。

シャーロットのブースターが、ジョンの肩が炎を吹く。推進力が最後の一押しを果たす。人狼の王は、吹き飛んだ。その体がついに、屋上の縁を越える。

王は落下の前の最後の一瞬、名残惜しそうに屋上の二人を見て、笑った。

落下が始まる。風が炎を吹き消し、王の漆黒の体を冷やしていく。王は生き延びるだろう。ここには無限の闇がある。暗闇がある限り、傷は癒える。ロンドンを征服する計画は、またクローディアスが練るだろう。焦る必要はない。王には無限の命があるのだから。

傷口が再生を始めようとして——止まった。王の体は横合いから強烈に照らされていた。

光源は複数。それはビッグブラザー・ベンが備える、無数のサーチライトの光だ。

ビッグ・ベンの迎撃装置は、一定の高度を侵犯した物体を無差別に攻撃する。

光が収束する。二百年前の嵐の日、少女の心を慰めるため披露した、あの雷のように。

人狼の王は彼女の気配を感じた。

「ああ、ヴィクトリア。そこにいたのですね」

エピローグ

夢を見た。昔の夢だ。

父がいて、母がいた。アシュリーも元気だったが、まだ今ほどは仲良くなかった。

夢の中、家族で何をしていたのかは、よく分からない。これは過去の記憶ではない。夢は泥のように不確かで、脈絡がない。

ジョンは十歳の少年の姿で、母の膝の上に腰かけていた。温かい。すぐ近くに母の顔がある。でも近すぎて振り向けない。ジョンには聞きたいことが山ほどあるのに。

でも、あれ。聞きたいことって、なんだっけ。夢の中で思考はまとまらない。思い出せないのが気持ち悪くて、ジョンは一生懸命頭をひねった。そうだ、分かったぞ。

ねえ母さん。母さんも僕やアシュリーみたいに、人狼だったの。

頭のうしろで母が笑っているのが分かった。母の顔は見えない。お日様を浴びてきらきら輝く、波打つ赤毛だけが見えている――。

「兄、おきろ」

陽《ひ》を浴びて輝く赤毛。その向こうの青い空。夢の中と同じ。

「おきなければ、実力を行使する。てい」

「わぼっ！　ぼぼぼはぁ!?」

顔面にぬいぐるみを押しつけられ、ジョンは跳び起きた。妹がこちらをのぞき込んでいた。

「めざめたな、兄よ」

「目覚めるどころか永眠するところだったよ！　死因は窒息死だよ！　僕の口にねこのお尻がジャストフィットだよ！」

「ねこがやったこと。アシュリーはしらない」

「ダメだよ悪い政治家みたいな言い逃れしちゃ！　ペットのお世話は飼い主の責任だよ！」

「もちろんである。兄のえさ作ったので、冷める前にたべるとよい」

「やったあアシュリーの手作りごはんだぁ！」

起床一番、シスコンスイッチが入ったジョンはソファの寝床を抜け出して、食卓についた。朝食はすでに並べられている。

アシュリーはエプロン姿のまま、ジョンの向かいの席に着いた。母親譲りの赤毛を、陽の光が燦々《さんさん》と照らしている。そう、陽の光だ。

ジョンたちが暮らすアパートメントの一室は、ずいぶんと見晴らしが良くなった。天井は半分ほどが取り払われ、東に面する壁はまるごとなくなっている。先日のロンドンテロで墜落した飛行船に押しつぶされ、崩落したからだ。

テロから一週間。墜落船はいまだアパートメントに突き刺さったままだ。同じような光景が、今はまだロンドンのあちこちで見られる。被害にあった公共機関や官公庁ですら撤去が追いついていないのに、こんな貧民街にまで重機が入るのは、当分は先のことだろう。

行政からは避難指示が出ていたが、完全に部屋をつぶされた住民以外は、たいていそのまま住み続けている。他に移る金がないのだ。そしてそれはワトソン家も同じだった。

にもかかわらず、朝食の目玉焼きをほおばるジョンはご機嫌だ。

「アシュリー、今日も顔色いいんじゃない？」

「うむ。絶好調である。今ならスクワットひゃくまん回くらい行けてしまう」

「やめようね」

「今年のクリスマスプレゼントには、ダンベルひゃくまんキロを所望する」

「危ないからね」

棒のような細腕に力こぶを作ろうと力むアシュリーを、ジョンは微笑《ほほえ》みながらたしなめた。

アシュリー自身も認めた通り、この数日、アシュリーは体調が良い。テロの直後こそひどく寝込んだが、その後は今までにない好調が続いていた。

「やっぱり占いをやめたのが良かったのかなぁ。あれ、どう見ても辛《つら》そうだったもの」

「ほんとうは今でも、兄が無茶しないか心配なのだが……」

アシュリーは言いよどむ。

占いは万能ではない。ほんの少し先の未来を知る代償に、不釣り合いなほどの消耗を強いていた。今にして思えば、病にかかって以降のアシュリーの体の弱さは、家族を支えようと思い乱用した占いの反動でもあったのだろう。

「結局、僕が働き過ぎてアシュリーを心配させて、それでたくさん占いをさせちゃってたってことだよね。守るつもりで守られてたなんて、なんだか僕、情けないや」

腕まくりをして顔を近づけ、なんとか筋肉が浮き上がらないか試行錯誤していたアシュリーが、顔を上げる。

「そんなことゆうな、兄」

真剣な面持ちだった。脇によけていた黒猫のぬいぐるみを取り上げ、抱き寄せる。

「アシュリーは知っている……ジョンはロンドンを救った英雄だ。人狼《じんろう》の王をやっつけた。街のみんなは知らないけど……アシュリーは、知ってる」

「僕が一人でやったわけじゃないよ。シャーロットがいたから……」

「そのとおりだ。でも、ジョンもいなかったらダメだった」

隠れてしまったアシュリーの代わりに、ジョンを見つめる古びたぬいぐるみ。長年抱きしめられて綿がつぶれ、すっかりくたびれた猫の頭を、ジョンは撫《な》でた。

「ありがとう。ねこにそう言ってもらえて、うれしいな」

「アシュリーもそう思ってる」

「じゃあアシュリーにもだね」

ジョンは身を乗り出してアシュリーの頭を撫でる。普段ならアシュリーは嫌がるが、この時はされるがままにした。

やがてアシュリーは顔を上げた。

「兄。わたしが占いをやめて、このまま体がよくなったら……もう兄は働かなくてよくないか」

「……あれ。もしかして、またシャーロットに妬《や》いてるの？」

「調子にのるな」

ぬいぐるみで引っぱたかれた。

「ジョンはロンドンを救った。わたしは何もしてあげられないけど……ジョンにだって、なにかご褒美があっていい。ジョンは今日も、シャーロットを手伝いにゆくつもりだろう。でも、もうわたしのために働く必要はない。もちろん、シャーロットに会いたければ、いつでも会えばよい。助手じゃなくて、友達として」

ジョンを見上げるアシュリーの目は、真剣だ。

「今のわたしにできることは、健康になることくらいだ。約束はまもる。もう占いはしない。ジョンはあぶなっかしくて心配だが……占って監視したりしない。わたしはジョンを信じる。でも、そうやって健康になって、迷惑かけないようになるにはきっとまだ時間がかかるから……ほかにも何か、ジョンにご褒美をあげたい」

「え、っと。どうしよう」

ジョンは顔を赤らめ、かゆくもない耳を掻《か》いた。

「すごくベタなセリフなんだけど……今のアシュリーの言葉が、もう充分ご褒美だよ。こんなこと言ってもらえるだなんて、予想してなくて、うれし過ぎて……」

「まあそうゆわず、なんかほしいものゆえ」

「そう言われても」

「ねこでもよい」

「気持ちはうれしいけどいらない……」

その時、玄関の方でどたどたとやかましい音がした。

「アシュリーちゃあああんお父さん帰ったよおおおおお――痛ッなんでこんなところにミロのヴィーナスが」

「そうだ、あったよ。とっておきのご褒美！」

ジョンは勢い込んで立ち上がり、アシュリーはげんなりとした。

「父さん、お帰り！　足元気をつけて。天井の穴から上の部屋の家具がまだたまに落ちてくるんだ」

「おお……ジョン」

ジョンが玄関まで顔を出し、父を出迎える。石膏像《せっこうぞう》に脛《すね》をぶつけて悶絶《もんぜつ》していた父親は咳払《せきばら》いをひとつ。芝居がかったキザな仕草で、しかしどこか気恥ずかしそうに笑った。

「ちょっと見ない間に、また男前になったか？　見違えたなあ」

「昨日いっしょに晩ご飯食べたばっかりじゃない」

ジョンが笑う。

「一晩中どこいってた、父」

居間に入って来た父を、アシュリーはジト目で迎えた。

「お父さんはアシュリーちゃんのために勤労してました。今朝も世界を脅かす巨悪と戦っちゃったよ」

「嘘《うそ》つきははげるがよい」

「ほんとなのになあ」

「はげちらかすがよい」

あくびをする父親を、アシュリーは汚いものでも見るような目で睨《にら》む。普通に嫌いなのだ。

とはいえ父親の外見は別段不潔というわけではない。短く刈り込んだ金髪。使い込まれたスラックスをサスペンダーで吊《つ》り下げた、いつもの格好。鉱山労働者としては、むしろ小ぎれいとすら言える。

ロンドンテロの翌朝、サイラス・ワトソンはロンドンへと飛びもどって来た。テロの影響で多くの鉄道が不通となっていたはずだが、どうやって帰って来たのやら。昔から謎の多い人だった。今回も自宅で兄妹の無事を確認すると、その日のうちからロンドンをふらつき始めて、あまり帰ってこない。

「お父さんは徹夜明けで眠いので寝ます。ディナーになったらまた会おうぜ」

「ソファで寝るな父。そこは兄のだ。加齢臭が兄にうつる。床で寝ろ」

「そんなアシュリーちゃんのために、お父さんこんなもの用意してるんだなあ」

手際よくハンモックを吊るして寝床をこしらえると、サイラスはそこに収まり、兄妹たちに背を向けた。

「もう、父さんったら。シーツもかけないで……」

毛布をかけてやろうと近づいたジョンに、低い声でサイラスがつぶやいた。

「お父さんシャイだから、普段あんまりこういうこと言わないけどな」

振り返った父の顔に兄妹と同じ色の瞳がのぞいている。五十歳になったというのに、いくつになっても変わらない、いたずら小僧のような目の輝きだ。

「立派になったな、ジョン。お前はもう、一人前だ」

「……やだなぁ。もしかしてさっきアシュリーと話してたこと、聞いてたの？　僕はご褒美なんかいらないのに」

サイラスは腕を伸ばし、拳をジョンの肩に押し当てた。重く、硬い拳だ。それからひらひらと手を振るジェスチャーをして、引っ込める。父はずっと照れ隠しのように微笑んでいた。

サイラスはそれきり黙り込み、眠ったふりをしてしまう。ほんとうに寝息を立て始めるまで、そう長くはかからなかった。

食卓にもどったジョンは、とうに食べ終えていた食器を片付け始めた。踏み台に乗ったアシュリーが洗った皿を、ジョンが受け取り、拭き取っていく。

「ちょっとのんびりし過ぎたかな。シャーロットとの約束に遅れちゃう」

「やっぱり行くのか、兄」

「アシュリーのお薬代がいらなくなったとしても、今度は引っ越し費用を稼がなくちゃだからね……」

傍《そば》で寝ている父親に配慮して、二人は声を潜めている。人狼の話題にも触れない。兄妹が人狼であることは、父親には秘密だ。

「そうか」

アシュリーは何か言いかけて、それをやめ、きゅっと音を立てて蛇口を閉めた。

「では兄。気をつけて行ってくるとよい」

アパートメントを出たジョンを迎えたのは、見慣れた街の、見慣れない景色だった。ロンドンの貧困街イーストエンド。テムズ川にほど近いブラック・ストリートが日干しされている。対岸に向けて設置されていたビル屋上の巨大な広告看板が、屋上ごと墜落船にえぐりとられ、この陽《ひ》の光届かぬ街に陽光を降らせていた。

そもそも頭上の青空自体が、極度に工業化されたロンドンにおいて、本来ありえないものなのだ。普段であれば、点在する産業コンビナートが絶えず煤煙《ばいえん》を噴き上げ、上空に雲の天蓋を築いている。

工場への電力供給が再開されるという来週になれば、もうこの青空も見納めだ。ジョンは携帯端末で空の写真を撮り、また歩き出した。一度アシュリーを連れて写真を撮りに来るべきだ。今ならば父親もいる。久しぶりに家族が集合した写真を撮れる。

青空の下の散歩を楽しんでいると、道の向こうから身なりのいい紳士がやってきたので、ジョンは反射的に足元に視線を落とした。だが、どこかで見たことがあるような気がして顔を上げ、それが信じられず、目をしばたたいてもう一度見た。三度見である。

「サー・マイクロフト?」

「ジョンか！　いいところに来た。人を探している。シリウスという男だ。無礼で、ものぐさで不親切だが、捜査能力にかけては侮れない、忌々しい私の助手だ。見なかったかね!?」

外見の特徴を説明しないと、分かるものも分からないのでは……。

そう思ったが、目の下にくまを作ったマイクロフトの剣幕があまりに激しいので、黙っておくことにした。

「さぁ……それらしい人とはすれ違ってませんけど」

「ぬううう！　シリウスめ、まんまと逃げおおせおったな。……なぁにが人狼は見つかったんだから別にいいだろ、だ！　始発列車の密室のトリックを説明せんか。こッ、このモヤモヤした気分のまま一日を過ごせというのか？　許さんぞ……！」

「た、大変そうですね」

「まったくもってだ！」

この人、こんな人だったっけ……。

ジョンの困惑が伝わったのか、マイクロフトはきまり悪そうに咳払いをした。

「そういえば、君と会うのはあの夜以来だな。……変わりは、ないかね」

「ええと、はい。特には」

「妹の……アシュリーといったか？　あちらはどうだ」

「元気です。おかげさまで」

「あの晩、君も多少の怪我《けが》をしたはずだが」

「もう平気です」

「まさか人間を食ってなどいないだろうな」

マイクロフトの眼光が鋭くなる。ジョンはひるみかけたが、睨み返した。

「ありえません。僕はシャーロットの助手です。これまでも、これからも。……あなたとシャーロットの間に何があったのかは聞きました。僕はシャーロットの味方です。あなたの立場や考え方も理解できますが、それでも僕はシャーロットの自立を支持します」

強い口調のジョンに対し、マイクロフトもしばらく睨み合っていたが、やがて眼窩《がんか》に嵌《は》めた片眼鏡をとりはずし、胸ポケットのハンカチで拭き始めた。そうして素顔になると、威厳はいくらかやわらいで見える。

「私とて、シャーロットの味方だとも。……こどもがかわいくない親など、いるものか」

そうでない大人など、世にいくらでもいるだろう。

だがその発言自体が、マイクロフトの価値観を物語っていた。

マイクロフトは片眼鏡をふたたび身に着けた。

「シャーロットが私に噛《か》みついてきたのは、どうやら君の影響らしいな。ジョン・ワトソン」

「えっと、それは……どういうことでしょう?」

「あの子を肯定し、自信をつけさせた。私が学習と向上を要求した一方、君はあるがままのシャーロットで良いと言い切った。……フン。耳障りのいいことを。言っておくが、真実の愛というものは、あえて憎まれ役を買うことも辞さないものだ。甘やかすばかりが愛ではないぞ」

「話が全然見えないんですが……」

いよいよジョンは苦笑するしかない。マイクロフトは両手に持ったステッキで、足元をひと突き。

「人狼《じんろう》でありながら飽くまでも人間として生きるのなら、今後シャーロットの助手としての働きでもって、その覚悟を示してみろ」

まっすぐに伸びた背筋。堂々たる声。ジョンを人狼だと認めるその声が、誰かほかの者に聞かれたのではないかと、ジョンは慌てて周囲を振り返った。

幸い、周りには誰もいない。胸をなでおろしたジョンは、肩を摑《つか》まれ、跳び上がった。

「がんばれ。娘を頼む――そう言っているのだ、ジョン・ワトソン！　私のような嫌な大人に、負けるんじゃないぞ」

らしくないほど熱のこもった、マイクロフトの表情。

ジョンはしばし、返事に困った。だがやがて、返事はたった一言で良いのだと理解した。

「はい、サー・マイクロフト！」

「うわあ。もうこんな時間になっちゃったよ……！」

待ち合わせの駅前広場。モニュメントの大時計は、すでにシャーロットとの約束の時間を過ぎている。

今日の予定はイーストエンドでのパトロールだ。これまではジョンがベイカー・ストリートまで出かけていたが、ロンドンテロにより地下鉄が断線したことで、当分は空を飛べるシャーロットの方から訪ねてくることになっていた。ベイカー・ストリート以外の街も見て回りたいという、シャーロットたっての希望でもある。

「ジョン・ワトソン！　いいところに来てくれました」

シャーロットの姿を探すジョンの耳に、聞き覚えのある少女の声が飛び込んだ。だが、シャーロットのものではない。

「イーラン。なんでここに？」

ロンドン侵攻の日、シャーロットとジョンのため足止め役を名乗り出てくれた少女は、騎士サー・エイブラハム・シェパードの救援で辛くもあの夜を生き延びていた。

死地を乗り越えてきたはずのイーランはしかし、すがりつくような涙目だ。

「助けてください！　シャーロットが街を破壊しています！」

ジョンは思わず噴き出した。

「わ、私は止めたのですよ？　というかそもそも競争なんてするつもりではなくて、今日は一緒に撤去作業のお手伝いをして、シャーロットと仲良くなりたいと思っていただけなのにぃ……」

撤去作業とは、テロで破壊された街を修復するボランティア活動のことだ。ロンドンテロ以来、異端審問官の有志たちが待機時間やパトロール中に、自発的に始めたものだ。最新の武装や高価な機械義肢を装備した審問官ならば、個人でも重機並みの働きができる。

この数日間、シャーロットも熱心にボランティアに打ち込んでいた……はずなのだが。

ずずん、と音がして、駅前広場に面した古いビルが倒壊した。イーランは唖然《あぜん》として、状況説明が途切れる。続きはジョンにも予想がついた。

「もしかして、またシャーロットがイーランのことをライバル視して、瓦礫《がれき》の片付け勝負を吹っかけてきた……とか？」

イーランが無言でうなずく。

「それでシャーロットは、最初はちまちま真面目に片づけてたけど、イーランの方が上手に作業を進めるから、だんだん焦ってきて……最終的に『瓦礫って地道に片づけるより、建物ごと壊した方が早くない？』とか言い出しちゃった……？」

その通りだったのだろう。イーランがとうとうわっと泣き出した。手に負えなかったらしい。

砂埃《すなぼこり》の向こうから、無邪気な声が響いた。

「見て見てイーラン！　あっという間に全部きれいに片付いたわ！　競争は私の勝ちねっ」

「ダメだよシャーロット、駅前のおしゃれな広場を不毛の大地に変えちゃ！　これじゃまるで核戦争後の未来だよ！　ポストアポカリプスだよ！　過酷な世界を生き抜く人々の壮大な物語が幕を開けるよ！」

「あっジョン！　来てたのね」

袖とスカートのふくらみが特徴的なゴシックドレス。金色の髪。シャーロットは白い歯を見せて笑う。

「早くパトロールに行きましょっ。今日もロンドンの平和を守らなきゃ」

「まず君が平和を乱してるよ！」

「お片付けを依頼した人がこっちに来るわ。どうしましょう、なぜかすごく怒ってる⁉」

「胸に手を当ててもう一度考えてみてほしい！」

ビルの所有者にたっぷりと怒られた。今度は瓦礫の中から家財道具を掘り出す作業が始まった。

「私がいると、またシャーロットを暴走させてしまいますから……」

イーランはそう言ってとぼとぼ帰っていった。シャーロットもさすがに凹《へこ》んだようで、唇は悲しみのへの字口だ。

「やっぱり私はダメな子だわ……」

「そ、そんなことないよシャーロット！　そもそも僕が遅刻したのが悪いんだし」

「いつの日か破壊の衝動に負けて、このロンドンを焦土に変えてしまうんだわ……」

シャーロットはすっかりいじけていた。

全壊したビルについては、幸いもともと取り壊す予定だったようで、瓦礫に埋もれた家財さえ回収できればそれで良いとの許しを得られた。地道に瓦礫を掘り返しながら、ジョンはシャーロットを元気づけようと話題を変えることにした。

「そういえばまた捕まったみたいだね、人狼の王の騎士たち。レディ・スカーレット・アランのお手柄だって。あっ、噂《うわさ》をすれば、ほら」

ジョンが街頭テレビを指し示す。インタビューに答えている、冷たい美貌の騎士。全身義体のスカーレットだ。

浴びせられるフラッシュライトの点滅を、スカーレットのサングラスが反射する。彼女の名はすでに、ロンドンテロを鎮めた英雄として広く知られていた。

「人狼の王を倒したのは、私たちなのに」

シャーロットがぽつりとつぶやいた。

ジョンは所在なく肩を落とす。

「ごめんね、シャーロット……僕のせいで。本当ならシャーロットがあんな風に称賛されるべきだったのに」

人狼の王《アルファ》が、無名に等しい新人審問官の少女とその助手の青年によって倒された。そんな事実はまったく報道されていない。公式の記録にはレディ・スカーレット・アランとその他数人の審問官の手によって、王が討たれたと発表されている。

スカーレットがシャーロットから手柄を奪った——わけではない。

＊

「やってくれたな、お前たち。人狼の王を倒したのが、新米の異端審問官と、よりによって同じ人狼の助手か。こんなもの、とても公表できんぞ」

人狼の王を倒したあの日、シャーロットたちを救助するため最初に屋上へ現れたのは、スカーレットだった。

「英国国教会とマザーヴィクトリアは、イギリスに一匹の人狼も存在することを許していない。お前たちに、この国のすべてを敵に回す覚悟はあるか？」

問いかけるスカーレットへの二人の答えは、満身創痍《まんしんそうい》の体で支え合い、抵抗の姿勢を示すことだった。

　スカーレットの肩が震える。義体の騎士は、笑っていた。

「分かった。今回は私がなんとかしてやろう。その代わり、ナイト昇進はお預けになるが」

　ジョンとシャーロットは顔を見合わせた。スカーレットの言っていることがとても信じられない。

　スカーレットは存在しない頰の涙をぬぐう仕草をしながら語り出した。

「私は百年生きている。昔はお前たちのような、面白い連中がけっこういたものだよ。とはいえ私の知る限り、人狼の助手とつるむ異端審問官など、もうお前たちの他にいなくなってしまったがな。……ナイトだの統括審問官だのとおだてられても、私はしょせん組織の歯車、体制に従う一人の老人でしかない。現状に矛盾を感じていても、私自身にはもう、今と違う未来を求める気概は残っていないのだよ。だからこそ、見てみたい。お前たち若者が作る未来を。年寄りにできるのは、ほんのささいなおせっかいくらいだ」

　スカーレットのサングラスが、きらりと光を反射させた。気がつけば、東の空が明るくなっている。

「シャーロット。いいぞ、地位や名声、権力というのは。守りたいものを守ることができる。どうしても貫きたいわがままを、貫き通せる。だからお前も、早くナイトになってしまえよ」

長い、とても長い夜が明けようとしていた。

「待っているぞ。シャーロット・ホームズ」

　事実をありのまま公表すれば、当然疑問の声が上がる。年端のいかないシャーロットが、単独で人狼の王を倒せるはずもない。人狼となったジョンの協力を明かさなければ、誰も納得しない。だがそうなってしまえば、教会はジョンを殺さざるをえない。

スカーレットが用意したシナリオは、一連の事件の表向きの功労者となることで、すべての手柄と責任を引き受けるというものだった。すでに教会での地位を上り詰めたスカーレットにとって、特にメリットのある話ではない。

秘密はあの場に居合わせた、ごく少数の者のみで共有されている。

シャーロットのナイト昇進のお預けと引き換えに、ジョンは生かされているのだ。

「大丈夫よ、ジョン」

　スカーレットの過去の功績を紹介し始めた街頭テレビに背を向けて、シャーロットは振り返る。不機嫌でも、怒っているわけでもない、平然とした顔。むしろどこか、わくわくしたような。

「またたくさん人狼を吊《つ》るして、どんどんお手柄を上げれば、ナイトなんかすぐなれちゃうわ！　ジョンが推理して、私が戦えば、あっという間よ！」

まっすぐな信頼。この空のような青い瞳。

ジョンは照れ臭かったが、はにかみは飲み込んだ。まっすぐな信頼に、まっすぐな言葉を返したかった。

「そうだね。シャーロットはもう、実力を示したんだ。サー・マイクロフトやレディ・スカーレットは知ってるよ。君がすでにナイトにふさわしいって。チャンスをひとつ逃したのは惜しいけど、実力さえあれば、次のチャンスなんていくらでも……」

ジョンの言葉の途中で、シャーロットの懐から電子音が鳴った。二人は顔を見合わせた。

ロンドンに不似合いな晴れの空。そのやけに低いところに、飛行機雲が伸びている。

今日もこの街のどこかで、異端審問官が活躍している。

あとがき

短いですが謝辞です。

まず、デビュー作から本作の立ち上げまでお世話になった前編集さんに。暴走しがちな私のアイディアの手綱をにぎり、完成まで導いてくれたのはあなたです。

次にご多忙のなか、この作品を引き継いでいただいた現編集さんに。深刻に考えすぎる私にとって、あなたの快活さは救いでした。

そしてイラストレーターのキッカイキさんに。キッカイキさんのカラフルで明るい、元気なイラストが憧れでした。お仕事を引き受けていただけて、ほんとうにうれしかったです。

照れくさいですが、家族にも。

また、ＳＮＳで応援してくれる友人、知人たちにも感謝を。

他にもこの本の出版にあたって、直接・間接に多くの方の助けをいただいています。

読者のみなさまにも、楽しんでいただけたなら幸いです。

最後にこの本の登場人物たちにも。特にシャーロット、お前はほんとうに私の頭のなかから生まれてきたのか……？　楽しいやつらと駆け抜けた、最高の執筆期間でした。

異端審問官シャーロット・ホームズは推理しない
～人狼って推理するより、全員吊るした方が早くない？～

発　行　2023年7月25日　初版第一刷発行

著　者　中島リュウ
発行者　永田勝治
発行所　株式会社オーバーラップ
〒141-0031　東京都品川区西五反田 8-1-5
校正・DTP　株式会社鷗来堂
印刷・製本　大日本印刷株式会社

Printed in Japan　ISBN 978-4-8240-0549-6 C0193